大
方
sight

Jesmyn Ward
— A Memoir —
Men We Reaped
我们收获的男人们

[美]杰斯米妮·瓦德 — 著

孙麟 — 译

中信出版集团 | 北京

图书在版编目（CIP）数据

我们收获的男人们 /（美）杰丝米妮·瓦德著；孙麟译. -- 北京：中信出版社，2024.1
ISBN 978-7-5217-5582-4

Ⅰ.①我… Ⅱ.①杰…②孙… Ⅲ.①自传体小说－美国－现代 Ⅳ.①I712.45

中国国家版本馆 CIP 数据核字 (2023) 第 094881 号

Men We Reaped by Jesmyn Ward
Copyright © 2013 by Jesmyn Ward
This edition arranged with The Jennifer Lyons Literary Agence, LLC
through Andrew Nurnberg Associates International Limited
Simplified Chinese translation copyright © 2023 by CITIC Press Corporation
ALL RIGHTS RESERVED
本书仅限中国大陆地区发行销售

我们收获的男人们

著者：　　［美］杰丝米妮·瓦德
译者：　　孙　麟
出版发行：中信出版集团股份有限公司
（北京市朝阳区东三环北路 27 号嘉铭中心　邮编　100020）
承印者：　浙江新华数码印务有限公司

开本：880mm×1230mm　1/32　印张：9　字数：163 千字
版次：2024 年 1 月第 1 版　　印次：2024 年 1 月第 1 次印刷
京权图字：01-2020-2703　　书号：ISBN 978-7-5217-5582-4
定价：59.00 元

版权所有·侵权必究
如有印刷、装订问题，本公司负责调换。
服务热线：400-600-8099
投稿邮箱：author@citicpub.com

献给我的弟弟乔舒亚·亚当·德都,
他在前方引路,我在后方跟随。

我们看见了闪电,那是枪支冒出的火光;接着我们听到了雷声,那是大炮发出的巨响;然后我们听见了哗哗的雨声,那是汩汩的流血声;到了我们收割庄稼的时候,我们收获的却是男人们的死尸。

——哈丽雅特·塔布曼

风华正茂的少年成了惯犯,
尽管不该这样,我们仍跌跌撞撞地度过这些艰难时刻。
我们漫无目的地活着:上帝啊,请救救我不安的灵魂。
为什么我的弟兄们还没长大就要死去?

——选自图帕克·沙库尔《对我第一个孩子说的话》

我站在一个孩子的残肢上,
不论这个孩子是失去性命的我还是我死去的弟弟,
我声嘶力竭,我不能离开这里,因为
这是我最宝贵的也是最无用的东西,
它虽然没有了生命,却是最接近生活的
生命:这是我的安身立命之所……

——选自A.R.安蒙斯《复活节的早晨》

目录

1 序章

10 我们在沃尔夫镇

22 **罗杰·埃里克·丹尼尔斯三世**

45 我们出生了

66 **德蒙·库克**

87 我们受伤了

112 **查尔斯·约瑟夫·马丁**

138 我们在凝望

175 **罗纳德·韦恩·利萨纳**

195 我们在学会

230 **乔舒亚·亚当·德都**

254 我们在这里

272 致谢

序章

每到周末，母亲便带上我们，从密西西比州沿海地带出发，驱车前往新奥尔良探望父亲，这时她总会说上一句："把门锁好。"父亲在和母亲离婚前的最后一次分手后，搬去了新奥尔良，而我们仍住在密西西比州的迪莱尔。父亲在克雷森特城拥有的第一间房子是个一室户，面积不大，里面刷成了黄色，窗户上装了铁栅栏。房子坐落在一个小型的黑人街区什鲁斯伯里，这个街区一直延伸到堤道天桥的北面下方。房子的北边有个围着栅栏的工业场地，南边是条州际高架公路，路上汽车嗖嗖的飞驰声、砰通的落地声不绝于耳。我是家里四个孩子中最大的一个，既然是老大，我理所当然地支唤起弟弟乔舒亚、妹妹内里沙和沙兰，以及和我们一起生活了很长时间的表弟阿尔东；我让他们拿来父亲多余的床单和沙发垫，铺在客厅地板上，这样我们就有足够的空间休息了。父母当时睡在家中唯一的卧室里，他们曾试图和解，虽然最终还是没有成功。乔舒亚老是说房子里有鬼，晚上我们平躺在没有电视的客厅里，注视着铁栅栏的影子偷偷地穿过墙壁，等待着它发生变化，等待着本不该在那儿的东西移动。

"有人死在这儿了。"乔希说。

"你怎么知道?"我问他。

"爸爸跟我说的。"他回答道。

"你是想吓唬我们吧。"我嘴上这么说，喉咙里咽着句：这确实挺吓人的。

那差不多是八十年代末九十年代初的时候，我正在上初中，上的是密西西比州一所圣公会私立学校，里面多是白人学生。我是个没见过世面的女娃娃，我密西西比州的这些同学也都和我一样土里土气。我的同学称新奥尔良为"谋杀之都"。他们会讲些白人从车上拿下杂货时被枪杀的恐怖故事。这是团伙犯罪，他们会这么说，但只字未提那些残忍暴虐、丧尽天良的歹徒是黑人，我同学中有好几个都有种族主义倾向，却没说起这个，真让我感到吃惊。在学校里，每当我的同龄人谈起黑人，他们都会不时地朝我张望。我是靠奖学金维持学业的，能在这里上学完全是因为母亲给密西西比州沿岸一些有钱人家做帮佣，这些有钱人资助了我的学业。在我的中学时光中，大多数时候，我是学校里唯一的黑人女孩。每当我的同学说起黑人或新奥尔良时，他们尽量不去看我，但免不了还是看了我；这个时候，我会朝他们瞪过去，同时想起我所认识的新奥尔良人——父亲那些同父异母的兄弟们。

在父亲同父异母的兄弟之中，我们最喜欢布基叔叔。他和他的兄弟们一生都住在我同学觉得最毛骨悚然的街区。布基叔叔长得最像爷爷，不过我对爷爷没什么印象，因为他五十岁的时候就突发中风去世了。布基叔叔的胸脯像个圆筒，笑的时候会合上双眼。天热的时候，他会领着我们穿过什鲁斯伯里，朝空中的高速公路方向走去，最后来到角落里一座摇摇欲坠的盒式住房[1]边，我记得那房子是栗色的。住在这里的女士从里屋拿出冰棍儿来卖。冰棍儿是糖液做的，热气中化得很快。叔叔仿佛是街区的花衣魔笛手，在去女士院子的路上给我们讲笑话，召集更多的孩子过来，领着我们走过融化的沥青路面。一旦我们的冰棍儿在他们的纸板杯里化成了糖浆，一旦我和乔舒亚舔去手上和胳膊上的糖水，布基叔叔就在街上和我们玩起游戏：用棒球规则来踢足球，玩橄榄球，打篮球。有时，橄榄球打到我们中某个人的嘴上，疼得我们嗷嗷直叫，嘴巴肿了起来，他却哈哈大笑，眼睛眯得像薄薄的便士。有时，他和父亲一起带着我们还有父

---

[1] 美国南北战争结束到二十世纪二十年代期间美国南方最流行的居民住房房型，房型狭长，通常不足3.5米宽，房间一个挨着一个向屋后延伸。（本书脚注如无说明均为译注）

亲的斗牛犬去高速公路下的公园。就在那儿，父亲让他的斗牛犬参加斗狗。高温下，看斗狗的或是诱导狗发狠的那些人同他们的动物一样浑身发黑、大汗淋漓。我和弟弟一直紧紧地挨着叔叔。汽车在头上方呼啸而过，动物们撕扯着对方，我们紧紧地抓住叔叔的前臂，往后退缩。接下来，交战的狗流着血，喘着气，一笑了之。于是，我们松开了紧握着叔叔的手，愉快地离开了这个阴影笼罩的世界，也避免了斗狗场外被狗扑上身来的危险。

"爸爸肯定没告诉过你们，有人死在这里了。"

"谁说哒？他说过。"乔舒亚说。

"可不是嘛。"阿尔东附和道。

上高中的时候，我无法将这些对新奥尔良的无稽之谈与现实情况对应起来，但我知道某个地方一定藏着真相。九十年代初去探望父亲的时候，父母虽然分居但仍处于婚姻状态，多年的相处让两人当时的关系仍十分融洽。他们坐在车前排座位上，谈论着枪杀、殴打和谋杀事件。他们用许多词语来描述新奥尔良的暴力。不过，我们在探望父亲时却一次也没见过。我们的耳边传来父亲房子旁的工业场地边的铁丝围栏发出的咔嗒咔嗒的声音。此刻，黑夜在无尽地延伸，我们听着弟弟讲鬼故事。

我们还知道另一个新奥尔良。我们挤进母亲的车中，车驶过散落在新奥尔良大街小巷的红砖房屋。这些房子是双层的，有个铁栅栏围起的下陷阳台，房子两旁的参天古树如驻守的哨兵，女人们在一旁指指点点、冥思苦想，黑皮肤的小孩在破损的人行道上玩耍，他们时而生气，时而高兴，时而又露出不快的神色。我注视着窗外的年轻男子，他们穿着松松垮垮的裤子，头靠在一起窃窃私语，弯腰进了街角的店铺，这里出售夹着虾和牡蛎馅的波布瓦三明治[1]。不知道这些人在嘀咕什么，也不知道他们是谁，他们过得怎么样，有没有杀过人。晚上，我躺在父亲客厅的地板上，又问了乔舒亚。

"爸爸说这里怎么了？"

"他说有人给打死了。"乔舒亚回答。

"谁？"

"一个男的。"乔舒亚面朝天花板说。沙兰缩到我旁边。

"都给我闭嘴。"内里沙叫道。阿尔东叹了口气。

每周日我们从父亲这里回到迪莱尔时，我都感到非常沮丧。我觉得大家都不开心，就连母亲也是如此，虽然路途遥远，父亲多年来有出轨行为，她还是尽力挽回婚姻。母亲甚至考虑搬去她讨厌的地方——新奥尔良。我很想念父亲。我不想周一早上回到密西西比的学校上学，不想走过一个又一个玻璃门，最后来到开着荧光灯的大教室里和旧课桌

---

[1] 波布瓦三明治是路易斯安那地区传统的潜艇型大三明治，馅料通常为油炸海鲜或烤牛肉。

前。我的同学坐在课桌后，穿着有领衬衣和卡其短裤，摊开双腿，涂着蓝色的眼线。我不希望他们说完黑人的事儿之后就看我，也不想避开自己的眼睛。这样他们就不知道我在打量他们，审视他们享有的特权，仿佛这是他们穿着的另一件衣服。回家的路上，我们驶过新奥尔良东部，穿过索维奇岛海湾，越过庞恰特雷恩湖浅吟低唱的灰色湖面，穿过斯莱德尔的广告牌群和公路边的带状商业区，最后进入密西西比地区。之后，我们驶入10号州际公路，穿过斯滕尼斯航天中心的松树林，驶过圣路易湾和戴蒙德角，回到迪莱尔。一到那儿，我们就驶出了那条漫长的、坑坑洼洼的高速公路，开过被遮蔽的杜邦公司，它犹如松林墙后的斯滕尼斯，驶过火车铁轨，经过小块的田野和小型的沙地院子里一个个小木屋，浓荫覆盖着这些屋子的门廊。这儿，马静静地站在田野里，吃着草，乘着凉。山羊正啃着篱笆桩。

我们全家都来自迪莱尔和帕斯克里斯琴小镇，这两个镇均不属于新奥尔良。帕斯克里斯琴栖息在长滩边墨西哥湾的人造海滩旁，背靠圣路易湾，而迪莱尔紧挨着圣路易湾的背面，向内陆延伸，形成狭长的区域。炎热难耐的夏季里，大多数时候，两座小镇的街道都在昏昏欲睡，而在温度大部分时候徘徊在冰点的冬季也是如此。迪莱尔的夏季里，有时人群会在周日涌入县立公园，年轻人从车里出来打篮球、用车来放音乐。春季时分，年长的人聚集在当地的棒球场，南方的黑人棒球联盟会来这里比赛。万圣节上，孩子们走过街区或是坐在开过街区的皮卡车后，挨家挨户地玩"给糖还是捣蛋"的游戏。诸圣日中，家家户户擦拭墓碑，清扫满是沙子的坟地，放上一盆又一盆的菊花，与逝者分享食物。接下来，他们围在心爱之人的坟茔四周，拿出尼龙帆布折叠椅，在一旁坐下，然后一直聊到晚上，点火赶走最后一拨秋季的蚊虫。这并非所谓的谋杀之都。

迪莱尔的大多数黑人，包括我家人在内，打从他们记事起就住在这里，很多家庭住的地方都是他们自己造的。这些小型的盒式和A字形房子是一批批建成的，最老的房子是我们曾祖父母辈在三十年代建的，后一批是我们祖父母辈在五十年代造的，最后一批是我们的父母在七八十年代雇用承包商修的。这些简朴的住宅，包括我们家在内，有两到三个卧室，房子后面是碎石泥车道、兔子笼和白葡萄园。住在这里的都是些穷苦但有自尊的工人阶层。迪莱尔没有公共住房，卡特里娜飓风来袭之前，帕斯克里斯琴的廉租房就是几栋小型的套楼公寓以及一些独户的住宅区，里面住着一些黑人和越南人。现在，也就是卡特里娜飓风袭击后的第七年，开发商在十五到二十英尺[1]的桩子上造了些双卧室和三卧室的新房，公共住房就这么建起来了。住宅区里很快便住满了

---

1 约4.6到6.1米。

因暴风雨而流离失所的人们，或是从帕斯克里斯琴和迪莱尔来的、希望住在家乡的年轻人。但是有几年，卡特里娜飓风让这一切都化为泡影，因为它夷平了帕斯克里斯琴的大部分住宅，也毁了最靠近迪莱尔海湾的地方。也因为这个，成年人回迪莱尔变得更为艰难了。除此之外，还有难言之隐。

正如乔舒亚在我们孩提时代捉鬼时所说：有人死在这儿了。

从2000年到2004年，与我一起长大的五位黑人男性青年纷纷故去，而且都死得很惨，他们的死看上去毫无关联。首先是我弟弟乔舒亚，他死于2000年10月。接下来，2002年12月，罗纳德也没了。再接着，2004年1月，C.J.去世。紧接着，2004年2月，德蒙亡故。最后是罗杰，他在2004年6月也离开了我们。这份接二连三的死亡名单直观地揭示了残酷的现实，它让人无语。它让我在很长一段时间里缄默。如果说对此发声是件难事，那只是轻描淡写；把这些说出来才是我迄今办成的难度最大的一件事。我笔下的鬼都曾是人，这一点我忘不了。我走在迪莱尔的大街上时，会觉得卡特里娜飓风后街上的人少了，这时我会情不自禁地想起故人。自从他们纷纷离去，街道显得更加空荡荡。再也听不到弟弟和朋友们停在县立公园的车里放的音乐，唯一回荡在耳边的是我一个表亲养的鹦鹉发出的受虐的叫声。装鹦鹉的笼子非常小，鹦鹉的冠子差点碰到笼子顶部，它的尾巴擦着笼子底。鹦鹉大声尖叫，叫声传遍整个街区，仿佛是受伤的孩子发出的喊叫。有时，在那只鹦鹉厉声喊出它的愤怒和忧伤时，我对街区的平静大为惊讶。不知道为何寂静无声反而成了我们克制的愤怒之音和积聚的悲伤之声。我觉得这里有问题，而我应该为这个故事发声。

跟你说了，这里有鬼，乔舒亚说。

这是我的故事，也是那些过世的年轻人的故事，这是我们家族的故事，也是我所在社区的故事，所以讲起来没那么容易。开头，我得说说我们小镇的故事和我所在街区的历史。然后，我会回顾一下那五位早逝的黑人男青年的情况：根据他们去世的时间，由近及远往回追溯，从罗杰到德蒙，然后到C.J.，再到罗纳德，最后到我弟弟。与此同时，我还得根据时间的发展往前推进叙述，所以在讲述我朋友和我弟弟生活、言语、身亡的几个章节之间，我会穿插介绍我的家族和我的成长历程。我希望，在我触及问题的要害之时，在我从过去来到现在和从现在回到过去的思绪行程同我弟弟的死交汇之时，我能通过了解我们的生活以及我所在社区人们的生活，更清晰地认识到这种死亡传染病发生的原因，更明确地认识到这里的种族主义、经济不平等、衰落的公共和个体责任是如何恶化，如何继续变糟，最后蔓延开来。我希望自己可以在有生之年找到弟弟的死因，弄清楚自己为何会被这该死的破故事所累。

我们在沃尔夫镇

遥远的过去—1977年

我父母的祖先中有的肤色很浅,在照片上看起来是白皮肤,有的肤色很深,鼻子和嘴巴的轮廓在黑白照片上泛着银光。他们有的穿着白色的长袖衬衫,衬衫塞进黑色的裙子里,有的身着淡色的棉衬衫,衬衫放入宽松的裤子里。毫无疑问,照片上的他们站在了室外,可背景已经看不清了,唯一可见是身后如炊烟般的树木。没有人露出笑脸。外祖母多萝西给我讲过他们的故事,说他们有的是海地人,还有的是乔克托人,说他们讲法语,从新奥尔良或其他地方来,找寻土地和生活空间,在这儿停下了脚步。

在这个地方以法国拓殖者迪莱尔的名字命名之前,早期的拓殖者都称这里为狼镇。松树、橡树和枫香树缠绕在一起,从小镇北部一直绵延到小镇南部,然后汇入迪莱尔海湾。懒散的狼河,河水呈棕色,蜿蜒地穿过迪莱尔,涓涓细流抚摸着小城,最后注入海湾。当人们问起我的家乡,我会告诉他们,这个地方有狼,在狼被部分驯服和安顿之前,这里就以狼的名字来命名。我想为它添上些野性的根基,几分早年的蒙昧,称它为狼镇正暗示了它的野性本质。

我想告诉他们,但是没有说出来:我见过那种瘦骨嶙峋的小红狐狸,从水沟边蹿了出来,然后跑入林中。我曾见过那个家伙,不过,那次情况不太一样。那是个晚上,我和朋友们开车经过迪莱尔一处尚未开发的地方,那里的树木胡乱缠绕在一起,有人曾在那儿砍出一条没有尽头的路,希望在其附近建造一块住宅区。小家伙从林子里轻快地跑到我们面前,我们吓了一跳,叫了起来,它瞅了瞅我们,又跑回漆黑一片的夜色中。它身上黑乎乎的,有如黑色的浓烟,长着又长又细的鼻子,它的行动悄无声息。这个充满野性的小家伙看着我们的样子,仿佛我们是群不速之客。接着,我们驶离了这个地方,开去更易通行的地方,离开了这个只有尽头的地方,这个似乎是万事万物的起始和诞生之处:狼镇。

不过我没那么能说,于是闭上嘴,一笑而过。

在这里,大部分人都有亲戚关系。黑皮肤的人在一起会说,我们的家族之间联系紧密,彼此帮衬,白皮肤的人在一起也会说这个,但是黑白肤色双方却很少谈起这个,即使他们有同一个姓氏。我们非常小心地对待社区内部错综的血缘关系，因此，在二十世纪初，迪莱尔的大人们会去阿拉巴马或路易斯安那的混血社区为孩子们挑选适合婚配的伴侣，从而使本地区的基因库更为多样。有时这么做挺奏效的，有时则不太管用。有时年轻人找到的对象与其家族的血缘离得更近。会出现两人是表亲的情况，还会出现触犯禁忌的关系。

我的外祖母多萝西还记得她的父亲哈里和母亲玛丽生下家里的全部十二个孩子之前，她还年少，当时她坐着父亲的旧车去迪莱尔北面很远的地方走亲戚。哈里的父亲是发黑的深棕肤色，可是据说哈里的母亲是白皮肤，哈里的姨妈住在北面远处的白人聚居区。哈里的孩子们有的是肉桂色皮肤，有的是豆蔻粉皮肤，还有的是香草白皮肤。在那趟北上的旅途中，车子驶过炎热且明艳的密西西比郊外时，孩子们蜷缩在没有篷子的车后座上，身上盖着毯子。哈里的肤色白得会被误认为是白人。到了亲戚家，孩子们在屋里玩耍，直到太阳快要落山，我外高祖母的妹妹对我外高祖母说："好了，你们差不多得回去了。"弦外之音是：你们在这里不安全。这里有三K党。可别夜里在路上被他们抓住。于是我外祖母和她的姊妹们把自己的小身体叠起来，继续藏在闷热的毯子里，一个看上去像白人的男子和他的白皮肤母亲一起往南开回迪莱尔，这个他们称之为家的地方——克里奥尔人[1]

---

[1] 最初指出生在法属和西属殖民地的欧洲白人后裔，现指欧洲人和非洲人（有时包括土著美国人）的混血儿。

为主的混血聚居区。

我外祖父小亚当的家族也有类似的血缘关系。我母亲有一张小亚当的父亲老亚当的照片，他看上去是白人。事实上，他有一半的白人血统和一半的土著美国人血统。老亚当的父亲约瑟夫·德都是白人德都家族的白人成员，这个家族在迪莱尔拥有一些财产以及部分风景最为优美的地产。那些地产位于海湾的转角处，那里长着美得惊人的大橡树，令这个地方别具风情。阳光洒在沼泽地和水面上，将其化为壮丽的场景，勾起我的思乡之梦。白人爱上了他的土著女仆，与她发生了关系。他的家人发现后，与他断绝关系。于是约瑟夫娶了黛西，他们的孩子就是我的外曾祖父。母亲告诉我，约瑟夫和黛西后来开了家杂货店，之后，在一次拙劣的室内抢劫中，我的白人外高祖父在店里遭枪击身亡。他去世后过了几年，我的土著外高祖母病逝。

我母亲的外曾祖父杰里米也相当有钱。传言说他妻子家是海地人，而他是个土著美国人。当他意识到白人政府是不会教育他的子孙时，就在自己的土地上建了一所只有一间教室的学校，雇了个老师。他还花时间打点林子里的多亩地产，管理制酒蒸馏器，禁酒运动时期这是社区里的大众消遣。有一天，他和女婿哈里正一起捣鼓制酒蒸馏器，勒弗尼家族的人发现了他们。我想象着这个场景，这些白人穿着白衬衫、黑裤子，细长的头发上滚着汗珠，双手湿漉漉的，握着光滑冰凉的枪。哈里逃走了，活了下来，接着将子女藏在毯子下，带到北边去投奔他们的白人亲戚，可是我的外高祖父杰里米却被打死了。勒弗尼家族的人将他的尸体丢在毁掉的蒸馏器中，尸体在绿意盎然的树林中渐渐变凉。哈里告诉家人事情的经过，家里的人马上长途跋涉去森林里找回杰里米的尸体。

★ ★ ★

我的爷爷叫大杰里，他和他的兄弟姐妹以及母亲埃伦都住在与圣斯蒂芬教堂隔街相望的方形小宅子里，房子被刷成石蓝色的。我的曾祖父母在圣斯蒂芬路上有几亩地，我父亲小的时候，他们在地里种着玉米和庄稼，养了一些马。

我的外祖父小亚当住在另一间小房子里，不过他的房子坐落在一条更窄的马路尽头，圣斯蒂芬路在这条路的北面与之平行。圣斯蒂芬路的北面有座小山，坡度很小，只有负重和骑车的时候才感觉得到它的存在；从圣斯蒂芬路开始上山的这条路叫小山路，与小山路垂直分出来的一条小路叫阿尔派恩，勉强可以通行一辆车。我外曾祖父母的房子就在这条路的尽头，他们灰色的房子又长又窄，装饰简朴，保存完好。我外曾祖母马曼·维斯特就住在这里。

我的曾祖母和外曾祖母都有着橄榄色的皮肤和黑白椒

盐色的头发。两人都带着浓重的克里奥尔法语口音。我一般和父亲一起去看曾祖母埃伦。可我从没见过她的丈夫,也就是我的曾祖父。父亲告诉我,曾祖父年轻的时候和人发生口角,被人打死了。曾祖母埃伦的声音洪亮有力,和父亲一样风趣。整个午后,她坐在门廊上,看着街坊们来来往往,缓缓地步入风烛残年。我们探望她的时候,她就坐在前门廊的台阶上,给我们讲她年轻时的故事。那时,她和她的姊妹们从橡树上扯下西班牙苔藓来填充垫子。那时他们辛苦地劳作,已经习惯了长时间在地里除草、栽种、收割以及饲养牲畜。外曾祖母马曼·维斯特永远都不会和我们一起坐在门廊上;她更讲究,也更内向。但是我们会坐在她昏暗的门廊的阴凉处,在这里,孩子们吃着蛋糕,听着大人们闲聊。马曼·维斯特给我们讲她亡夫老亚当的故事,据她所说,他去世之后,他来看过她一次,那时,她正躺在床上,他站在门口,现出身影,对她说话。她说她害怕极了,僵住了,动弹不了。我从没见过她先生——我的外曾祖父老亚当本人或是魂灵。马曼经常给我们讲她丈夫的故事,但是从未说起过她早逝的儿子阿尔东,他在越南踩中了地雷,一命呜呼。

我的家族史中满是男人的尸体。他们留下的女人们在痛苦中把他们从另一个世界拽了回来,以魂灵的方式出现。他们用死亡超越了这个我热爱并痛恨着的地方,成了超自然的力量。有时,当我想起家族中几代英年早逝的男子,我觉得迪莱尔就是匹狼。

在我的脑海中,我喜欢把父母相遇的地点放在隔开他们两家房子的那片广阔树林中的某个地方,要不就是当时还是坚硬的红土地的圣斯蒂芬路上。我想象着,两人都打着赤脚,那应该是五十年代晚期。我的父亲遇见了一位橄榄色皮肤的女孩,她长得又瘦又小,鼻子窄窄的,头上的深棕色卷发被抚平。她莞尔一笑,美丽匀称的脸庞绽放开来。能歇上一天和姊妹们玩一玩,她感到很开心。因为外祖母多萝西含辛茹苦地养育着子女,而母亲则处理家庭琐事、照看弟弟妹妹们。也许那时父亲还看不出母亲的实力,可她的实力就在那里。母亲见到了一位山核桃肤色的男孩,他深黑色的头发从小小的宽脑门那里一直向后抚平,鼻子扁大而突出,那个时候他的颧骨就已经像脸上突起的大石块。他可能带着一只眼罩。在他六岁的时候,他的堂兄用气枪意外地射中了他的左眼,眼球在眼眶中萎缩变灰。一段时间后,这只眼球被取下,换上了一只假眼球,于是父亲童年和少年时代的大部分时间都戴着眼罩。和所有的孩子一样,我的父母是历史和地点的产物,是密西西比南部和路易斯安那孕育的生命,两人的家族血脉中都流淌着非洲人、法国人、西班牙人和土著美国人的血,这些血统交汇在一起共同塑造了美国南方的黑人;可悲的是,虽然他们看见历史在彼此身上结出的硕果,却不曾想到这一点。

母亲会盯着父亲脸上那只没有神采的眼睛看,也许会觉得这个干涩的灰色大理石让他全身的其他地方更有光彩,而父亲会看着母亲那对细小的四肢,情不自禁地想起了小母鹿。道路两旁的松树向上伸展,往四周张开。两人第一次见面的时候,父亲没和母亲打招呼。父亲把地上的泥土踢进壕沟。母亲捡起一块石头。他们认识同样的孩子,如他们的堂亲和表亲,还有其他朋友。那时这里是个小镇,现在仍然是。

1969年,父亲十三岁,母亲十一岁,这里刮起了卡米尔飓风。它用势不可挡的大手夷平万物,横扫地面。我想,密西西比南部的人们肯定会觉得世界末日到了。卡米尔是那段岁月中一连串断断续续发生的悲剧中唯一的飓风。密西西比南部的男孩,不论黑人还是白人,都死在越南,美国各大城市爆发骚乱,教堂被炸毁,十字架被焚毁,自由乘车运动参与者[1]设法为乡亲们登记投票,密西西比州的河流和海湾边到处是惨淡的坟墓。当地的黑人男女在他们被禁止日浴和游泳的公共海滩上游行,他们也因此遭到恶狗和警察的袭击。五级飓风卡米尔朝他们呼啸而来,一下夺走250多人的生命,淹死在帕斯克里斯琴的一所天主教堂里避难的一家

---

[1] 二十世纪六十年代反对美国南部种族歧视法律的人士,乘坐公共交通时他们拒绝遵从种族隔离的法律。

十三口，那时这里的人肯定觉得他们的死期到了。有关当局行动迟缓，将无数家庭安置在帐篷区。我奶奶塞莱斯廷的房子被帕斯克里斯琴的那个风暴潮铲平，房子的地基被掀翻并冲到其他地方，父亲只好和他的姐妹、母亲待在一个帐篷里。外祖母多萝西的房子幸免于难，因为它位于迪莱尔北部偏远地区沙努，这里距迪莱尔海湾较远，足以躲过风暴潮。当人们得知母亲家的院子里有口自流井，她家便开始为整个小镇供水。

卡米尔飓风发生之后，政府也为飓风的幸存者提供机会，让他们迁往别处。父亲家获得从帕斯克里斯琴搬到加利福尼亚州奥克兰的机会，于是他们就搬了过去。几十年后，在卡特里娜飓风肆虐密西西比州海湾沿岸时，再次出现受大型飓风影响的人们搬迁的情况。政府并未给人们发放他们重建家园所需的工具，而是为每家每户提供搬迁的机会。让他们去逃生。父亲和他的母亲、姊妹们逃离了那段家中地基被震碎、全家游到阁楼保命的凶险记忆。在奥克兰，他早上上学之前，黑豹党会为他提供早饭。夏天的时候，一家人开车回密西西比走亲戚。对我们每个人来说，家园的向心力是无法撼动的。在父亲回密西西比的夏季时光中，他经常和他的表亲、堂亲以及大家族里的亲戚出去玩儿，肯定有时候也会和母亲一起玩。

父亲长得很结实，胸肌发达，一道道胸肌有如蚌壳。

在湾区，他练习功夫，他的第一个师父教他如何诚实地打斗，这意味着：先打对方的鼻子。父亲在这方面颇有天赋；市里的公交车上，三猜一的纸牌游戏有猫腻，他被三个骗子袭击，可他把骗子们统统撂倒在地。他入了个帮派，还和不少女孩儿约会：因为他长得帅，风趣有魅力，肌肉又发达，还有艺术感。

从某些方面来说，我的父母都过早地承担起成年人的责任，不得不在父亲缺失的家庭中成长。他们在圣斯蒂芬路上碰面时，都还是腼腆的小孩子，到了少年阶段，他们都长大了，有了变化。奶奶塞莱斯廷把我父亲当作一家之主和家里的顶梁柱，也就是说，把他当成大人看待，因为她和我父亲的爸爸，也就是我爷爷杰里，结了婚又离了，于是独自抚养自己的孩子。之后很多年里，父亲都是家中唯一的男孩，排行老二。有时他称塞莱斯廷为"妈妈"，有时又叫她"女士"，这些话从他嘴里说出就成了昵称，一个平辈之人的爱称。这意味着他可以无拘无束地游迹于奥克兰和湾区，尝试毒品，小偷小摸。我的父亲是家中两个男孩中的兄长，在所有的孩子中排行老二，正如他在家里扮演父亲的角色，我的母亲在她家扮演母亲的角色。

性别的缘故，母亲不能获得父亲享受的那种自由，而必须承担起养育家中七个孩子的重任。外祖母多萝西要打两三份工才能维持家中七个孩子的生计，所以她每天都得像男人一样拼命地干体力活儿。外祖父结束了和外祖母多年的婚姻，然后娶了她朋友。我母亲在十岁前就学会了做饭，十几岁的时候便开始准备大份的燕麦片和软烤饼作早餐，更大份的红豆和米饭当晚饭。每当我的四个舅舅，也就是家中七个孩子中最小的几个，违背了外祖母立下的家规，母亲就会从院子里掰下树枝教训他们。她和两个妹妹要洗很多衣服，洗完后再把衣服晾在潮湿的后院里牵起的晾衣绳上。

这样的经历让母亲和她姊妹们不太一样：她既是他们中的一员，又不是。她扮演的角色让她感到孤寂，也显得孤立，她与生俱来腼腆的性格又让这变得更为复杂。她讨厌自己必须变得强悍，也不满社会对南方乡村女性所苛求的坚忍。虽然她还是个孩子，但已经意识到这很不公平。这样的生活让她变得既安静又孤僻。母亲到了少年阶段，她的弟弟妹妹们也都大了，不再需要她一直照看，于是她可以去做和自己年纪相称的事，与人约会，经常光顾她教父开的小俱乐部，开些乡村家庭聚会。她的同龄人至今还对她办的聚会津津乐道。

然而，她感到性别、南方农村和七十年代的局限侵扰着她，觉察到户外夜色中迪莱尔的幽灵，狼把她困在她母亲的房子里。这里，冬日没有暖气，夏季没有凉风。高中毕业后，她去了洛杉矶，和她父亲家的亲戚住在一起，在那儿上学。那段时间，她倍感轻松。这段经历对她来说是个千载难逢的机会,虽然她深知这个机会多么难得,但她也明白,总指望我父亲从奥克兰给她打电话还是十分缥缈。于是,在那里上了一个学期的学之后,她去了北面的湾区,和我父亲待在一起。我父亲去密西西比走亲戚的那些年的夏天里,认识她之后,便从奥克兰给她写信、寄照片向她求爱,用他的个人魅力和强健的肌肉美来打动她。他们就这样开始共同生活。

罗杰·埃里克·丹尼尔斯三世

生：1981年3月5日

卒：2004年6月3日

安阿伯灰蒙蒙的。虽然春天已经来临，树木绽放新绿，可天空依旧乌云密布，苍白又冰冷。我过敏了，人很难受。我刚完成两年制研究生学业的头一年，鼻涕流得很厉害，只能靠嘴呼吸。来密歇根学习之前，我从未过敏得这么严重，这让我忍不住觉得好像密歇根这个地方不喜欢我，仿佛我是个异乡人，它想把我撵走。

2004年夏天，表弟阿尔东飞来底特律，协助我从密歇根开车回密西西比。阿尔东比乔舒亚只小一个月，我们情同手足。我二十七岁时，他二十四岁，已然长成了我的大表弟，比我高七英寸。他镶了颗金牙，编了头厚厚的玉米辫，能干又友善。他坐在司机的位子上，开着总共十四个小时车程的第一段。此时，我弓着身子坐在副驾驶位子上，望着眼前绵延数英里的高速公路、田野和广告牌，满心欢喜，却也忧心忡忡。心里想着，淡定、淡定，可是，我正在返乡。思乡之情意味着回家的念头总让我兴奋不已、欢欣雀跃。但是在过去的四年里，那种希望的感觉却变成了担忧。2000年10月，我弟弟死于非命，一时间，仿佛所有缠绕着我家人生活的悲剧都是迪莱尔那只象征着黑暗和悲伤的大狼变的，那个大家伙下决心要打垮我们。到2004年的夏天为止，我已经有三个朋友相继丧生：2002年冬天罗纳德走了，2004年1月C.J.没了，一个月后，也就是2004年2月，德蒙也离开了我们。朋友们接二连三的离去是记沉重的打击，仿佛那只狼一直在追杀我们。但是我没和阿尔东说这些。我只是说："弟，我鼻子不通。这里太冷了。"

阿尔东把乐曲声调大，他放的是说唱乐。这音乐在数英里的高速公路上不绝于耳。我们在俄亥俄平原的农田中央停了下来，喝了点可乐，上了个厕所，吃了些点心，这时，我不用再拿纸巾堵住鼻子了。我们越过俄亥俄河、进入肯塔基起伏的青山之时，我的鼻子通了。开车时，阿尔东左手搭在方向盘上，右手放在座椅扶手的中间。

希望今年夏天大家都平安无事，我在心里默念着。

放暑假的时候，我的同学有的留在安阿伯，有的在阿拉斯加的渔船上工作，还有的去科德角探望家人，而我总是回密西西比的老家。1995年到2000年，也就是我在斯坦福大学读本科的时候，连寒假和春假，我都会回家。2004年夏天，我延续了这个传统。从我1995年离家前往斯坦福读书开始，乡愁就一直折磨着我。当我看见倒霉的人，就会想起我的父亲。很奇怪，我的眼泪会止不住地往下流，可在我那时的男友面前，我又会掩饰这些。我会请家乡的朋友与我长时间通话，这样我就可以听到电话那头传来的背景声，希望自己也在那里。我梦见母亲房子周围的树木都被砍光烧尽。明知自己对家乡有很多的恨，恨那里的种族主义、不平等和贫穷，这也是我离开那里的原因，可我还是深爱着家乡。

回家的时候，我住在母亲家中，这是一座白色双层的拖车式房屋，位于一亩地的后面，远离公路。房子的前院种着西班牙橡树，还有一个长满映山红和植物球茎的小园子。母亲对她的院子很是骄傲，花了很大的力气收拾。尽管我们住在山顶，春夏大雨来临之际，山上的土壤还是会被冲走，落到大街上，弄得院子前面全是沙子。那年夏天，也就是乔舒亚离世后的第四年，母亲将他的房间改造成卧室，给我七岁的小外甥德肖恩住。我的大妹妹，也就是德肖恩的母亲内里沙，当时二十一岁，住在密西西比长滩的复式公寓里。她十三岁时生了德肖恩，这个岁数还不是当妈的年纪，她也没成熟到可以为人母，所以德肖恩就和我母亲住在了一起，内里沙在周末的时候学着带孩子。那时，我十八岁的小妹妹沙兰也住在母亲家中。我从密歇根回家后不久，她高中毕业。

我和阿尔东长途驾驶回到了家。我从后门进去，然后蹑手蹑脚地进了沙兰的房间，她正躺在床上，我爬了上去。虽然我身上流着汗，还带点儿可乐和烤玉米粒味儿，但是她没有把我从床上赶下去。我一只胳膊搭在她身上，脸对着她的背。我们一样高，体重也差不多，都有着修长娇小的身材，不过她的臀部比我的小，睫毛同乔舒亚的和内里沙的一样浓密。我头一次离家上大学时，她才十一岁。当时她留下了我剪下的指甲和喝光的可乐瓶。她是我的小妹妹。那一刻我允许自己不再坚强。她要么睡着了，要么是出于礼貌装作自己睡着了。因为我躺在她身后哭泣，不均匀的呼吸是我因害怕或释然而落泪的唯一迹象。她让我好好地哭。我们就这样开始了暑假。

我们醒来的时候，她没有提我哭的事，我们出去开车转了转。沙兰晕车，空调让她晕得更厉害。我在密歇根的第一个冬天，雪下个不停，严寒久久不散，大大超出我的预料，所以这会儿我想尽量在热浪中多浸泡一会儿，于是我们在密西西比100华氏度[1]的高温里开着车窗行驶。我们漫无目的地开着车，最后来到县立公园，这里的秋千无精打采地挂在那儿，闻起来像阳光下烧焦的橡胶，篮网耷拉在篮球架上，露天看台上空无一人。地面上回响着失落和悲伤。我们

---

1 约37.8摄氏度。

感到很孤独。

"去罗杰家玩儿吧,"沙兰提议,"那里一直有人,他都在家。"

★ ★ ★

罗杰住在帕斯克里斯琴这里一个叫作橡树公园的地方。这里的绝大多数居民是黑人,纵横交错的街道从北面的北街开始,一直延伸到南面的第二大街,距海滩和墨西哥湾约两个长街区那么远。临近北街的房子和我见过的南密西西比的大部分住宅一个样儿:砖砌的,单楼,有三间卧室,一小块混凝土板用作房子前面的门廊。凭感觉,就能知道临近第二大街以及靠近海滩的房子更大。罗杰和他的母亲菲莉斯(大家都叫她菲太太)住在靠北街的房子里。

罗杰又矮又瘦,有着松树皮一般的棕色皮肤,梳着辫子,衣服非常宽松,把人都快遮没了。他总是半耷拉着眼皮,眯着眼睛。他的脸又窄又长。灿烂的笑容给人留下深刻的印象。他真的很爱笑。

罗杰的父亲罗杰·埃里克·丹尼尔斯二世(或者叫他乔克)二十八岁时死于心脏病,于是菲太太独自抚养孩子,这就意味着罗杰和这些我们没有父亲陪伴成长的孩子一样,大多数时候和他的两个姐姐或者其他同龄的孩子在一起,家里没人照看他，尤其是夏天。七月四日，他和他的表亲把鞭炮拧成硫黄串，放进邮箱，然后点燃。邮箱被炸开了花。有人报了警。警察赶来时，告诉孩子们毁坏邮箱触犯了联邦一级的法律，把其他两个男孩送去青少年拘留所。罗杰明白了，在南方，黑人孩子傻傻地玩恶作剧会落得如此下场。从某种程度上来说，罗杰还是走运的：他没给抓住。

罗杰上七年级的时候和我妹妹内里沙约会了一周。那时她还没怀上我外甥，但是不久就怀了。打九岁起，她就有了身体曲线。她有着一头亮丽的长发，下巴上长了一颗痣，胸口上也长了一颗，像纽扣一样对齐；从她蹒跚学步的时候，父母就意识到她的美丽也是她的祸水。母亲说起内里沙时会说，如果我们要担心会过早地当上祖父母，她就是这个令我们发愁的人。内里沙与我不同，她在中学时代就很受欢迎，当时已经交了几个男友。她说她疯狂地爱上了罗杰，觉得他是中学里最迷人的事物。他们俩在班上传纸条。罗杰写纸条问内里沙：愿意和我约会吗？内里沙回答道：当然。她穿上从乔舒亚那里借来的大T恤，套上大大的短裤，再穿上网球鞋。大概一年以后，她怀上了来自格尔夫波特年仅十九岁的男生的孩子，乔舒亚借给她的这些大衬衫在她怀孕的头五个月遮住了她逐渐隆起的肚子。

内里沙和罗杰的恋爱持续了一个礼拜。内里沙穿上大衬衫和大短裤后显得太男孩子气了,于是罗杰和她吹了。不过他们还是朋友。多年以后,内里沙住进第一间公寓时,罗杰来访,他进了前门,双手拥住她,问:"什么时候嫁给我?"边说边笑。

"你没机会了。"内里沙也和他开起玩笑。她的男友罗布坐在沙发上,嘴角叼着根黑色的雪茄,身旁摆着杯啤酒。他笑了起来,露出友好轻松的笑容和深度抛光后的金牙,牙齿在黑黑的脸庞前闪闪发光。

"嗨,别这么说,内里沙,再给我个机会吧。"罗杰嚷嚷着。

"没门儿。"内里沙大笑起来。

罗杰的卧室以黑色为基调:黑色的墙壁,黑色的窗帘。卧室里摆着架子,架子上放着许多汽车模型,车上装着炫目的镀铬车轮,汽车精心地摆放在一起,最细微的地方都不放过。他的音响里有图帕克的音乐,有来自新奥尔良的老无极限和第五区男孩的歌,还有来自纽约市的卡姆伦和外交官组合的曲子。墙上挂着图画。罗杰在艺术方面有天赋。密西西比的郊外乡间没有水泥建筑,也没有什么地方聚集大量的建筑,不能为涂鸦提供足够的画布,于是孩子们通常会像罗杰那样开发自己的街头艺术行为、拓展自己的街头标签,那就是,在自己的房间里贴上自己的草图。

罗杰画车，还画人物画。他尝试写艺术字。他的一张画作上写着：**选择**。另一张上写着：**暴徒生活**。还有一张上面写着：**现在笑，将来哭**。

罗杰上十年级的时候辍学了；在这里，年轻的黑人男性辍学不是件稀罕事儿。有时他们被校领导以不法之徒为名或以贩毒或是骚扰其他学生的恶性罪名为由强行赶出来；有时他们被赶到教室后面然后就给忘了。罗杰就坐在这样一间教室后面做口技音乐，而他的表亲们唱着灵歌，把歌曲里耶稣的名字换成老师的名字。他不上学了，开始工作，又在2000年去洛杉矶和亲戚住在一起。他喜欢这种新生活。他在一家汽车店工作，比他在密西西比挣得多，他也喜欢那里的生活：有主题公园，溜冰场，海滩。那里海水湛蓝，海浪冲刷着棕榈树点缀的海滩，那里的海滩与我们这里的还不大一样。我们的是人工海滩，水泥和松树环绕四周，污浊的灰色海湾杂乱无章地拍打着海滩。

之后，不知道是不是由于罗杰对内里沙仍有好感，回忆起他们短暂的中学恋爱时光，于是在他回老家的时候，他和我们一起参加了2001年帕斯克里斯琴狂欢节大游行。我当时已经大学毕业，差不多一年没工作了，但是为了参加狂欢节，我特地订了张从纽约市回家的机票。这让我的信用卡负债雪上加霜。可我不在乎。我必须回家，即使只待三天。

那时弟弟刚过世。我希望每天自己醒来的时候，他都好好活着。那年的2月份，我还不知道他只是开了个头。外面下着雨，寒气凛冽。除了罗杰，我们都在克制自己的情绪。他神气十足地走在一群从迪莱尔和帕斯克里斯琴来的朋友和亲戚中。照片中，他站在一旁，脖子上挂着一串紫色、绿色和金色的大珠子，就是那种通常我们尖叫着请求得到的东西，因为戴上它，我们可以开心一整天。我和我妹妹们挤在伞下，注视着拥挤的人群，不去理会那些扔在我们伞上的珠子。我三岁的小外甥在人群中不知所措，刚刚失去舅舅的他抱住我的一条腿。我悲痛万分，五光十色、光彩夺目的珠子，花车传来的音乐声，以及当天的庆典，对我来说就像一场闹剧，一种伤害。

弟弟去世后我参加的第一个狂欢节游行的首日，罗杰的到场让乔舒亚缺席的悲痛稍微缓和了一些。罗杰笑得很轻松，胳膊随意地搭在我或我妹妹的肩膀上。你好，他说。接着问：怎么啦？

不知为何罗杰2002年回了趟密西西比之后就留下了。我估摸着他是想家了，因为他怀念帕斯克里斯琴这里树荫掩映的窄街道，到处都是房子，建在十二英尺[1]的桩子上，这

---

1 约3.7米。

样可以保护房屋不受飓风侵袭。或许他是想菲女士，想他妹妹雷亚和达尼埃尔，想他遍布帕斯克里斯琴和迪莱尔的大家庭，还有他的亲戚了。不少人走了就不回来了，因为他们被大城市吸引过去，那里更容易找到工人阶层干的活儿，也比较容易获得机会，因为当权者较少受到南方文化的束缚。可是，我也听说有人离开密西西比，成年后在别处工作五到十年，然后又回了密西西比，这些人会说："你还是会回来的。你还是会回老家的。"

2004年夏天，我和阿尔东从密歇根驱车回家后，我和沙兰去罗杰家的头一个晚上，大家没有进去。我们的车一辆挨着一辆停在大街上。夜幕黑沉沉地压了下来，街灯遥相闪烁。昆虫聚集在灯泡四周模糊的阴影中，把它们变得更加昏暗。灯光下，我们只是一团模糊的影子，星星有如遥远的大昆虫在夜幕中打着瞌睡。

男生们把车载音响的低音调高，我们坐在车后备厢和引擎盖上，跟随节拍轻轻摇摆，汗流了下来，顺着车钢面滑了下去。罗杰四处走动，一只手拿着百威啤酒，另一只手到处挥舞，仿佛一个孩子正在划开副驾驶座窗户外的空气。

"哇——哦——"他叫着喊着，紧紧地抱住我、我弟弟最后一个女友塔莎还有沙兰三个人。他差不多跳在了我们身上，把腿放在我们站成一排的脚上。

我们哈哈大笑。即便是2004年的夏天，我们喝醉了还会大笑。

"好啦，罗杰，"沙兰娇嗔地说，"你又在搞怪啦。"

"你什么意思啊？"罗杰从我们脚上滑下来。

"你这么一跳我都感觉不到车后备厢的存在了。你觉得呢？"她问我。

"沙兰，像不像按摩，嗯？"罗杰问道，然后递给她一根黑色的雪茄。"放开了玩。"

那天晚上罗杰围着车后备厢跳舞，逗得我们忍俊不禁。他瘦削的脸上一直保持着笑容。当其他男孩缩在自己的车里，讲着我们不得而知的话，说着、做着我无从知晓的事时，罗杰则在同我们插科打诨。他让我想起阿尔东。阿尔东身上有股温文尔雅的气质，他为人体贴，让人感觉很舒服。他头一回看见自己的一个表弟在他门前的街上体验大麻时，便上前阻止。黑暗中，他走上前去，对表弟说："呀，天哪，你在干什么？把这个戒了！别碰这玩意儿！"他表弟笑了；他已经兴奋起来。

那年夏天我们只在室内开了一次派对。我们喝了酒。聚会的时候，我们都会喝点儿。但是那次与以往夏天不太一样。以往我们会放开喝，喝得手舞足蹈。我们会一口接一口地喝下"清如许"牌谷物烈酒，能感到酒劲上身，头嗡嗡作响：那一刻，你会觉得自己年轻又有活力。还活着，再来一口。但是2004年的夏天，我们不再叛逆地喝酒，不再没有章法、愤世嫉俗地喝。我们都压抑地喝着，为了忘却而喝。2004年的夏天，我们知道自己老了：这年夏天结束的时候，我们明白自己的一只脚已经踏进了坟墓。

在罗杰家的那天晚上，我们喝了一箱又一箱百威啤酒，这是罗杰的最爱，我们在他家玩多米诺骨牌，抽烟，聊天。那天晚上，滴酒不沾的沙兰决定喝点儿，但不抽烟了。我像个装了纱门纱窗的门廊站在里屋，和我的小表弟德兹说话。德兹和我的大部分小表弟一样，站起来比我要高，所以和我说话的时候他得弯着腰。他问起我的写作情况，我正在写什么，我告诉他：我在写本有关年轻的孪生兄弟的书，两人来自像迪莱尔这样的地方。黑暗的房间里，音乐声中，他说我写的东西是"活生生的现实"，对此表示赞赏，这让我感到不好意思了。我呷了口啤酒：我讨厌啤酒的味道，但是却喜欢喝酒带来的快感。沙兰白酒下肚，一杯接着一杯，最后摇摇晃晃地从我身边走过。

"我去上个洗手间。"她说。

罗杰领着我们在过道上走，我陪着沙兰穿过罗杰母亲的房间，去上她的独立卫生间。我开了灯，沙兰膝盖一软、瘫了下去，她的头压在我的大腿上，不省人事。她神志不清地呕吐着。罗杰走开了一会儿，然后又回来了。

"她没事儿吧？她得喝点水。"

"是啊，她酒量不行。"我边说边摸摸她头发，睡眼惺忪地望着黄色的地垫。

我们在罗杰母亲卫生间的地板上坐了两个小时。沙兰睡在我的腿上，我喝完剩下的温啤酒，平复着昏昏沉沉的脑袋里的嗡嗡声。罗杰拿来一些东西：为了让沙兰的胃舒坦一点，他端来了一杯水，两杯水，薯片和面包。沙兰喝了水，但是没吃面包和薯片，于是我把这些都吃了。在我醒好酒可以开车上路的时候，罗杰帮我把沙兰抬到车上，目送着我们开进海湾，驶入夜色。

第二天我和沙兰又去拜访了罗杰。天气炎热，光线强烈，虽然积云像潜伏在空中的一座座山峦，但是没下雨。罗杰正坐在一把硬硬的塑料椅子上，我和沙兰沿着行车道走向车棚时，罗杰拖出两把带有塑料织物的金属椅子。我们坐了下来。由于宿醉，我还有点不舒服。编织带戳着我的腿，不过坐上去感觉还行，在阴凉处放松一下还是挺舒服的。这个时候，罗杰和沙兰抽着烟，知了叫个不停。罗杰和沙兰谈论着街坊里发生的变化，觉得死亡在悄悄地跟着我们、将我们彼此分开，社区在分裂。他们说起昨晚他们是多么狼狈不堪，谈到加利福尼亚，说到变化。

罗杰提到变化，说起回加利福尼亚，还有其他一些事。这是那时他能想起的一切，我猜松树和黏黏的空气对他而言就像隐形房间的墙壁，处处紧闭。也许是因为这个，他和许多人一样，既吸毒又喝酒，还比一般人吸得更多、喝得更多。他的瘾越来越大，他的体重越来越轻，身体越发精瘦结实，脂肪越来越少，浅浅一笑，黯淡无光。他表姐比比说，一整个夏天他都在说离别——离开密西西比，回到加利福尼亚。他怀念自己的工作，怀念异地新生活的自由。他对比比说："你也知道，那儿对我来说是个更好的去处。我可以生活得更好。"他打开瓶子。"不想再这么下去了，我准备走了，"他说，"我会直接去那儿，不过这里……"说话间，街坊里一个因吸食各种毒品而声名狼藉的男孩开着卡特拉斯汽车过来，可卡因、海洛因、大麻，他都吸。他停好车，走过来问："怎么啦？"

有人知道罗杰吸食可卡因，也有人不知道。在密西西比，可卡因是十七世纪晚期到十八世纪上半叶聚会时人们喜欢使用的毒品。我父母那一辈的人会用，他们还会把可卡因放在大麻烟里一起抽。不过只是偶尔暗地里用一用。有的人一直用就会上瘾，有的人则不会。这之后，强效纯可卡因出现了，这个新玩意儿对有可卡因瘾的人来说危害极大：因为它价格更低，更容易上瘾。一旦上瘾，就从聚会时随便玩玩沦为瘾君子，需要从家人、陌生人处偷窃以满足自己的毒瘾。

我想说说迪莱尔这里关系密切的民情和帕斯克里斯琴黑人聚居区的事儿。比方说，你一觉醒来发现车载音响不见了，你为此大发雷霆，给亲戚打电话发牢骚，找朋友吐槽。你猜有人偷了音响。快到中午的时候，你的一个亲朋打电话给你，说有人看见谁谁谁在穿过林地或在街上跑的时候胳肢窝里夹着你的音响。当天下午，你出现在窃贼家，那是个有点破旧却很整洁的小房子。你大声要求对方归还你的音响。你指责他们的时候，他们会面带愧色，甚至有可能会反过来斥责你，或是露出紧张的笑容，但还是会归还他们偷走的东西。我的成长阶段经历了八十年代和强效纯可卡因泛滥的九十年代，当时的偷窃事件就是这么解决的。现在不会出现这样的情况了。午后，你去了窃贼家，这里不通电，地板烂了，此时他们已经当了音响，吸了当的钱买的可卡因，脑瓜上的眼睛传递出心绪不宁，眼神从你身上飘过，看向红土地，望向天空，再瞅向头上摇曳的树木，他们会在你面前躺下，直到你不再追着他们要，而去寻找别的线索，直到你离开。

因为迪莱尔和帕斯克里斯琴的人们离强效纯可卡因太近了，所以这里的年轻人总是被打上和可卡因连在一起的污名。孩子们能喝不少烈性白酒，能抽卷着大麻的粗雪茄烟，甚至会吃迷幻药或处方类止疼片，但是他们不会随意地掏出一包3.5克的可卡因，把这个放在家庭聚会的餐桌上。为什么呢？因为一直玩乐的堂亲表亲们、叔叔舅舅们、阿姨姑姑们或父母，虽然自己的牙齿在烟管上被熏得黑黑的，但是他们会像幽灵一样坐在桌边的孩子们身旁。吸食可卡因的年轻人为此撒谎，试图掩盖，还经常克制自己的毒瘾。罗杰就是这样。

我父母两边的一些亲戚经年累月、断断续续地滥用强效纯可卡因。我和沙兰说起这个时，她总是说，我不能因为这个指责他们，这东西给人快感，所以他们会喜欢。这会帮助他们解决问题。接着又说：他们也在成长。我现在明白她的意思了，但是2004年夏天时我还不明白她在说什么，也曾意识到这么多年来酒就是我的解药，尚未把我借酒浇愁与他人使用毒品联系起来，更没有想过这对我亲戚、姊妹或罗杰来说有一样的功效。我清楚地知道自己住在一个希望和可能性如同清晨薄雾一般短暂的地方，但是我没有想到过大家使用毒品是出于绝望。

记得2004年夏天是在加油站最后一次见到罗杰。但记不清我当时是和谁在一起，我们在帕斯克里斯琴海边的英国石油公司加油站停下来加油，一年后，卡特里娜飓风来袭，毁了海岸，英国石油公司也滚蛋了。油泵嗡嗡地响，我看到罗杰拿着啤酒飞奔过来，于是我马上从车上跳了下来。只见他的脸变长了，合着嘴，没了牙。他骨瘦如柴，眼睛眯成两条缝，像是在笑，其实并没有。

"怎么啦，罗杰？"我问道。

"什么怎么啦？"

他抱了下我，身上的黑T恤显得非常宽松。不过，他的肩都没碰到我的肩。他只是礼貌地抱了下我就走开了，和街坊的两个男人一起回到车上，被高速公路上黑漆漆的一片所吞噬。海湾吹来的风结结巴巴地说着话，懒散地将沙子吹过停车场，吹过我的脚，罗杰如躲进隐秘洞穴的动物，消失在帕斯克里斯琴昏暗的林荫大街。

多年后，沙兰对我说，在人们发现罗杰出事之前，她曾设法去看他。也就是说，在她以为他还活着的时候，她去探望过他。房子黑乎乎的，大门紧闭，她和朋友们猛敲门，当时并不知道罗杰已经死在里面了。两天后，罗杰的妹妹雷亚发现了他。他们呼喊着他的名字："罗杰！"他们说："这笨蛋很可能晕倒在里头了。罗杰！"喊声更大了。"来开门！"

沙兰说，现在知道当时他就躺在门后，这让她心碎万分。

多年后，内里沙告诉我，2004年2月她和罗杰在一起。那次可能是因为C.J.刚过世，罗杰和我的表亲们吸了太多的可卡因，可能是他们对爱和失去还没有经验，可能是罗杰晕了过去，我表弟怕他没了呼吸，就把他搬到内里沙的卫生间，放在浴缸里，往他身上浇冷水，希望奇迹出现，希望生命的火焰不要熄灭。我表弟哭喊着。他大叫:"千万别这样对我!"他捶着罗杰的胸。"你别!"他对罗杰大喊,"别再!"然后罗杰舒了口气，睁开了双眼。

2004年6月3日晚上，罗杰先用了可卡因，然后吸了点洛它博[1]。这一次他母亲家中没有大型的聚会，也没有朋友间的小派对。接着，罗杰这个拥有灿烂笑容的长脸男孩躺在自己的床上，同时感受着兴奋和低落、满足和失落。也许他正浮想联翩，幻想着身处他乡，或许正与他的表亲一起，在加利福尼亚的棕榈树下，顺着威尼斯海滩走，闻着被人差点当成大麻的香火味儿。或许他正想着太平洋上的天空，一望无尽的海水滔滔不绝，与彩霞相连，最后消失在地平线处。或许他正想起自己的家人，他的母亲从墨西哥湾的近海石油钻井平台上归来。或许他正想着空调，在家中凉爽又阴暗的床上躺着真舒服，就这么一直躺着。或许他根本就没想这些，但是我希望是这样。罗杰父亲心脏不好，这最终要了他的命，这个病根此时在罗杰的胸中疯狂地开枝散叶。那晚，某个时刻，罗杰心脏病发作，一命呜呼。

---

[1] 强效止痛药，可缓解中度或重度疼痛。

★ ★ ★

当我弟弟的最后一任女友塔莎打电话告诉我罗杰的死讯时，我正独自一人在我母亲的家中。

"他们杀了我哥!"塔莎在电话那头呜呜地哭。她和罗杰的关系很好。

我离开母亲的家，开车穿过迪莱尔去乡下。我开着车窗，调暗车灯往前开，在一条没有人烟的道路上遇到了我高中时的男友布兰登；在密西西比乡间独有的空荡荡的夜色中，我们把车停下。打从七岁起，我就认识了布兰登，对他的脸再熟悉不过了。我走到他的车边，一只手放在前额，身子探进靠近司机的车窗。他的黑色双眸大大地睁开。我们四周的树林与鸣叫的昆虫都在燃烧。

"听说了吗?"我问他。

我抱紧了他。罗杰是他第一个表亲，他的大表弟。他们有着同样乌黑的眼睛，同样乌黑的卷发。布兰登点点头。我收回身子时，脸擦过他的脸。他的皮肤湿湿的：晚上很热，我不知道这是汗水还是泪水。

"你刚刚去过橡树公园啦?"我问道。很多天了，只有人敲门，却没人进去，罗杰的妹妹雷亚终于发现了罗杰的尸体。我不想去想象雷亚当时的样子。

"是的。"布兰登回答。

我把他留在街上。我开到橡树公园的时候,把车停在水泥路缘旁,走过去站在罗杰家前面的草坪上。一群人就站在这条我们曾经一起玩耍的大街上。我和沙兰、塔莎在这里碰头。我们面朝房子。一个长长的灰黑色灵车闪着银色的光,把罗杰带走了。它在行车道上开得不太顺利。街灯嗡嗡作响。他们用担架把罗杰抬出来,放到车后面。这时,我张开嘴放声大哭。我恨灵车。我想放火烧了它。司机笨拙地碾轧着草地,从院子里开了出去。我想起前男友在我走前对我说的话。

"他们把我们一个一个干掉。"布兰登低声说。

人群散去,罗杰的直系亲属将房子锁上,所有的灯关掉,我们却还在街上徘徊着,等待着。我们等待着,仿佛我们能让灵车开回,能让罗杰活着从车后面走出来,能让他讲笑话,露笑容。我独自开过黑漆漆的海湾回了家。我想起了乔舒亚,想起了C.J.,想起了德蒙,想起了罗纳德。我开着车窗开车,想起了罗杰。

我想起了塔莎和布兰登的话,不知道他们口中的他们指的是谁。罗杰并非他杀,他的心脏出了问题;那他们指的是我们?这是不是意味着,我爱的人接二连三的死亡,其中藏着我并不知晓的隐情?他们是不是就是普遍意义上的人?车头灯在夜色中发出微弱的银光,一时间,他们同夜色一般无处不在,深邃逼人。我关上音乐,静静地开回家,只有虫子在尖叫,暖风在拍打我的车窗。我尽力去听人们讲述，因为我想搞清楚书写我们故事的他们会是谁。

★ ★ ★

罗杰的葬礼结束后，我轻轻地拍了拍雷亚的肩膀，张开双臂，紧紧地抱住她。她会说话的大眼睛里布满了血丝，游离不定。我回想着，我弟弟死的时候，我希望别人或所有人除了还好吗？没事吧？之外对我说点儿什么。我知道这些问题的答案，于是在她耳边小声说："他永远都是你哥哥，你也永远都是他妹妹。"

言下之意：你会永远爱他。他也会永远爱你。虽然他现在离开了，可他以前一直都在这里，这个事实没人可以改变。也没人可以抹去。如果能量既不能被创造也不能被毁灭，如果以前你哥哥整个人和他的幽默、善良、希望都在这里，不也就说明即使这些现在都不在了，但他还存在于其他某个地方么？不是吗？雷亚，为了今早能起床，我就是这么想我弟弟的。可那时我并不知道该如何表达。

街区里每次举行完葬礼，包括罗杰的这场在内，都会有个聚会或餐会。年长的女性给菲夫人家端来大盘的炖菜和肉食。正午时分，我们找到了去她家的路，把车停在她家前面，还有人把车停在邻居家的院子里。我们的车一半停在草地上，一半停在柏油路上。我们一只脚留在车内，一只脚放在车外，把盘子平放在大腿上吃起东西来。我们把衬衫往下捋平，白色的T恤上印着罗杰出现在蓝色边框里的照片。照片中的罗杰酒窝深陷，笑容灿烂。我们沉重地呼吸着。

纪念衫对参加葬礼的年轻人来说最为常见。我不知道这是否在北方、东部和西部的黑人街区也司空见惯，但是在南方，这和餐会一样成为风俗。罗杰的衬衫是他的表亲们做的：他们收集了印在衬衫上的照片，然后设计而成，接下来送给每位可以支付衬衫成本价20美元的人。年轻人以这种方式缅怀同辈。只见纪念罗杰的T恤衫上，罗杰露出迷人的笑容，仿佛在说，嗨，你好，今晚咱们去哪儿玩儿？在罗杰的大照片旁，印着其他几位过世的年轻人：罗纳德，C.J.，德蒙，乔舒亚，还有两位我不太认识，他们已经过世好几年了，一位死于车祸，另一位自杀身亡。他们在这些像是上学时或家庭聚会时拍的照片上都带着笑容。我弟弟在他的照片上看着像个年轻的歹徒，在新奥尔良最恐怖的幽灵威胁之下狂奔。他手持我父亲在SK武器商店购买的手枪，在镜头前面摆好姿势，一条鲜艳的头巾遮住脸下半部分，头发剃成板寸。那时他肯定有十六岁了。我从没见过乔舒亚这张照片，吃东西的时候，我看到他和其他几个过世的年轻男子在一起，不禁哭了起来。在密西西比炎热的夏季里，我嚼着葬礼餐会的食物，看着照片中弟弟的眼睛，一双睁大的棕色大眼睛，这一点也表现不出他的内在，展现出的分明是另外一个人的特征。

在罗杰的纪念衫背后印着"耶耶"[1]和"啥意思？"[2]。他的表亲们告诉我，这是他嘴里经常念叨的，但是没说这是什么意思。衬衫上还写着"选择"。罗杰的照片是对他活着时的冒犯，因为对于记录这位笑眯眯的、真诚的二十三岁青年而言，这显得过于简单也过于静态。有句话从衬衫前面一直写到衬衫背面的：**让你笑的事也会让你哭**。我边擦眼泪边想，这太应景了。那一刻，我记不起过往的大笑，也想不起同罗杰一起高声发出令人尴尬的大笑时的感觉。我看着自己的亲朋好友，大家都在哭，看向别处，我想不起自己还能笑。只剩下失落和疼痛的感觉。我不明白为何这样的感觉一直存在。

---

[1] 由黑人流行歌手比尼·曼演唱的歌曲名。
[2] 著名的流行歌手贾斯汀·比伯在美国公告牌榜拿下的首支冠军单曲名。

我们出生了

1977—1984

我在娘胎里才六个月就早早地出生了,那天是1977年愚人节。当时母亲十八岁,父亲二十岁,和我奶奶一起住在奥克兰,生活在父亲童年时代就开始住的房间,里面满是他少年时代的印记:布鲁斯·李[1]的海报,双截棍挂在钉子上,父亲的插画。母亲已经记不清我快出世的时候她和父亲的对话,不过我可以想象得出这个画面——母亲醒来,对父亲说:"我要生了。"父亲哈哈大笑,觉得这个愚人节玩笑很好笑;紧接着,母亲痛得蜷缩在床上。"我没开玩笑。"她的脸上露出这样的表情:仿佛他的母鹿遭到车挡泥板的碰擦。

我落地时两磅四盎司[2],医生告诉我父母,我活不长。我的皮肤红红的,像纸一样薄,还皱巴巴的。我的眼睛大大

---

1 即李小龙。
2 约1 021克。

的，对这个世界感到陌生。父亲把我捧在一只手的手心里，给我照了张照片，确切地说，是张全身照。由于体重过轻，我还长了突起的血液肿瘤：绛紫色的肿瘤呈鼓起的球状。薄薄的皮肤容纳不了大量的血液，于是，有两个肿瘤裂开，漏了出来。我四岁左右，上腹部、手腕处和大腿后面的几个肿瘤都缩小变平了，只在患处留下一些斑驳的疤痕。下腹部这里也长了一个，所以医生在我肚脐眼下方几毫米的地方开刀，做探查性手术，然后再缝合。这次手术很可能将我的小肚子都探查了一遍。在我的想象中，我像一只手术台上被切开的青蛙。多年以后，缝合处的刀疤长了开来，陷了下去，收在一起。当医生意识到我可以活下来的时候，他们又对我父母说，我会出现严重的发育问题。可我的双肺呼吸顺畅，我用力地呼吸，这让他们大为吃惊。她的心脏很强劲，他们赞叹地说。另一张照片中，我的眼睛下方鼓出两个红色的眼袋，母亲帮我扶着脸上插的呼吸管。我看上去很疲惫。我在恒温箱里静静地却顽强地活了下来，全身插满各式各样的管子。住院的头两个月，我身上的红色渐渐褪去。慢慢地，我的上腹，乱动的腿，还有张开的双臂上都长了点肉。我的眼睛缩进头颅中。5月26日，医护人员放我出院，当时我的皮肤黄黄的，没什么头发，长了点膘，还留了些伤疤：那天是母亲的十九岁生日。

我们从奶奶家搬了出来，住进一室户的公寓里。我的头上长出了半英寸长细细的黑色卷发，然后就不长了，到我三岁的时候才又开始继续长。从我那时的照片里可以看到，母亲把我的头发往前梳成个顺滑的小帽子，来修饰我的脸型，让我看上去更像个女孩。我过两岁生日时的照片里，上身穿着一件红色长袖棉衬衫，样式很土，上面有密密麻麻的绛紫色刺绣，下身穿着黑色的裤子。母亲一再用红色来装扮我：粉色、蓝色、绿色和紫色都没用过，只用红色，像我身上血液肿瘤的那种红。所以，我一直没机会成为一个粉红女孩。还有一张照片上，我们在比伯克利和奥克兰还高的山上兴奋不已，我的身后是泥土和黄色的小草。这些干燥的山峦上的尘埃让空气闪着金光。我看上去挺健康的，像个帅气的男孩。大部分肿瘤患处开始长出嫩肉，然后愈合，我的衣服把这些地方遮住了。我的表情严肃，好像正在凝视镜头后面的那个人。

父亲一直对我说，当医生告诉他们我活不长的时候，他觉得受到了侮辱。医生无视恒温箱里的我，对我的双亲说："她很可能活不下去。"而这时我的头转到一边，透过我胸部薄薄的皮肤可以看到我的肺在有力地上下起伏。

爸爸一言不发，站在那儿紧握母亲的一只手。她一个人的时候才会哭出来。我出生时，医生对我父母说了很多有关我降生和存活率的事，可他们都听不明白。之后我问起他们这些事,他们也记不起来了。他们是七十年代末奥克兰穷苦的黑人青年。父亲等到医生走开,把他结实的手插进密封在恒温箱边的塑料手套里,用他的一个手指摸摸我的小手。他的手指和我的胳膊一样大,所以他不能把食指放到我的手掌里让我抓住。

"我想告诉他们,你是个斗士,"我十多岁时,他对我这么说,"我想告诉他们,我的宝贝才不会死呢,因为她是个勇士。"

我们是一群艰难生存的人们的后代。我外祖母多萝西独自在双卧室加单卫生间的房子里养育了七个孩子。多年来,她努力工作、攒钱,然后把双卧室改造成四卧室。她做过帮佣、理发师、裁缝,最后在一家制药厂工作。"我们需要能像男人一样做事的女工。"有人亲眼看见外祖母举起头大肥猪,扛在肩上,于是她获得了这份工作。几十年来,我们家的男性做过菜农、木匠、工人、走私贩和店主,用他们的双手在地上盖起一座座房子。

父亲说,他知道就是在那个关头,我也不会让他失望。

我不太记得在湾区的头三年生活。在我和母亲出现之前,父亲是个混世魔王。由于他所在的团伙涉嫌毒品交易,并在狭窄的人行道和小马路上与其他团伙发生冲突,警方将他所在团伙的全体成员作为重点打击对象。他在警方的突袭中被抓获。团伙中数十人被关进拘留室,冲着警察叫喊、摇头、狂笑,彼此瞎嚷嚷:你干了什么?不,伙计,你干了什么?他身体里的艺术细胞让他爱上了吉米·亨德里克斯[1];他在头发上使用化学品,好让自己留个黑人爆炸头,就是那种头发卷起来而不是竖起来的爆炸头。念完高中后,一所艺术学校曾为他提供继续深造的奖学金,但是他选择不上;他想到自己的母亲和七个弟弟妹妹们,就去工作了。他在位于衰败街区的加油站里上班,妓女们在街上走来走去。他对她们很友善,即使她们不从加油站商店买东西,他也允许她们上这里的厕所,还在她们等着接客的时候同她们开玩笑。每到周末,他和朋友们去参加弗雷斯诺的短程加速赛,嗑迷幻药。不过在母亲去加州之后,他收敛了一些。在家待的时间长了一点,但是和母亲新开始的家庭生活并没有让他回归正道。对母亲保持忠诚需要一种道德约束,可父亲从未形成这种约束。他的天赋,比方说他的魅力、幽默感和超级帅气,都会时不时地削弱这种约束力。母亲为此和他吵过,但这只是让他不忠的手法变得更加高明和狡猾,嘴上说的满是母亲爱听的话,背后做的却是另外一套。我们都没了父亲,自然而然地成了一家人。当然啦,我肯定不会丢下你们不管的。母亲当时在上社区大学,同时在我的早教班工作。她想

---

[1] 美国黑人吉他手、歌手和作曲人,被公认为二十世纪最具创造力和影响力的音乐家之一。

主修早教,成为一名早教老师。

父亲说母亲的体型像个可乐瓶,人很美。我见过她那个时候的照片,确实很美:突出的颧骨,高挺的鼻子,大大的眼睛,顺滑的披肩长发如流水一般滑过后背,嘴角边长了一小颗痣。她把我带到杂货店时,人们对她的美貌和她可爱的男宝,也就是我,赞不绝口。她是女宝,母亲纠正道。到了后面,她发现我太多次被人当成男孩,索性也就不去纠正那些羡慕我们的陌生人。

两岁的时候,我会走路了。我长了个小肚囊,一对小短腿,一双乌黑的大眼睛,还有一头顺滑的头发。父母办了个派对,就是那种单纯地和亲人共度美好时光的小型聚会。母亲给我穿了件绿色的针织外套,我在父亲、他的堂表亲们、母亲和姑姑的腿附近摇摇晃晃地走着。他们抱起我这个奇迹女孩,亲亲我那和熟桃一样圆润的脸。我走到自己的房间,穿上母亲给我买的牛仔靴和牛仔帽。

"做什么呢,米米?"米米是我的小名。住在我们公寓楼楼上的邻居这么叫她女儿,母亲很喜欢这个名字,就偷偷地挪用了。我跳上墙角边摆放的铁制摇摆木马,小心翼翼地不让自己的腿伸进弹簧里,我开始前后摇晃,木马的咯吱作响声对抗着喝酒抽烟的大人们的闲聊声。他们大笑着。聚会进行中,我趁大人们不注意的时候,捡起啤酒罐,有时他们看到了,我也照样捡起来,抿一口剩下的一丁点儿啤酒,然后他们会说着不，米米，同时把罐子从我手中拿走。妈妈给我照了张照片，照片里的我把罐子放在肚子前面，啤酒沿着下巴往下滴，罐子有我身高的一半那么长，然后罐子就被拿走了。我在照片中咧着嘴笑，双腿分开，立在那里，露出近乎自豪的表情。我是这次聚会的一分子。

对于那段时光，父亲比母亲记得清楚，也许他是对那段岁月更为坦率，也许他更为怀念，所以他会和我讲起那些日子，而母亲则不会。虽然他对旧时光有着美好的回忆，可他却说，我们住在加州的时候，他很想家。母亲不想家，她想继续待在加州。她很少和我说起住在加州时的事，但是却说她喜欢那里的自由，四处都是坐落在山上、铺展开来的城市。密西西比可没这样的景色，只有浓密的树木环绕四周。你可以看到近处的房子，狗拴在树上，你兄弟在这附近的泥路上骑着自行车。晚间，也许那里还会有一簇小星星；白天，装满雨水的乌云黑沉沉地压下来。但是在加州，母亲向外远眺时，可以欣赏地平线上的风景，观看东边的日出，再目送它落入西面广阔的太平洋。在加州，我的家人居住在群山之中，母亲只需照顾她的丈夫和孩子，而不用考虑她的大家庭和南方。

我在湾区上大学时，非常怀念密西西比的空气。不知道父亲是否和我有同样的感受，湾区持续的严寒是否会令他想念密西西比的闷热。父亲提出搬回老家时，母亲不同意。为此他们吵了起来。最终还是母亲让了步，因为她爱父亲。而且那时她还怀了我弟弟，也许是因为快生第二个孩子了，她也想在这方面得到家人的帮助。那是1980年。当时我三岁。

父母打包好所有的家当，然后放到他们的旅行车以及低底盘的别克里维埃拉车上去。我们沿着5号州际公路往加州南部开，开了很久到了洛杉矶，然后上了10号州际公路，穿过西南部的沙漠地带。在亚利桑那州的某处，母亲挺着大肚子走进一家杂货店，晕倒在那里。我们的两辆车都没有空调，可她依然紧闭着嘴开了两千三百英里[1]。我弟弟块头大，在她肚子里踢来踢去。她皮肤和皮下脂肪里的这个薄肉球靠近里维埃拉车的链传动方向盘，他的两只脚在方向盘的金属链接处分开。窗户被摇了下来，风呼呼地吹着。我蜷缩着，躺在这辆车的副驾驶座。当母亲驶过这片灼热的沙漠时，我睡着了，做着火热的梦。在看上去无边无垠、广阔的得克萨斯土地上，我们加速行驶，一直开到绿意浓浓的路易斯安那，最后来到了迪莱尔：我们的家园。

前一天，我弟弟还在母亲的肚子里，第二天他就出世了。他出生在密西西比格尔夫波特的纪念医院。生下来的时

---

[1] 约3 700千米。

候,他皮肤黄黄的,肉嘟嘟的,长着水汪汪的大眼睛。嘴巴张开,露出牙龈。有时母亲让我坐在椅子上抱着他,他的身子从我肩膀那里往下展开,落在我的腿上。我的脑海里还留着他婴儿时的些许记忆片段,但那只是他从婴儿到幼儿阶段经历的一小部分。乔舒亚九个月足月时出生,生的过程并不顺利。母亲说,他一下地就往上看,虽然他那时还看不见,医生称这个为"面向光明"[1]。医生三次用手在母亲的子宫里将乔舒亚转为面朝下方。母亲说,每次她都感到他又转过身来面朝上方,仿佛他从一开始就知道自己想亲自去看看这个世界。他是个俊俏的小宝宝:黄皮肤,黑头发,不久,黑发落了,长了金发。某天,他已经长大,第二天,他还是那个他。生活如此这般。我是他大姐。

回老家之后,我们经常搬家。我们住在帕斯克里斯琴一个两居室的白色小房子里,不过我对那段生活的记忆非常模糊。接着我们搬到一所蓝色的小房子里,这个房子有三间卧室。房子建在曾祖母埃伦在迪莱尔的地产上,父亲孩童时曾在那里玩耍,还弄瞎了只眼睛。由于房子造在了煤渣砖块上,所以它的台阶对我来说高不可登。这里位于一片看上去广阔无边的田野一隅。曾祖母埃伦的小房子褪成了灰色,坐落在三百码以外,她房子的背面和侧面紧挨着林地,而林地

---

[1] 医生用了"sunny side up"一语双关,原意指快餐中单煎一面、蛋黄在上的煎鸡蛋。

环绕着田野。我们屋后树下有个小鸡舍，父亲在这棵树下的另一头给我们家的狗——一只叫"老乡"的黑色比特犬，另一只叫"酷先生"的矮小的白色杂种比特犬——搭了两个狗窝。

我长高了。母亲给我高高地梳起许多小辫儿，用我们称为发珠的大塑料发绳编起来。晚上睡觉时，发珠会戳我的头皮。我五岁的时候，弟弟三岁，个子长到我腰这里。他希望我们一起玩儿，可是在母亲出门办事、父亲留在家中照看我们的时候，我会扔下弟弟，沿着通向公路的长途行车道往北走，去找我表姐法拉赫玩。我们一起玩过家家，在她父亲钉在厨房和客厅之间过道的门帘下，偷偷摸摸地看电视。有时我们会在隔开我们两家房子的田野里玩耍。某天，就在这个时候，弟弟来找我了。现在他可以行走自如，他金色的黑人卷发越长越多。他只穿了个尿布，身上别无他物。他从没有栏杆的前门廊的一边走到另一边，视线转向草地。然后，他在台阶边停下脚步，转过身，一条腿斜着向后伸出去，直到他探着找到下面一级台阶，再顺着这个位置把脚滑下来。接着，他下到了这个台阶上，转身再次面朝院子。

"米米！"乔舒亚叫了声。

我弯下腰，只有眼睛露在砖块上面。我一动不动地看着他。我不想应声，不想让他到院子里来，不想去照顾他而自己做不了游戏。

"米米！"乔舒亚大叫。

他瘦得皮包骨头，只有肚子圆得像个球。我不作声。他好奇地扫视整个院子，他眼中的院子肯定比我看到的更大：那里有大片丛生的杂草，朦胧的远处是静悄悄的房子，刚刚他姐姐就消失在里面。

父亲摔了前门出来了。他只穿了条短裤。很可能刚才在睡觉。他抓住弟弟的一只胳膊，猛地往回拽，弟弟悬在空中，父亲开始打他。

"小子！老子告诉过你，一个人往外跑会怎么样！"

弟弟号啕大哭，像钓鱼线上的坠子在转圈。父亲的手一次又一次狠狠地打在他的尿布上，我感到很害怕。很少见父亲这么生气和暴力。我不明白他为什么要对乔舒亚发这么大的脾气，也不明白他这样做是想让弟弟学到什么教训。搞不懂为什么乔舒亚像个洋娃娃一样摇来荡去。即使到了现在，我还觉得是我犯了错才让他挨了这顿揍。我仍然感到很羞愧，当时不像个大姐姐，没有从密密的草丛中走出来，爬上台阶，抓住他的手，牵他下来，对他说：弟弟，我就在这儿。就在这儿。

一般来说，父亲不是个暴脾气。大多数时候，他对我都很有耐心，也很温柔，更没打过我。但是这次他打了弟弟。他对弟弟管得更严，也很没耐心。父亲觉得，管教乔舒亚时，容不得他犯错，因为他是男孩，是儿子，是个比有着强劲心脏的早产女婴更难成为斗士的孩子。弟弟以后必须变得更强壮，他得长成南方的黑人男子，还得用我无法采用的方式来战斗。也许父亲梦见了家族中那些因遭遇不公而过早死去的男性，所以当弟弟站在他和母亲的床边把他弄醒时，他的手打了下去：咧着粉红的小嘴在笑，不谙世事，天真无邪。

他不管教乔舒亚的时候，还挺爱逗乐的。有天晚上，母亲出门，把我们交给他照顾。那时父亲已经干了一整天的活儿，于是他把自己裹在毛毯里，蹲在垫子中间。我和乔舒亚握紧彼此的手。毛毯下的父亲飞快地从一边跑到另一边，我们也跟着朝屋里的各个角落飞奔过去。他绕着床跑，跟着我们，喉咙里发出奇怪的声音。我和乔舒亚乐不可支。上气不接下气。我们蹑手蹑脚地走到窗边，爸爸突然挥起一只胳膊，伸出一个关节上有疤的大爪子，我们大声尖叫，快乐和害怕从喉咙里一起涌出，差点岔了气。我们赶紧闪开。父亲和我们一起玩，直到我们在炎热的房间里玩不动了。汗水从我们的小身子上滚落，头发精神地立在头上，化作浓密的圈圈。夜尽之时，我们和父亲一起躺在被子下面，父亲抓住我们挠痒痒。我们直喊饶命。

工作日的早晨，父亲去格尔夫波特的玻璃厂工作之前，全家人会共进早餐。父亲将厨房里的收音机声音调大。这是1982年，母亲正怀着妹妹内里沙。新版本合唱团[1]在轻声哼唱，我和乔舒亚都喜欢这个乐队。父亲会抓住我的手，再抓住乔舒亚的手，我会把乔舒亚湿润的小手掌放在自己的手心，大家一起在厨房里转圈跳舞。母亲笑着冲我们摇头，父亲过来请她加入我们，她把父亲挡开。家里人越来越多，父亲继续欺骗她——坚称自己清白、对家庭忠诚，对她的欺骗越来越多，在这种情况下，母亲感到压力重重、忧心忡忡。她不能在厨房里跳舞。她要给我们做单面煎蛋，然后我们全家一起坐在桌前吃饭。

不过我父亲也会变得很阴暗。他被暴力所吸引，为打斗的简单美所着迷，打斗将他的身体和他调遣的东西变成精心打造的机器。他调教自己的纯种比特犬，去和瘪了的自行车轮胎打架。他也会宠爱自己的狗，温柔地对待它，仿佛它是自己的孩子，但是狗的打斗能力比什么都重要，为了不让狗轻易被打败，父亲会毫不留情地训练它。就像对我弟弟一样，要让狗难以对付，就必须严格要求它。

父亲拿着大砍刀站在房子门口，刀口呈暗灰色，看上去黑黑的。他漫不经心地拿着刀，松松地握着。母亲在自己的房间看电视，我和乔舒亚围在父亲腿边，朝院子里看，看

---

[1] 二十世纪八十年代美国最受欢迎的流行音乐和节奏布鲁斯乐团。

到"老乡"蹲在那里,和父亲一样肌肉细密。"老乡"身上闪着黑光,吐出舌头喘气。他正冲我们笑呢。

"待着别动。"父亲说完一路小跑下了台阶。我和乔舒亚往门框处靠,等在那里,直到爸爸绕着房子走了一圈,牵着"老乡"的钉式套环把他带到屋外更远的地方。我们打算好好看一看。父亲的一个表亲,和父亲一样光着膀子、穿着短裤,他抓住"老乡"的尾巴,在一排煤渣砖块上摁住,不让它动。"老乡"耐心地等在那儿,不出声响,从他肩膀那儿回望,然后冲着一只小虫子叫。他信任父亲。父亲大刀一挥,用力挥落在"老乡"尾巴那儿,与尾巴收进屁股的地方差之毫厘。血不停地往外喷,撒在灰色的煤渣上。"老乡"哀嚎着猛地抽搐了一下。父亲扔下刀,给"老乡"受伤处包扎,再摸摸它身子两边。"老乡"呜咽着平静了下来。

"好孩子。"父亲表扬了他。"老乡"舔舔父亲的手,用头撞父亲。

过了一会儿,我和乔舒亚躺在我们俩的房间里,这个房间还是给我装修时的那个样子;窗户上挂着灰姑娘的窗帘,一条粗糙的灰姑娘床单铺在我的双人床上。我们刚搬进来的时候,乔舒亚是有自己房间的,但是当父亲觉得他需要一个房间摆放他的举重训练座椅和练功夫的器械时,他们就让乔舒亚住进我的房间了。当时,我已经有领地意识了,认为这是我的地盘,所以有一个礼拜都很不高兴。可是那天晚上我和乔舒亚安静地躺在我们的小床上，乔舒亚轻柔地呼吸着，快要打呼了，我躺在那儿却睡不着，耳边传来父亲和他表亲在另一个房间的说话声，他们从父亲原本打算装修的墙上取下烟管的动静，举重器械的碰撞声，这些声音在黑暗中顺着炎热的过道飘了过来。风吹着我的窗帘；窗帘随风飘舞，然后停了下来。湿润的空气顺着房子里所有开着的窗户飘了进来，把大麻的味道带到我的房间。我知道这是某种香烟般的烟味儿。父亲抽这个，母亲不抽。也许父亲和他的表亲聊起了他们的狗。也许他们说起了他们的车。也许他们小声谈论着女人。

那时母亲已经生了内里沙。她意识到，用家庭成员的增多来把父亲留在她身边、激发起他对她的忠诚简直就是异想天开。母亲怀到足月时分娩，但是生内里沙的过程非常艰难。她是我们姊妹当中最重的一个，在产道里出不来，于是医护人员使劲儿用胳膊从母亲的胸腔往屁股那儿推，然后用产钳夹住内里沙的头。母亲嚷道，她不想离开我。内里沙出生的时候，长得最像父亲：黑黑的头发，乌黑的大眼睛，笑起来像脸上的双引号。

母亲回家后，妹妹出生时的暴力场景和我们家的缓慢解体在她身上出现了反应。她更加沉默寡言，变得很内向。当她失去耐心时，便就父亲的不忠行为和他吵了起来。相较于父亲的勃然大怒、反应夸张和从床上扔垫子,母亲的言语简短且不留情面。我猜她是不想让我们看到他们争吵的场景,他们冲突边缘盘旋的暴力。他们没有在发脾气的时候动手,但是家里的这种小事却很折磨人。

那一年,屋外的世界教会我和弟弟有关暴力的不同教训。很快,我们在玩耍中学到,暴力可以来得突然,无法预料,还很严重。

我舅舅把乔舒亚放在他的电动车上兜了个风。托马斯舅舅那时大概十九岁,白色的助动车上有个绛紫色的座椅。弟弟坐在舅舅的腿上,他们一起骑着车绕着院子转,舅舅欢呼着、大叫着。舅舅的脸是这样的,严肃的时候神情冷酷,我都不敢相信这是他的笑脸。我想,助动车该转个方向了。乔舒亚身子前倾,抓住车把手,假装在开车。助动车加速前行。舅舅踩住离合器,这样他可以在弟弟踩油门的时候减速。他们往前冲了出去,舅舅刹住了车轮,但他们跌进了沙沟。乔舒亚大声叫喊着,嘴里血流不止。舅舅一个劲儿地道歉:对不起对不起对不起,他连声说道。母亲捧起乔舒亚的嘴,打开,往里看,发现他舌头连着舌下部的那层薄膜一般的肉被扯破了。他们让他把冰含在嘴里止疼消肿。他的哭声渐渐平息,睡了过去。他们没有送他去医院。也许他们觉得他可以自愈,也许他们不想花钱,也许他们因为关系破裂而没有心思。不管怎样，伤口好了。

当然，我学到的突发暴力的教训还包括比特犬。父亲刚从迪莱尔的一个人手里买了只白色的成年比特犬；狗的名字叫"酋长"。我父亲的那条叫"酷先生"的白色杂种比特犬最近病了，他很温柔，在我小的时候他会过来安慰我。我表哥拉里曾手拿来复枪，带着"酷先生"穿过后院、走进房子后面那片密林深处，父亲还不曾有胆量这么做。父亲曾计划带上从小跟着他的"老乡"，斗一下他新买的"酋长"。"酋长"有两个"酷先生"这么大，对父亲的家人没什么兴趣。"老乡"和"酷先生"一样温顺，他会用身体保护我，而"酋长"则站在一旁看着我。

一天，万里晴空，酷热难当，我在碎石行车道的中间遇见法拉赫和她弟弟马蒂。"老乡"在房子下面睡觉。一只流浪的小母狗围着我们小跑。"酋长"溜达过去想探个究竟。他一动不动地站在她身旁，闻闻她的屁股、尾巴和肚子。他发现了有意思的东西。两条狗还站在我面前，彼此吸引。烈日当空。我又热又气，"酋长"挡了我的道。

"走开。"我对他说。

"酋长"的耳朵动了一下。

"走开，'酋长'！"

法拉赫笑了起来。

"滚！"我大叫一声，朝"酋长"宽大的白色后背上打了过去。

他吼了一声朝我扑过来。我摔倒在地，大声尖叫。他咬了我很多口，咬在我的背上，后脑勺上，耳朵上；他白绒绒的肚子，柔软却又有力，在我身上滚来滚去。他的吼声淹没了其他声响。我踢过去。伸出拳头，左右开弓，不停地用力还击。

突然，他走开了，汪汪直叫，蜷缩着后背逃走了。原来是我的姑婆佩尔内拉用黄色的扫帚把他给打跑了，佩尔内拉就住在田间最小的房子里。她把我从地上扶起来。我号啕大哭。

"回家去吧。"她对马蒂和法拉赫说。

她把手掌轻轻地放在我的脖颈处，然后陪着我沿着长长的行车道走回家。我的头上、背上和胳膊上火辣辣的，红兮兮的，比天气还热。我一路大叫个不停。母亲站在我们家门口。我光着脚；脸上鲜血直流，顺着我的身子滴到脚上。我的衬衫后面被撕烂了，变得黑乎乎的。多年以后，母亲对我说："我看见他在佩尔内拉家房子前面攻击你，看到佩尔内拉把他打跑。我却动不了。"她被恐惧吓住了。

"这条狗。咬了杰丝米妮。"我姑婆说。

她的声音叫醒了愣在一旁的母亲。她叫来了父亲，父亲在浴缸里放水。他抱起了我，把我放在水里。我大叫了起来。水变红了。母亲脱下我的衬衫，拿起她放在浴缸边给我们冲洗的杯子；一般给我们洗澡时，她会用这个往我头上倒水。抓破的伤口咝咝响。我狂呼乱叫。

"得给你洗洗干净，米米，"他们安慰道，"没事的。"

他们俩给我擦干身体的时候，母亲的好几条毛巾上都沾满了血。母亲给我穿衣服的时候，鲜血浸湿了我的T恤。父亲开车送我去医院。乔舒亚安静又严肃地坐在副驾驶座上。我和母亲坐在车后排，我把头靠在她的腿上；母亲的手轻轻地搭在我头上包的棉毛巾上，毛巾上血色斑斑。到了医院，一位高个子的白人护士问我："哦，你是被狗咬成这样的？"我的伤口阵阵发痛，我想她可真蠢啊。她觉得会有什么事发生呢？医生给我开了狂犬疫苗，他们叫来了四个男人，分别按住我这个五岁小孩的四肢。我拼命地反抗。接着，他们给我缝针。我的背上有三处刺破的伤口，都很深。左耳上侧往下有一道三英寸的口子，同我的锁骨平行，一直划到头下面的脖颈处。这些地方他们都没有缝针，但是消毒包扎了一下。我的左耳垂缝了针，这里差点被撕了下来，只留下一厘米的肉和皮把它挂在耳朵上。

"一只比特犬干的？"医生问。

"是的。"父亲回答道。

"她反击了。"母亲补充道。

"这种狗攻击脖子，"医生说，"要是她不反抗的话……"

"明白。"父亲会意地说。

父母把我带回家，我绕着房子慢慢地走。表亲们和邻居们都来看我了。马蒂将我戴在左耳上的环形大金耳环交给了母亲，这是他在血乎乎的碎石间找到的。父亲站在前院的一群老爷儿们和男孩子中间，他们有的靠在自己车引擎盖上，有的蹲在地上，有的像父亲那样站着，有的只有十四岁，有的已年近六旬。父亲说如果当时我不反击，就没命了。他说这条狗试图撕烂我的喉咙。他说这条小母狗应该处于发情期，"酋长"肯定觉得我是个威胁。男人们都拿着来复枪，有的人把枪像婴儿一样抱在他们的胳膊弯儿，有的人则把枪扛在肩上。父亲请这些人散开，然后他们都去捉狗了：他一直在街区附近潜逃，设法找到回家的路。父亲找到了他，在他头上打了一枪，把他埋在沟里。我没说是我先动的手。是我先打了"酋长"的背。我感到很内疚。现在，我头上那条长长的疤痕像是一根细细的鸡尾酒塑料吸管。如同所有战争上留下的创伤，伤口还痒痒的。

狗咬的地方好了，结成粉红色的伤疤。这时，父亲和母亲在房子里打架，不过这是最后一次了。那应该是个春天，因为房子里的窗户都开着。我们准备再次搬家，这次要搬到拖车式活动房屋里住上一年。渐渐地，父母彼此都被对方逼得更痛苦，我和弟弟妹妹们却处于年少最开心的时候，根本不知道他们在闹矛盾，因为他们很有技巧地让我们发现不到他们在争吵。但是1984年的那个晚上,他们的关系破裂了,再也无法抑制彼此的愤怒。父亲怒形于色,因为他觉得妻儿需要他的忠诚和守护,这束缚了他的手脚;母亲怒不可遏,因为父亲承诺可以给我们忠诚和守护,但是她意识到父亲根本做不到。那个时候,父亲已经有了第一个私生子。得知这个情况,母亲感到不久外祖母的故事就会在她身上重演。

父母冲对方大吼大叫,声音飘出了窗外。我听不清他们说的,只能听到他们不断重复着:你。你,你,你!边说边扔东西。日头西沉,夜间的天空由蓝色变成了黑色。蝙蝠往我和乔舒亚的头顶上俯冲下来,扑向蚊子。窗户上闪着黄色的光。那时刚满周岁的内里沙和父母都待在屋里,她哭了起来。我和乔舒亚坐在黑暗的门廊上,我搂着他瘦削的肩膀。他在颤抖,我也在颤抖,但是我们不能哭。我在黑暗中抱紧弟弟。我是他大姐。父母在家里互相大喊大叫,蝙蝠在我们头上飞来飞去,我的嘴巴干得要命,耳边是玻璃碎掉、木头裂开、家什被打破的声音。

德蒙·库克

生：1972年5月15日
卒：2004年2月26日

德蒙年少时，我并不认识他。他长大后，我们才相识。此时，他已经长好深深的笑纹，两个酒窝那儿的薄皮肤和静脉一起凹了进去。后面的头颅看上去很硬实。

内里沙住在长滩的两居室大公寓时，我遇见了德蒙。在密西西比，内里沙是我们兄妹四人中第一个从家里搬出去，租了自己住处的。我是老大，也是第一个搬离得比较远的。但是，从某些方面来说，内里沙却是第一个长大成人，与母亲切断联系，离开母亲家的。她没有选择。那时德肖恩才三岁，家里始终不同意内里沙抚养他，然后母亲就把内里沙赶走了。德肖恩是个黑皮肤的男孩，长着扁平的鼻子，这是他从十九岁的父亲那里继承下来的，他很爱笑，笑的时候，露出满嘴糖果般精致的小牙齿。内里沙是家中排在中间的女孩子，所以只能拥有中间孩子的待遇。我们小时候的一次争吵中,乔舒亚提醒她:"爹妈最不喜欢你了。我们几个都有特别之处:米米是老大,沙兰是最小的,我是唯一的男孩——是不是?"虽然这不是真的,但这话影响了内里沙的自我认知,使她很想表现一下,成为对某些人来说特别的人:她的父母,以及被她的美貌、风趣和不经意的酷样儿所吸引的男孩子们。我们姐妹三人亲密无间,因此我和沙兰可以在内里沙的第一间公寓里住很多天,睡在表弟雷特送给她的旧沙发上。一天,我正坐在玻璃桌前,这是母亲与内里沙和好之后送给内里沙的暖房礼物,这时,德蒙和内里沙多年的男友罗布从前门走了进来。

德蒙身高五尺十[1]左右,和我弟弟身上的颜色一样:棕褐色的皮肤,浅褐色的头发。不过,他的四肢更为短小,胸部更为紧实。他长满了肌肉,而弟弟的肉松软一些,还在褪青春期前的婴儿肥。德蒙把头发梳成一绺绺骇人长发辫[2],说话时辫子甩来甩去,扫过肩膀。

"咋啦,朴?""朴"是罗布和内里沙交往时给内里沙取的绰号。德蒙的嘴角上叼了根烟,他把烟点上,含在嘴里说话。

"咋啦,德蒙?"内里沙回应道。德蒙冲她笑了笑,一只胳膊搂住了她。他是罗布的朋友中又一个和内里沙关系密

---

[1] 约178厘米。
[2] 原为非洲部落勇士的一种发型。

切的人：他们喜欢找她说心里话，因为他们喜欢她的酒窝，她的笑容，她的热情和直率。他们把自己的秘密告诉她，她会为他们保守这些秘密。她坐着的样子，跷二郎腿的样子，给脚趾头上指甲油的样子，曼妙的身体曲线，都散发出浓浓的女人味。然后，她会神情自若地说点脏话，毁掉自己的女人味，惹得他们大笑。

我正喝着啤酒。那年公寓里有不少啤酒：厨房的台子上、餐桌上到处都是贴着褐色标签的冰啤酒，人们轻轻地握着啤酒瓶，瓶口前倾，把啤酒放在腿上或是沙发扶手上。那是2003年。我们都快疯了。那时我们已经连续失去三位朋友，而那时的我们不谙世事，无法在年轻的时候接受自己终将死去的事实，所以大家喝起酒，抽起烟，还干了点别的，因为这些事能让我们产生年轻可以拯救我们的幻象，也可以让我们觉得某个地方会有人同情我们。每到晚上，天空阴沉沉的，黑得让人窒息，我们就在车里随着响亮的音乐节拍，一口接一口地喝下"清如许"谷物白酒。我的表亲们把发热的雪茄烟蒂放进嘴里，往外呼气，再将烟雾吐进对方的嘴里。我们觉得，*活着就该这样。*

"这是我姐米米。"内里沙介绍说。她冲我点点头，我的脸在酒瓶上方微笑。

"大家好。"

啤酒被我放得没有气泡，也不冰了，不过我还是把它给喝了。我觉得,我很开心。还想到:活下去就该这样。

德蒙在迪莱尔长大。他与众不同,不光因为他是家中独子,还因为在我这一代人中他的双亲俱全,而且父母都有稳定的工人阶级工作。他的母亲在医药灌装公司工作了很多年,之后德蒙也在这里上班。既是独生子又有双亲意味着德蒙拥有街坊中其他孩子梦寐以求的一切:游泳池,可升降的篮球框。当我们还是孩子的时候,所有的孩子都想去德蒙家玩。那时,我和我的弟弟妹妹们还小,住得离他家也特别远,不能去享受他家的"福利",但街坊里大一点的男孩会来德蒙家待上好几个小时,每天下午都在他家游泳,在水里摔跤,直到他们闻到浓烈的氯气味儿,眼睛和皮肤都感到火辣辣的。或者他们会在密西西比的热浪中出几个小时的汗,往德蒙家的篮框里投球。德蒙高中毕业后参军了。他当了四年的兵。服役期间的某一刻,他觉得部队生活不适合他,于是又回到了家乡迪莱尔。

实事求是地说,德蒙就是个骗子。在迪莱尔,许多年轻人和上了年纪的人都会迫不得已去干这一行。不过德蒙会做好分内之事,先养活自己,再养活家人。因此,他学了不少手艺。只要有活儿干,他就会去接:他曾做过木匠,虽然没有多少木匠技术。他在服装厂做的时间更长;迪莱尔人都称这家服装厂为"T恤厂"。工厂不只生产T恤,还用酸液清洗裤裆过大、腿部太紧的牛仔裤。厂房里热气熏天，空气浓密，风扇流通着空气，但也让里面更闷热。整个工厂如洞穴一般：长长的流水线在其中蜿蜒，将一瓶又一瓶的水杨酸亚铋和一粒又一粒的消食片传送到工人面前，工人们头戴塑料帽遮住头发，脸上戴着塑料眼镜和口罩。他们的工作单调重复，主要是把产品装瓶，拧上盖子，再把瓶子装箱，放上运货板。因为前些年附近的玻璃瓶装公司已经倒闭，这就成了沿岸地区为数不多工厂里不错的工作之一。八十年代末九十年代初，墨西哥湾沿岸地区的经济发生了巨变；许多工厂关门，海鲜行业能提供的工作机会越来越少。随着经济的衰退，密西西比州立法机构通过博彩业法律，引入接送游客的赌场服务。总体来说，经历了一个由生产制造业向服务旅游业的转变。于是，这一地区的黑人由于一直以来没有条件上大学，因此不能胜任管理类的工作，只能做鸡尾酒女服务生、为顾客洗衣服的服务员以及配菜师。德蒙幸运地获得了一份工作。在格尔夫波特的这家药厂里，他上不同的班次：有时值夜班，有时上一天白班，还有时从下午上到傍晚。我看到他的大部分时候，他都身穿一次性的T恤和工装裤，脚踏靴子，骇人长发辫上系着头巾，这样发辫就不会跑到他脸上，无论他在工厂操作什么样的机器都不会弄坏辫子了。他穿着工作服连体衣和靴子，仿佛这是他的荣誉勋章。我看到他的身上沾满了在工厂里包装的某种化合物粉尘，而他的样子像极了我那频繁换工作的弟弟，这画面让人不忍直视。

德蒙住在海泡石绿的房子里。这曾是他外祖母的住处；按照迪莱尔当时的风俗，很可能是她丈夫给她造的。德蒙快三十岁的时候，女朋友生下了他们的孩子，于是德蒙的母亲就给了他这个房子让他们住进去。这个房子和迪莱尔大多数老宅子一样：坐落在两到三块煤渣砖上，以防发大水；有低矮的天花板，木制的镶板和小小的拐角厨房。德蒙的房子位于一大片长长的拐角房产后面。他家的院子里长满了草，几棵大树簇拥在他家前面：一棵枝叶繁茂的老橡树，一棵山核桃树，还有一棵快要结籽的紫薇树。房子前端有个木制的封闭门廊。客厅总是光线昏暗，电视机屏幕上的霓虹色彩映在墙上和我们脸上时才会让这里有些亮光。除了在木制的旧餐桌上玩多米诺骨牌和纸牌时，餐厅基本没人，厨房和房子里的其他地方一样幽暗。卫生间挤在厨房后面，位于僻静的角落，呈怪异的斜角，远离孩子的卧室。房子里的其他地方，包括另外两间卧室，都被设计成盒式住房，一间房通往另一间。

我未曾从他孩子卧室墙上的门进过他和女友住的卧室，更没有从他们卧室墙上的门去过屋后多出来的一间卧室，有时他女友的孪生姐妹在里面睡觉。我经常对这些房间很好奇，不知道它们是否和房子前面的屋子一样暗淡，一样封闭，一样隔绝。我猜想，这些屋子一间接着一间延伸到很远的地方，后面的一间比前面的更像洞穴，每间屋子都挂着后来成为宝贝的东西：德蒙抱着孩子、咧着嘴笑的照片，照片上的他穿着埃尼斯服装，廷伯兰靴子，靴子上还微微散发着他的脚汗味儿。我从没想象过住在后面屋子里的人，因为似乎所有的生命都聚集在前面的屋子里。

在我们这些年轻人住的地方，似乎鬼魂比活人更多，有的很早就过世，有的刚刚离去。我很想知道德蒙外祖母和她孩子们的情况，不知道他们曾在这个房子里过得怎么样。他们是否也同我们一样，与死人同住？如同我们痛饮啤酒、猛抽大麻、狂吞药片，他们是否也开怀畅饮，然后彼此在微弱的灯光下，大眼瞪着小眼，目光呆滞，期盼巨变？虽然德蒙的父母没有离婚，双亲都有不错的工作，可他家和我家并没有多少差别，他的现实处境和我们的没有什么不同，死亡悄悄地逼近我们所有人。如果德蒙家的历史和我家的没有差别，是否意味着同样的故事在我们中一代一代不断上演？是否意味着年轻的黑人不断地死去，最后只剩下孩子和几个老人，就像在战争中一样？

那年夏天，我们打算在内里沙的公寓里煮小龙虾。罗布从街坊那里借来了一个煤气灶和一口大银锅。他把锅放在内里沙房子后面的水泥小露台边上,然后拿出一张塑料桌,在旁边放上六把椅子。这是温暖明媚的一天;正值夏季,雨水滋润之下,绿草如茵。过去的一个月里,差不多每隔一天就会下雨。罗布带着两个空冷藏箱出发,去了趟当季专营小龙虾的海鲜店,回来的时候箱子里装满了爬来爬去的土绿色小龙虾。他和内里沙弄了些调料,把小龙虾倒在厚重的银锅里,锅大得可以装下一个孩子,然后开始煮。沙兰和她的男友C.J.在沙发上搂在一起,强烈建议我们去看布鲁斯·李的传记电影《龙》[1]。人们一个接一个、成双成对地、一车一车地来了。罗杰和德蒙也在其中。德蒙一到,就在桌前找了把椅子坐下,多米诺骨牌游戏正在这里进行。上了一保温桶的啤酒,几瓶皇冠威士忌,还有一些果味的麦芽饮料是专为女孩子们准备的。我们把报纸摊在屋里的厨房餐桌上,再将煮好的红通通的小龙虾倒在餐桌上。然后,我们剥开龙虾,吸完汁水,再吃里面的肉。我的嘴唇开始发烫,我发现每个吃龙虾的人都在吸着鼻子,眼里水汪汪的,嘴唇像坛子里的腌猪嘴一样又红又肿。德蒙、内里沙、我和沙兰坐在桌旁,德蒙给我们递饮料,问了一些我工作方面的事。

"那么,你在那儿做什么?"

"我想努力成为一名作家。"

---

[1] 另译《李小龙传》。

"打算写什么?"

"有关家园、街区的书。"

"她写的都是真事。"沙兰说。

"什么意思?"德蒙继续问。

"书中的人在贩毒。"沙兰回答道。

"是吗?"德蒙吃惊地问,喝了一大口啤酒。

"嗯。"我回答说。笑着喝下瓶中三分之一的酒。

"我就说嘛,她会写些关于街区的事儿。"沙兰说。

"你应该写点和我生活有关的。"德蒙提议说。

"我应该,嗯?"我又笑了。我在家经常听别人这么说。我生活中的大部分男性都觉得,无论他们是毒贩子还是循规蹈矩的普通人,他们的故事都值得被写下来。我听后一笑了之。但现在,当我写这些故事的时候,却发现他们所言不假。

"写我的话,你的书会很畅销。"德蒙说。

"我不写真实生活里发生的事。"我对他说。对于这种提议,我一贯作出这样的反应。虽然嘴上这么说,可心里却不这么想。我心里明白,当时我正在写自己的第一部小说,书中的男孩形象是加工过的,他们不是真的。我知道,他们刻画得并不成功,因为我没有让他们过真实的生活,他们没有现实生活中德蒙这样的男孩的日常经历。可我非常喜欢书中的男孩:作为一个作家,我就像仁慈的上帝。

我保护他们不受死亡的威胁，免遭毒瘾的侵害，就是干了点幼稚的蠢事，比方说偷窃四轮沙滩车，他们也会被免去不必要的严酷的牢狱之灾。在我的生活中，在我所处的社区中，所有的年轻黑人实际上都会遭遇这些变故，可是我给他们设想的生活却回避了这些真实的境遇。我不知道怎样才能不那么眷顾我所刻画的人物，怎样才能客观地看待我认识的南方的年轻黑人们身上所发生的事，怎样才能诚实地写下这些事，怎样才能成为《旧约》中的上帝。为了逃避这些问题，我去喝酒了。

"我会考虑一下的。"我对他说。我笑了笑。德蒙也笑了笑。一根血管顺着他高高的额头中央伸了下去，这根血管在跳动，眼睛附近的皮肤在眼角处皱出了褶子。

午夜，罗布煮了最后一批八十磅[1]的小龙虾，把煤气灶关了，然后他不管三七二十一就进屋睡了。我们喝醉了，嘴巴软绵绵的，都睡着了。有的睡在沙发上，有的睡在地板上，还有的睡在床上。凌晨两点，我醒了过来，肚子很饿，酒劲还在，跟跟跄跄地走到外面的露台上，发现锅已经凉了，小龙虾里胀满了水，肉软趴趴的，没什么味道了。外面正下着雨，雨点又大又暖。多米诺骨牌，餐桌，椅子：全湿了。当我走到外面的草地上，寻找逃走后躲在盘子或容器

---

[1] 约36.3千克。

上的小龙虾时，草陷了下去，我的脚沉了下去。每一步都是失败的尝试。我仰望着雨水，决定放弃，赶紧进了屋，估摸着早上会有人把外面打扫干净，于是便在我外甥探望内里沙时睡的那张双层床上睡下了。

"幻觉"是个俱乐部，历经诸多变化，最终在那年夏天和之后那年的夏天成了我们的聚集地。它曾做过乡村酒吧、青少年俱乐部、黑人俱乐部和流行俱乐部，而当卡特里娜飓风的狂风巨浪铲平了海滩边的公寓住宅时，俱乐部终于演变成它现在的模样：一个黑人俱乐部，我们亲切地称之为"错觉"。俱乐部的一楼有个酒吧和一个拥挤的小舞池。楼上有几个台球桌，还有另外一个酒吧，以及一个摄影师工作的小片区域。我和我的表亲们在一个喷着城市天际线的横幅前面留影，这个天际线与海湾地区狭长低矮小镇之间充满了违和感。宝丽来相机的边框上写着：上帝的馈赠。俱乐部里人头攒动之时，这里的墙壁上滴着水，玻璃上结着雾。

那天晚上，我开车去"幻觉"，内里沙坐在副驾驶座，我弟弟的最后一个女友塔莎坐在后排放声大笑。我们抹了香水，激动得要命。能离开内里沙的公寓，离开德蒙的房子，我们感到很高兴，在他们那里玩了太长时间了：出去喽。我穿了件黑色的衣服。德蒙的车跟在我的后面，罗布和德蒙坐在上面。德蒙的车是一辆Z40旧车型跑车，车身线条流畅，与地面挨得很近。我的前男友布兰登在俱乐部与我们碰头。沙兰和C.J.决定留在内里沙的公寓，边看《阿甘正传》边抽烟。我们来到"幻觉"的楼上，这时，罗布对我们露出灿烂的笑容，犹如黑色面庞下的一道金光，他给我、内里沙和塔莎买了喝的。这些饮料是"陪我漫步"鸡尾酒，闪着荧光蓝，味道甜甜的，调制这种饮料的时候几乎用到了吧台后的每一种酒。我喝不出里面的酒味儿。一大口下肚，我期待着酒劲儿上头。我们和罗布、布兰登站在酒吧的一边，罗布的嘴角处叼着根雪茄，盯着时髦的姑娘们如时尚精灵在人群中穿行。她们身穿金色的衣服和淡色的牛仔裤，发型弄得挺直，男士们按街区坐开，手里拿着饮料，拦下身材苗条的女孩子，抓起她们的手腕，面带微笑地和她们说着你好。我看着人群，揣度着他们的故事，某一刻，我清醒地认识到他们的故事就是我们的，我们的就是他们的。

"都想再来一杯吗？"德蒙问我们。他的嘴角露出笑容。

"是的。"内里沙回答说。我点点头，塔莎也点点头。他给我们每人又买了一杯，迅速地从吧台那里给我们拿来了喝的。透明塑料杯拿在手里很冰，马上就开始滴水了。我喝了起来。大口喝的时候，我对着德蒙笑，表达着无言的谢意。德蒙也笑了，对我说，他喜欢我的打扮。他的骇人长发辫甩了起来。他长得很帅，浅色头发，魅力四射。女人们靠近他，在他的视野范围内走来走去，等着他过来找她们说话，向她们献殷勤，和她们打招呼。他没必要上去调情。人们都被他所吸引，他太有魅力了，如果他想说话，他的魅力会吸引人们接近他、找他交谈。不说话的时候，他的脸部轮廓会变得非常严肃，就像一扇紧闭的大门，眼睛像是从错误的方向窥视的猫眼，一片模糊。他会发脾气。不过那晚，他一直很温和。

我喝完了饮料：我渴了，饮料是冰的，还带着柠檬味。我在酒吧跳起了舞。内里沙把手搭在我的肩膀上，和我一起舞动。塔莎比我们俩跳得都好，她边笑边喝。然后一切都变得模糊了：德蒙的脸看不清了，我对妹妹说我感觉不太好。我们一起去了洗手间。她用了洗手间里最后一个可以用的隔间，我听到她在厕所里吐。我感觉摇摇晃晃的，喉咙管在灼烧。有什么东西正在把我的内脏往外拧。我觉得很不舒服。

"他妈的！"我骂道，在垃圾桶这里弯下身子，桶里装满了垃圾，已经没到桶口了。我开始呕吐。吐出来的东西又热又黏：我能感到低音的砰砰声，这声音从楼下的舞池地板那儿传来，穿过整栋建筑，穿过卫生间墙壁上污秽的瓷砖。美女们用餐巾纸在前额处擦汗：她们在卫生间进进出出，根本没人理我。一个穿着紫金色衣服和细高跟鞋的姑娘跌跌撞撞地走进来对我说："都吐出来，宝贝儿。"这让我倍感安慰，我汩汩地吐了起来。吐出来的东西溅到了塑料杯最上面的地方。内里沙从隔间里出来了，突然间，我也吐完了。只觉得天旋地转。我抓住她的肩膀，跟着她出了洗手间，昏了过去。

醒来的时候，我发现自己倒在车子后排座位的中央。内里沙在我的右手边，伏在我肩膀上。塔莎背对着我，她的头靠在软垫座位上。布兰登、罗布和德蒙的声音很大。我眼睛睁了一小会儿，正看到他们站在车上两扇打开的车门旁边，弯下腰来对我们笑。海湾地区吹来的微风飘进车里，热热的，咸咸的。我动弹不了。

"'陪我漫步'，嗯？这是陪她们漫步哈。"布兰登打趣地说。

"瞧瞧她们。"罗布说。

我们都病恹恹的。

"有什么好笑的？"塔莎叫了一声，烂醉如泥的我真的很想笑。不管怎么样，差不多每次我们在一起的时候，他们都能让我们开心地笑。可我张不开嘴。见我这个样儿，德蒙笑了，分明是在挖苦我，可我只能听着。微风带走了笑声，吹过停车场，又去往内陆的牛排馆，它在这里噼噼啪啪地诉说着，好像一阵漫无目的的风。我蜷缩起来。只希望这个世界变黑，不复存在。我想再次昏厥。然后我就真的昏了过去。

我们再次相聚在"幻觉"俱乐部，那是在一年后了，也就是2004年的新年前夜。这次不止我们几个。我们照了张用"上帝的馈赠"做背景的照片。我把卷曲浓密的头发披了下来，穿了件露单肩的红衬衫，踏上有银色饰钉的红靴子，银色的细高跟有如两把细长锋利的尖刀。照片中的我们都喝醉了，每个人的脸上都带着笑容。我们知道，照这种廉价的照片很俗，但我们是友邻，生活在一个社区，大家是街坊，是一家人，所以我们都咧着嘴笑。弯下膝盖，扭着屁股，搂着腰。我喝醉了，不免多愁善感，他们还好好地活着，我爱他们中的每一个。

我从不醉酒后开车回家。那晚，没有喝醉的亲朋中的一位，也许是我两个妹妹中的一个，开车送我们回了迪莱尔。最终，我们在凌晨四点来到了德蒙家的院子里。黑乎乎的天空中，星星点缀其间。我们都醉了，也都很兴奋，坐在车引擎盖上一包接一包地抽着布莱克米尔德雪茄。车上放着音乐，我们中的一些人坐在车里说话，汗流浃背，却沉醉其中，煞有介事。德蒙在车辆中迂回穿行，手里拿着一瓶二十二盎司[1]的啤酒，谈笑风生。

"你是坐通宵航班回来的，嗯？"我靠在车上，他问我。我表弟布莱克坐在我旁边，不停地递着雪茄，我从没抽过这种雪茄。味道很呛，我感到头晕目眩，但又觉得很刺激，我

---

[1] 约650毫升。

喜欢这样的感觉。不过，不能再多抽了，我心里想。这东西弄得我喉咙火辣辣的。

那晚，小虫子在活动；它们断断续续地发出小动静。我对着德蒙、对着所有人笑。此刻，我只想待在院子里，靠在车上，任车内的灯光时有时无地闪烁。一个街区以外才有一个街灯，这让我们不由地睁大眼睛，奋力在黑暗中看见彼此。

德蒙的头伸进一辆车的车窗里，我表亲中有两人正坐在里面，德蒙对他们说："嘿！老兄，把音乐调小点儿。"不等他们回答，德蒙就走开了，长发辫甩了起来。他喜欢聚会，但是他不希望巡查的县警察被音乐招来，在这里停下，他也不想惹得邻居们抱怨。他不但有责任感，还在他人生的最后几年中不断避免这种厄运的发生，因为这样的事情会牵连毒品泛滥的街区中无辜的人们。在这些街区中，每两个亲朋中就有一个是毒贩子，而年长的亲朋则是吸毒者。德蒙曾见证了一次枪击事件的余波，答应作证指控涉嫌的枪击犯。这次枪击事件就发生在迪莱尔，正值假期。他还同意作证指控在迪莱尔贩毒的一名外地毒贩子。他的良知让他答应在第一个案子中作证，而为第二个案子作证则是出于自保，因为他的车被警察拦住的时候，毒贩子正坐在他的车上。这些事情压在他的心头，他感到不能犯错。

我表亲朝他翻了个白眼，骂道："去他妈的黑小子！"没去理他。太阳升起，把院子染成奶灰色，再是奶白色，我们陆陆续续地回家了。轻轻地开门，悄悄地进去，死死地睡着，这时，太阳在空中升得更高了，一路上不停地燃烧，社区的居民们起床开始新的一天。晚上发生的一切似乎都被偷走了，留在其他人休息或工作的晦暗时间里。我们穿越时间，就像蟑螂爬进墙壁的夹层一样，在那些被忽略的时空里，为自己还活着而傻傻地乐着，虽然我们用了各种方法让自己醉生梦死。

2004年2月26日，德蒙去值夜班的第三个班次。上班前，他给罗布打了个电话，告诉罗布他下班回家时会再打过来。可能那时罗布打算开车和他一起去格尔夫波特给他女儿买尿布，那里有二十四小时营业的药店和沃尔玛。

要是其他某个晚上，德蒙会开去迪莱尔，驶入罗布母亲的行车道，这条道从圣斯蒂芬大街起陡降，他把车停在罗布母亲房子的一边。罗布会飞奔出来，挪进茶色双门汽车的副驾驶位置上，和罗布说起话来。他们会沿着洛布伊公路往北开，一直开到州际公路。夜色笼罩的天空下，一路上松树掩映，布满动物的小秘密。那个时间点的格尔夫波特显得格外的荒凉：有成片的连锁店、快餐店、两层楼的旅馆，霓虹灯，黑黄油斑相间的停车场，还有停车场后面的松树以及被分成小块的农场风格的房子。只有为数不多的车懒散地停在红灯前面，在加油站里加油，然后停在沃尔玛大门边，德蒙的车是其中之一。他们会在车窗外弹去雪茄烟灰，烟灰转而化作沥青上的尘埃。那天晚上和其他任何一天晚上一样，德蒙值班时一直站着，不停地做事，值完班，朋友的公司让他下班。但是这天晚上又不同于其他任何一天晚上，因为德蒙一直没到罗布家来。

不久，德蒙所在工厂的保安说，工厂大门附近匿伏着一辆卡车，有人在上面监视车辆的动向，第二个班次的夜班后有车离开，也有人开车来上第三个班次的夜班。德蒙下班后回家了，他没去罗布的家。罗布在家等他等得睡着了。在罗布蓝色的房间里，电视机发出的光把他带入了梦乡：罗布睡着了，身上闪着铝合金裂纹的光，他没有醒。德蒙的邻居还有整条街上的人都没有醒。德蒙的未婚妻和女儿也没有醒。这时，有人从德蒙家前面的灌木丛里走出来，在德蒙走向家门的时候用枪打死了他。此时的德蒙，身上的汗已经干了，满心疲惫，满身污垢，想去冲个澡，也许想来点啤酒。几个小时后，德蒙的未婚妻惊醒过来，她发现床上冰冷、屋子里空荡荡的，德蒙不在。她朝房子外面看，发现了他的车。然后走到屋外的门廊，小脚踩在木头上咯吱作响。她看到有人在草坪上睡着。谁会在院子里睡觉呢？是德蒙躺在那儿，长发辫从头上四处散开，面部安详，睁着眼睛，胸口血红；要不是胸口异常，真的会觉得他睡着了。她扑倒在他身上，大声尖叫。

第二天早上七点左右，沙兰接到电话。事实上，我们有个电话群：无论何时，第一时间得到消息的人会打给第二个人，第二个人会打给第三个人，第三个人会打给第四个人，这个群里有人会打给内里沙，有人会打给沙兰，还有人会打给我。正值春假，我回家了，还在睡觉，没有做梦。突然，沙兰跑到我在母亲家的房间里，开了灯，开门见山地说："米米，德蒙被人开枪打死了。"听到她的话，我蒙住双眼，深呼吸。死亡突然向我袭来，仿佛水流将初夏的针织衫冲进依然刺骨的春季河流中。

"他妈的到底怎么了！"我叫了起来。

沙兰从一只脚跳到另一只脚。

"怎么啦？"我问她。

"不知道。可能和毒品有关。你也知道，他本来要去作证指控新奥尔良的一个家伙。"

沙兰爬到床上和我躺在一起，转身面朝墙壁。如果她在哭，应该是暗自流泪，我从她的后背和腹部都感觉不到她在哭。我的手从她身子下面抄过去，另一只胳膊绕过她的肋骨，把她抱住，就像她还是婴儿时那样，就像胖嘟嘟的她很早开始走路后那样，当时我八岁，腿长得最快。她睡着了，我的胳膊随她的呼吸起伏。虽然我对那个接二连三干掉我们的家伙充满担忧，我还是为她仍在呼吸而谢天谢地。太没人性了，我想。不会就这么结束了，我想。不会。

四个小时后，我醒了。我的眼睛又红又肿，哭泣和睡觉让我的眼皮结到一块儿去了。我套上长袖运动衫，驾车和沙兰去德蒙家与内里沙碰头。我在车上反复放着一首歌，把车停在街上，心里有种强烈的感觉，那就是，在我年少之时，人生对我作了一些承诺，也许生活不会如此艰难，我的族人不会没完没了地死去。我才二十六岁，我心里想。我受不了了。

我们和德蒙的未婚妻坐在一起，她和我一样大，已经成了寡妇，她的脸肿肿的，黑色之下带点红。她一根接一根地抽着烟。

"我什么都没听到，"她回忆道，"什么都没有。"

她说这些，仿佛她没听到枪响就意味着枪击没有发生。那时我们还不知道，接下来的几个月里，警察进行了调查，在州际公路旁的本地加油站里设置标志，征集德蒙谋杀案的线索。我们还不知道杀人犯会一直身份不明，就像未在沼泽地留下痕迹的大狼，警察的搜索徒劳无功。

德蒙去世后的第二天，我坐在他家门廊的水泥台阶上。日薄西山，一群住在德蒙家屋顶的蝙蝠如女巫一般从通风口蹿了出去，黑压压的一片，吱吱地叫着，飞入夜色中。德蒙家的草坪上，那些我们曾经一起停车、喝酒和兴奋的地方，如今这里的松树上挂起了警戒线，避开了地上的含羞草。警戒线上写着：**小心**。内里沙抽着烟，在寒冷的空气中吐出烟圈，嘴角边的皮肤干巴巴的，我在想是谁从黑暗中跑出来杀了德蒙。虽然我也知道，藏在那片随风摆动的树林里等着德蒙的是个人，但我还是想转过身面朝内里沙，问问她：你觉得那是什么？是什么？

我们受伤了

1984—1987

我和父母、乔希、内里沙从坐落在广阔田间的小房子搬到一个奶油黄的活动房屋里，这个屋子位于迪莱尔的红土公路尽头，房子的一侧较为宽大。这条路的大部分区域树木丛生，但是快到公路尽头的地方聚集着一些房屋，每间屋子里都住着一些接下来成为我朋友的男孩。那时我七岁。我和乔舒亚还有那些男孩整天把我父亲挂在前院山核桃树上的沙袋摇来晃去，在泥里打架，在路中央赛跑，从街那头我姑姑家摘了一大堆还没熟的梨，由于吃得太多，我们觉得有点恶心。那时我觉得父母大多数时候是开心的，不过现在我明白了，我自己的开心遮蔽了我的认识。

一天，父亲骑摩托车回家。这是辆全新的日本川崎忍者牌摩托车，红黑相间，锃亮锃亮的。

"别碰它，"父亲嘱咐说，"不要在上面玩。"

"这是你的车吗?"我问他。

"是的。"父亲肯定地回答。然后他在我旁边蹲下,指着他在车上落脚的两根钢条旁的银色部件,说:"看到那里的东西了吗?"

我点点头。

"它们会变得很热,把你烫伤。所以你不能骑在这上面玩儿。"

"遵命,先生。"我心悦诚服地说。父母让我和弟弟妹妹们这么称呼他们,而且当他们发号施令时,我们都得恭敬地顺从。

母亲默默无语。她推了推脸上又厚又宽的眼镜;眼下正流行这种款式,戴在鼻子上遮住了她美丽的小脸。她用力吸了下鼻子,嘴角陷了下去,露出愁容。她望向别的地方,然后走进屋里,砰的一声关上门。我们在摩托车旁晃悠着,看着父亲用棉布从上往下擦车,擦亮车的金属外壳,听着车冷却后机器微弱的震动声。父亲擦完车后,我们跟着他进了屋,这时母亲正在做饭。她对父亲一言不发,可是她的背好像一扇关闭的大门。我还是个孩子;有太多的事我还不懂。我并不知道,父亲将母亲让他攒着用来买地的钱取了出来买了这辆车。我并不知道,他的亲生父亲,也就是我爷爷大杰里,在世时虽然是个花花公子,可是却精心地照料自己的子女,大杰里曾对父亲说:你总不能靠他妈的摩托养活你老婆和三个孩子吧。

"洗澡去吧。"母亲对我们说。我们就去洗澡了。

过了一年多一点的时间,租活动房屋给我们的邻居决定把这个房子租给他们的亲戚。于是我们穿过迪莱尔,搬去和我外祖母多萝西住。那时我八岁了。我母亲就是在这里长大的,她的几个兄弟姐妹都是这里出生的。这个房子是用木墙板搭建起来的,长长的,地基矮矮的,又因为它建在山上,所以房子前端用两块煤渣砖、后端用三块煤渣砖垫高。房子里原先有一个较大的客厅,一个狭窄的厨房,一个小小的饭厅,一个洗手间和两间卧室。外祖父为了其他女人离开外祖母之后,外祖母便独自养育她和外祖父生的七个孩子。于是她在原来房子的基础上增加了两大间卧室和一个洗手间。她收拾好外祖父留下的残局,扩建房子,活了下来。

外祖母家的情况在我们社区司空见惯,在我家族中尤为突出。我一直觉得自己的家族处于某种母系状态,因为有母亲家血统的女性历尽千辛万苦将我们的小家、直系亲属和大家庭维系在一起。我们家的情况并不少见,却也不一直都是这样。以前,天主教在我们社区影响较大,离婚闻所未闻,男人们也不会离开他们的女人和他们一起孕育的孩子。可是,到了我外祖母那一代,情况发生了变化。从六十年代起,人们开始离婚,成年的女性原本以为她们的伴侣会帮助她们一起抚养孩子，结果却发现她们只能靠自己。她们像男人一样工作，尽最大的努力来养育子女，而她们的丈夫却和别的女人发生关系还娶了这些女人，然后抛弃了她们，也许她们的丈夫是为了寻找一种自由的感觉，或是获得南方黑人男子所无法享有的一种权力。如果他们在公众场合不能被称作"先生"，那至少那些爱他们的女人们和孩子们会尊敬、惧怕并且需要他们。除了在自己的家里，他们出现在其他地方都会遭到轻视。于是，在自己家中，他们便将这种情况颠倒过来，去轻视那些处于他们控制之下的人们。这样的结果，当然就是被贬低的女人们必须变得异乎寻常的坚强，并产生对家庭的责任感。我的外祖母就是这样磨炼出来的。

我们刚搬进外祖母家的时候，我母亲的弟弟妹妹们和他们的孩子，全都住在里面。这样一来，总共有十三口人住在外祖母家：我四个单身的舅舅，两个姨，她们各带着一个儿子，外祖母，父亲，母亲，内里沙，乔舒亚，还有我。四个舅舅每两人合住一间小卧室，一共占了两间小卧室，外祖母住在房子后面带卫生间的主卧。两个姨睡在房子后面新建的一间大卧室里，房间很大，可以摆上两张双人床，这样她们都能带着自己的孩子睡觉。这个大卧室一角还塞进了一张双层床，我和弟弟就睡在上面。我睡上铺，弟弟睡下铺。我的父亲和母亲在饭厅的门上钉了个窗帘，把餐桌移到储物间，再把他们的双人床搬进来，他们带着内里沙睡在上面。

1985年沙兰出生后，他们又带着沙兰睡在上面。接下来的两年里，我和我喜欢的大部分人都生活在同一屋檐下，我们小孩子为此欢欣雀跃，大人们却倍感压力。他们是被八十年代里根政府的政策逼到我外祖母家来的，那些政策取消了政府在不景气的经济环境下为穷人担负的一切开支，使得萎靡的南方经济更为萧条。

★ ★ ★

我们搬进这个格局不规则、身子朝一边歪的木制房屋时，我已经爱上了阅读。我觉得，自己喜欢读书的初衷是逃离身处的这个世界，而现在则是为了进入一个由直截了当、诚实无欺的话语构建的世界。这里善恶分明，女孩子们强壮、聪慧、富有创造力，竟然还傻乎乎地和龙搏斗。她们从家里跑出来，住进博物馆，做了孩童间谍，结交新朋友，搭建秘密花园。或许对我而言，在这个世界里穿行比生活在自己的家中更为容易，因为父母经常会在饭厅改建成的卧室里小声地激烈争执。每次争吵后，父亲都会消失好几个礼拜，去帕斯克里斯琴的奶奶家住上一段时间再回来。或许对我而言，沉浸在这样的世界里比生活在一个不会对我做任何解释、我也无法描绘善恶的世界中更为容易。外祖母在工厂上班，一上就是十个小时。母亲在宾馆做服务员。父亲仍在玻璃厂工作，他和我们一起生活的时候，经常骑上摩托车没了影儿。我最小的舅舅正在读高中，但是其他三个舅舅和两个姨都在上班。家里经常只有我、乔希、阿尔东（当时阿尔东和自己的母亲一起睡在房子后面卧室里的一张双人床上），还有放学回家的舅舅，在客厅里观看公共电视网上放的电影，这是我们仅有的两个频道之一。有时两个姨会在厨房间忙活儿，在装满沸腾的豆子、有我身子这么大的几口锅旁流着汗，为全家做起了松饼。"去外面玩儿吧。"听到她们发话了，我赶紧把书收到一边，和乔舒亚、阿尔东一起出去玩。

我希望成为自己的女英雄。357号公路沿街的一排房子后面有片森林。有次，我跟着从林子里回来的表哥埃迪去了一个围着带倒钩的铁丝网护栏的地方，护栏上连续贴着多个告示，上面写着：**迪莱尔森林，杜邦产业，严禁擅闯！**这块被圈起来的地盘从我们家房子后面的北部湾区开始，一直往南延伸到我的小学。七十年代，杜邦家族为了在迪莱尔建造工厂，承诺为这里的社区提供大量的就业岗位。得到批准之后，他们便租了大片土地，在上面建厂，还获得了一条将他们和我们隔开的缓冲林带。我跟着十二岁的表哥埃迪去了护栏那里，只见他手拿来复枪跃过护栏，然后消失在黑暗中。他正在打猎，打兔子、松鼠以及任何被他打中之后可以打牙祭的野味。我挺想跟着他一起打猎的，可又有点害怕。浓密的森林既吸引人又让人却步。况且，这里禁止入内。

同乔舒亚和阿尔东一起玩儿的时候，我很想带着他们去这片森林，就像《通往特雷比西亚的桥》中的人物一样在森林里探险，可是我没有这么做。我同乔希和阿尔东在后院的小木棚边转悠，在化粪池上面跳山羊，顺着滑坡往下滑。那里原本是个自流井，流得慢了，就成了涓涓细流，成了院子当中的一个厕所。我们在姨婆家房子后面"考察"。她就住在隔壁。我们在她家后面发现了一大片松树。树荫下藏着布满干草的泥土，以及被飓风撕成碎片状的、黏糊糊的棕色树桩和树干。

"我们快有自己的地盘了，"我兴奋地说，"得给它起个名字。"

"起什么名字好呢？"阿尔东问我。

我低头望着他们。那时他们五岁，比我小三岁，也比我矮。他们的脑袋在肩膀上显得太大了，头发像除尘刷的细毛，眼睛大大的。乔舒亚的皮肤是浅色的，而阿尔东的肤色较深。两人都穿着看似短款的橄榄球球衣的缎面网纹衬衫和卡其短裤，裤子上的金属拉链很难拉，每次帮他们穿衣服，拉链都会伤到我的手指。他们都很依赖我。以前无论我走到哪儿，后面都有个跟屁虫，现在有了两个跟屁虫。我们发现了自己的地盘，一个属于我们的小天地。

"儿童乐园，"我脱口而出，"就叫它儿童乐园吧。"

"儿童乐园？"乔希问了句。他把这个名字说得很像基兹岛[1]。

"对,儿童乐园,也就是孩子们的……乐园。因为这是我们的天地。我们的王国。"

"嗯,这名字起得好。"阿尔东附和着说。

"我也喜欢这个名字。"乔希赞许地说。

我把他们带到林子里去。落在地上的树干成了马匹和城堡,树枝变成刀剑和敌人。我们交战。我们追赶。乔舒亚撞上一棵树,身上擦出紫色的伤痕。我对着伤口咂了下舌,用我的衬衫把上面擦擦干净,再吹了吹。

"挺疼的。"他说。

"没事儿啦。"我安慰他说。

乔舒亚非常信任我。原本润湿的眼眶不再噙着泪水了。他耸了耸肩,用没事的那条腿跳了一小下,做好准备,继续尽情地玩耍。我为他感到骄傲。

可我还是对这个名字不太满意。听上去太普通了,我想,不如特雷比西亚有魔力。但是能和阿尔东、乔希一起在我们的家园——"儿童乐园"——里玩耍,我感到很高兴。两位出色的战士,我这么觉得。现在我有点满足了,仿佛我带头完成了一件大事,成了书上读到的那样的女孩。

---

[1] 乔舒亚年幼口齿不清,将Kidsland(儿童乐园)中的/dz/说成/z/,听上去就像Kizzland(基兹岛)。

在现实生活中，我看着父母走过的路，依稀感到做女孩更为艰难，男孩则活得更加轻松。在这里，男孩可以买摩托车，然后骑着摩托，想来就来，想走就走，在街边穿着无袖衬衫装酷，彼此说笑，递啤酒，抽烟。与此同时，我认识的女人们则在工作，即使不在上班，她们也没闲着：做饭，洗一大堆衣服，晾衣，打扫房间，根本没时间放松和休息。那个时候，我已经觉察到我和弟弟之间由于性别差异而产生的差别，朦朦胧胧地感到这个世界对我们有着不同的期待，不同的许可。但对我来说，这些不同点都化作一个具体的符号：香烟。

我认识香烟的包装，知道舅舅们抽的是科尔斯牌香烟。对我来说，这种香烟代表了男人们拥有的那种自在炫酷的特权。我、乔舒亚、阿尔东还有表弟雷特从大人们那里凑足零钱，然后跳上自行车，沿着大街骑上一英里[1]左右，便到了一家开在院子里的小木棚中的商店，店主是白人。我经常觉得，当我们仔细地挑选大家一起分享的一包口香糖、一袋薯片、一杯饮料和几颗糖果时，他们在盯着我们看。两美元就能买到我们想要的这些东西，但是如果我们的钱不够，只有一美元，那可选的范围就小了。乔舒亚和阿尔东会选有多种口味的一便士糖果和"现在和未来"牌糖果，

---

[1] 约1.6千米。

雷特会挑选薯片和饮料，我来买糖果和口香糖。我最喜欢香烟糖果。回家的路上，我可以边骑车，边"抽"香烟糖果：我最喜欢的那个牌子会在香烟糖的烟头处撒上些细粉，我把嘴唇放到橡皮糖做的过滤嘴上一吹，一缕青烟飘了出来，好似浪花的泡沫。

一天，我一个舅舅在抽烟，他吸得很快，还剩四分之一的烟没抽完就把它扔在泥地上，然后在街上扬长而去。门廊里空荡荡的，两个姨在屋子里，没有动静，只有我们几个待在满是尘土的院子里。我钻到舅舅的车下面，从他扔掉香烟的地方把烟又捡了回来。这烟尚有余温。我拿着过滤嘴这里，烟头对着地面，走到乔希和阿尔东身边。

"快来。"我对他们说。

他们站了起来，跟着我绕到房子后面。我在后墙和化粪池的混凝土板中间停下了脚步。

"咱们抽烟吧。"我提议道。我想获得舅舅的一些自主权和自由。

他们识相地点点头，只有五岁的人才会这样。我试着去吸，可什么都没吸到。就在我要把烟递给阿尔东的时候，他妈妈从卫生间的窗户那里听到了我们说的话，因为我让大家都在那扇窗户下面待着。

"米米，阿尔东，乔希：快进来！"她大声喊道。

我们扔了烟，陆续进了屋。两个姨坐在餐桌前。

"你们在干什么呢?"

我没应声。

"还敢抽烟?"

"没呢。"情急之下,我脱口而出,胸口热得发烫。

"别不敢承认,"另一个姨发话了,"你们竟然想抽烟?"

"是的。"我惨兮兮地回答。

"我从卫生间的窗户那里都听到了,"阿尔东的妈妈说,"为什么要这么做?"

"我也不知道,"我回答说,"看到这个东西,我就捡起来了。"

"好吧,以后别这么干了,"她谅解地说,"你们不能抽烟。"

"如果你们能保证以后再也不抽了,我们就不告诉你妈。"

"好哒,我们保证。"我们都点点头。

她们放我们出去玩。我如释重负,知道我们躲避了一次严惩。可那天夜里晚些时候,母亲给乔舒亚洗好澡,再擦干身体的时候,乔舒亚告诉她:"米米和阿尔东都抽烟了。"母亲把我叫到卫生间和我对质。我告诉她两个姨说的话。她觉得两个姨隐瞒了我们的胡作非为,为此很生气。我真希望父亲在场,可是他不在家。姨和母亲说了实情。母亲没有就此罢休。她打了我和乔舒亚,罚我们整个周末都待在后面卧室里的双层床上。盛夏时节，那里依旧黑得如同洞穴。但是我们可以出来吃东西，上卫生间。我们在床上躺下来小声交谈：我读书，有时候读给弟弟听。我们在受罚，而阿尔东却在咯咯地笑，在外面玩耍：姨对他很宽松。我和乔舒亚透过纱窗看着他的身影在窗帘后面同山核桃树和松树一起摇晃。我感到愤愤不平：即使受罚，某些男孩的日子也会好过一些。

大部分周六的早上，我们都不用顾忌大人们。清晨六点，我们醒来，偷偷溜进客厅，打开电视机观看周六早上的动画片，这之后，房子就是我们的了。一连好几个小时，我们躺在刚铺上深蓝色地毯的客厅地板上，收看《蓝精灵》《海底小精灵》《猫和老鼠》《伊沃克人》和《华纳群星总动员》。我们最喜欢《大力水手》。他们在新奥尔良的演播室外面播放这个片子：大力水手快餐连锁店邀请白人孩子们去演播室，孩子们坐在露天看台上，腿上放着油乎乎的小盒炸鸡和松饼，主持人在一旁介绍动画片。那个时候，我觉得饥肠辘辘，胃部在灼烧，有些剧烈的疼痛。

"我来给大伙儿做点吃的。"我对大家说。每到周六，我便爬上厨房柜台，手伸进橱柜，从里面拿出"女性、婴儿和儿童营养计划"发放的玉米片和奶粉。我根据用法说明将奶粉倒进半加仑的大水壶里与玉米片混在一起，给每个人都做了一碗麦片，这样我们可以站在门口，边看动画片边吃东西。要是我们吃的东西洒在客厅里，就会挨打。麦片——不，是牛奶——吃着不太对劲，味道和我们搬到外祖母家之前在商店里买的牛奶不太一样，那个时候父亲的工作不错，能买得起加仑装的冷鲜牛奶。他原本在玻璃厂工作，有一次贴错了盒子的标签，便失去了这份工作，从此不停地换工作。有几个周六，我往奶粉里加了几量杯糖，觉得这样会让口感更接近真正的牛奶。但事与愿违，味道太甜了。我和乔舒亚、阿尔东、内里沙吃光了玉米片上铺的这堆结着块、裹着水的乱七八糟的东西，可我们还没吃饱。每周六，我们都盯着《大力水手》节目里那些金发小孩看，他们长得粉嘟嘟的，一看就很健康，每集动画片播放前，他们都把手掬成杯状，像望远镜一样放到眼睛前面，尖叫着"开演！"，他们的大腿由于炸鸡盒渗出的油渍而变得油迹斑斑。我们把碗里吃得干干净净，用勺子把碗底刮干净，喝完碗里的最后一滴甜牛奶。麦片散开后淤积在我充满恨意的胃里，而我则对电视里的小孩恨得牙痒痒。

工作间隙，父亲会抽出时间和我们待在一起。《最后的猛龙》是他最爱的影片，我们看了一遍又一遍，直到将里面的台词记得滚瓜烂熟。我们在改造成卧室的客厅里表演；父亲是幕府大将军，乔希是勒罗伊·格林，我是劳拉·查尔斯。父亲在家的时候，母亲就出门在外：我从没见过他们待在同一个房间。我意识到有点不对劲，但又说不清是哪里出了问题。有时父亲把我们用安全带固定在摩托车后座上，我或弟弟像猴子一样紧紧抓住他的背，他带着我们在迪莱尔或帕斯克里斯琴一带兜风，重重的头盔将头戴式耳机压进我们软乎乎的小脑袋里。父亲系在腰间的磁带播放机里大声放着普林斯的《紫色的雨》。有时我觉得自己应该明白他想让我知道一些事情，比方说我是男人，我年轻、帅气、活力四射，我向往自由，可我却不甚明了。几周之后，父亲在帕斯克里斯琴的一家牡蛎工厂里找到份工作，收入比玻璃厂少很多。他不当班的时候，会穿着在玻璃厂工作时买的一套价格不菲的摩托车手皮装，把他长长的黑发梳到后面，编成一根辫子，在海岸边骑行。那时我还不知道他开摩托车是去见他的众多女友，让她们坐在车后座。我觉得他隐瞒了自己已婚并有家室的情况。不知道在他从厂里带回来几个五加仑桶装的新鲜带壳牡蛎，站在后院里剥壳的时候，心里是惦记着那些女人还是我们。日薄西山时，他仍然穿着黑色长筒橡胶靴和工作服在吃生牡蛎。晾在绳子上的一条条鲜艳的被单在他身后飘了起来。

"我可以尝一尝吗？"我问他。

"你会觉得这个不好吃。"他回答道。

"我只想尝尝。"

"它们是活的,"他对我说,"吃下去的时候。"

"从喉咙里下去的时候,它们一直睁着眼睛吗?"

他点点头。

"还想尝尝吗?"

我还想试试,因为他说我不能吃。我希望他为我骄傲。我希望我们站在暮色沉沉的院子里一起吃牡蛎,我希望一直都能这样。

"嗯。"

他用刀插入牡蛎壳,手腕一使劲儿,壳就打开了。牡蛎肉灰灰的,上面有银色的条纹,父亲把肉从壳中央割下来,壳上发出华美的颤音。

"呶。"他说,他把肉取出来放在我面前,那块肉耷拉在刀刃上,好像一把勺子。"张嘴。"

我张开嘴,把牡蛎吸了进去。热乎乎,咸丝丝,潮唧唧:我想象着它厚厚地覆盖在我粉红的嘴里,绝望地看着我黑洞洞的喉咙管。我把它含在嘴里,思前想后。

"别吐出来。"父亲对我说,一麻布袋的牡蛎在他脚下动来动去,咣当直响。"千万别吐出来。"

它越含越热。还是活的。

"吞下去吧。"

我要了牡蛎的命,把它吞了下去。父亲面露喜色。

"味道不错吧?"

我不喜欢这个味道，于是摇摇头。父亲笑了，日暮时分，他的脸色越来越暗、越来越黑，牙齿则把他的脸衬得很白。他再次把刀插入牡蛎壳的缝隙里，又剥了一个牡蛎。他小心翼翼地把牡蛎在刀刃上放好，送到嘴边，吃了下去。我交换着用一只脚脚底的厚茧蹭另一条腿的小腿肚。我很好奇，他是怎么做到不伤着自己，他怎能如此帅气、高大、出色。

我十八岁生日的时候，家里没有办生日会。过十七岁生日的时候，父母在外祖母家给我办了一个盛大的生日派对，我所有的表亲都围着一个粉色的单层大蛋糕，为我唱生日快乐歌。我穿了一件漂亮的紫白相间的裙子，收到的礼物是一辆崭新的自行车，车上装了一个后部翘起的细长车座。十八岁生日的时候，家里经济拮据。生日那天，父母陪我走到外祖母家的厨房门外，从家用汽车后备厢里拽出一根有我脖子那么粗的蓝白相间的绳子。我丈二和尚摸不着头脑。父亲笑了起来。绳子很长，是家里车道长度的两倍。

父亲用绳子缠绕在他的肩膀和腋下，绕到他仿佛穿了件厚厚的大外套。接着，他爬上遮住房子一边的那棵活着的大橡树，伸手抓住屋顶上深色的树枝。他一够到屋顶上的树枝，就顺着树枝一步步挪到树中央。他解开绳子，将绳子的一端在树上打了个大结，然后拉了拉，试了试，直到他确定这一头系牢了，再把另一端系了上去，同样试了试结有没有打牢，最后顺着这个至少有三十英尺[1]长的巨型秋千滑了下来。这个秋千绳子做得很结实，可以承受一个成人的重量，而且无需木制座椅就可以荡起来，即使没有座椅，坐在上面还是很舒服。

"生日快乐。"母亲对我说。她一只手放在我的脖颈处；由于经常搓床单、床罩和毛巾，以及使用旅馆清洁工用的工业清洗剂，她的手变得很粗糙。多年以后，她告诉我，这份工作很不好做，活儿很重，还无休无止，此外，和她一起工作的女人们乱嚼舌根，八卦她和我父亲间的关系，甚至公然刁钻刻薄地对待她。

"喜欢这个礼物吗？"母亲问。虽然才八岁，我还是能体会到母亲为不能给我更多的东西而感到自责：我过生日他们只送我一根不加修饰的绳子，她觉得不太好。

"喜欢。"我脱口而出，我确实很喜欢。我坐上秋千，父亲推了我一会儿，然后进屋去了。我双手紧紧地抓住绳子，使劲往上荡，两只脚抻得紧紧的，整个身子都在用力，直到我荡到最高的地方，手可以碰到几分钟前父亲跨坐的树枝底部。我很兴奋，秋千荡到空中至少三十英尺高的地方，我感到心海荡漾。我朝屋顶上、院子里、隔壁邻居的枣红色

---

[1] 约9米。

小活动房屋上、大街上，还有神秘的树林里放眼望去。我为自己感到自豪，因为我可以毫不畏惧地顺着绳子爬上去。我的胆子大得可以不论冬夏，都用腿夹住绳子，顺着绳子往上爬好几个小时，然后蹲在秋千的高处，眺望大千世界。紧紧抓住绳子的最上端让我觉得自己离父母很近，虽然我离父母爬上去的距离还远着呢。有时，如果我苦苦哀求，嘴巴甜一点，舅舅中的一个会帮我把秋千的座椅往后拽，把我架在他们的头上再松手，这样我就可以在院子里翱翔。我紧紧地抓住秋千，胆战心惊，却也欣喜若狂。

父母竭力想挽回他们的婚姻。有时他们会在周末留出时间给对方，出去过二人世界，把我们托付给住在附近小镇上公寓住宅区里的一个朋友看管。这位朋友经常临时照看我和弟弟。我从大人们的交谈中得知她丈夫动手打她，我知道这样不对。至少这一点毫无疑问。我清楚这一点，是因为有一次我姨的男友打了她，于是母亲全家带着猎枪来到帕斯克里斯琴：他们齐刷刷地站在姨男友的房子前面，警告他如果他再敢动她根手指头，就要了他的命，从此他再也没有打过我姨。

我九岁的时候，乔舒亚六岁。那一年，父母的这个朋友有一次用激将法怂恿乔舒亚喝下一瓶辣酱。弟弟的忍耐力一直都很强，我曾激他吃狗粮，他也吃了。

"拉臭臭的时候，你的小屁屁会火辣辣的。"她挑衅地说。

乔舒亚看着她笑了。牙齿红通通的。他呼出带着塔瓦斯科牌辣椒酱的辣气。

"不会的，不会的。"他吹起牛来。

我可真佩服他。她还想把辣酱递给我，被我拒绝了。有时弟弟走在前面，我跟在后面。我明白这是属于他的时刻。她为我们做了烤奶酪三明治，还给了我们几小塑料杯红色的酷爱饮料。我和弟弟上气不接下气地大口吃下三明治，光着脚在公寓内外到处跑，从楼梯上往下跳，和流浪猫嬉戏，给停车场的大垃圾箱留出宽敞的地方。垃圾箱很臭，有时人们会无视它们的存在，任身旁的垃圾腐烂。

有一天，父母的朋友让我们在楼下看电视，自己上楼去邻居家做客。

我有些心不在焉。也许我还想要个烤奶酪三明治，于是我也上楼去了，发现楼上的公寓门没锁，里面几乎漆黑一片，墙上挂着几件弹力天鹅绒艺术作品，雕刻着彩色纹理的玻璃上好像有大理石花纹。这里住着一对白人夫妇，我父母的朋友和夫妇二人正围坐在一个小餐桌旁。桌子的中间摆着面镜子，镜面朝上。丈夫顺着镜子表面用剃须刀将白色的粉末分成几条。他弯下身去嗅吸，仿佛他正吸着鼻涕，又好像他在清理鼻子。他的头发披在前面，遮住了脸。父母的朋友抬起头来,发现我站在门口,于是赶忙对我说:"米米,快下去。"我马上离开。我不知道他们在干什么。不知道眼前的一幕是那些穷困潦倒、走投无路的成年人在穷途末路之际获取片刻的慰藉。不知道这种需求会伴随我们这一代人成长。

不知为何,父母还是勉强待在一起,陪我们过圣诞节。节前很长一段时间,都是外祖母在做饭,煮上几大锅海鲜浓汤,做好家常松饼和山核桃红薯派。客厅内燃木炉里的火烧得屋里太热了,大人们都去室外凉快了,他们坐在我的秋千上,大家轮流推。圣诞前夜,我和弟弟都睡得不踏实,乔舒亚憧憬着礼物,有点飘飘然了,九岁的我则期待着一辆装备齐全的十挡变速自行车,不知道我的恳求是否有用,会不会有奇迹出现。好不容易睡着了,我梦见县里的警察来了,他们把父亲和舅舅们都抓进大牢。我在梦里大哭,醒来时,脸上湿漉漉的。不知道那天晚上我为什么做了那个梦;我并不清楚父亲和舅舅们是否有欺诈行为,是否参与犯罪。现在我大了,就知道他们没干这些事,只是一群喜欢在周末喝酒、抽烟、大喊大叫的混蛋男人而已。可小时候,我时常听到外祖母说,不放心她的儿子们,怕他们会被警察拦住搜查,只因为他们是黑人男子,怕他们在酒吧里和白人男子打架时,会因人身侵犯的罪名被逮捕,而白人男子却逍遥法外。我还注意到,每当父亲不在家又没事先打招呼时,母亲会紧绷着嘴,诉说她担心父亲骑摩托时卷入事故,然后被关进大牢。对一个敏感的九岁孩子来说,家中的黑人男性遇到的麻烦指的就是警察。做男人更容易也更艰难;男人可以获得更多的自由,同时也容易受到失去自由的威胁。我从那个梦中醒来后叫醒了乔舒亚,我们一同爬进父母的房间,再把他们叫醒,请求他们允许我们打开礼物。一辆红色的十挡变速自行车赫然摆放在客厅的一角,这是送给我的,我差点儿忘了那个梦。

★ ★ ★

母亲让我和弟弟坐下,有话要对我们说,可能是让我们坐在了客厅的沙发上。五年前,父亲就是在这个沙发上向母亲求婚的。生了两个孩子之后,他们结了婚;再添了两个孩子之后,他们又决定离婚。

"你们的爸爸不会回来了。他离开我们了。"

她没说离婚两个字。那时我们还听不懂这个。不过第二天,父亲没有回来,他是前天上班时出门的。我和乔舒亚挺着瘦骨嶙峋的小胸脯,心里明白了。爸爸不会回来了。他离开我们了。以前他搭兔子窝的时候,我在院子里追着他,要给他拿钉子或木块,以前我奋力把秋千荡到最高处,碰到树枝,对他大喊"你看",尽力让他感到骄傲。然而,这一切都一去不复返了。不久,我才知道,父亲新交的也是他年纪最小的一个女友,是他玻璃厂同事的女儿,两人认识时女孩儿才十四岁,母亲发现他们的关系后,就让父亲不要回来了。那年暑假,女孩儿来玻璃厂打工,就在那一年,父亲被解雇了。父亲失业后又在牡蛎厂找了份工作,这时母亲发现父亲的老毛病又犯了,就意识到他永远都不会改变,他们的爱也无法挽回。此时,母亲已经怀上了她和父亲的第四个孩子,也就是我最后一个姊妹沙兰,但我和乔舒亚当时还不知道。

母亲和我们摊牌之后,我回到和两个姨一起住的房间,缩在下铺乔舒亚的床上,一会儿哭,一会儿翻着最近我从图书馆借来的书。我极为震惊,无法接受父亲的离去,仿佛他排斥的不是他的妻子和他的家庭生活,而是我。父母分开时,孩子们经常会责怪自己的父母,我也不例外。

乔舒亚跑到院子里待着。正值夏天,酷暑难当。他一圈又一圈地绕着房子跑,号啕大哭,吵着要爸爸。舅舅们和两个姨追在他后面,抓住他,按住他扭来扭去的身体,告诉他别跑了,可他的声音越哭越大,拼命地在他们的手里挣扎。这个时候他有七岁了,可能还大一点,以前留的金色的黑人爆炸头现在被剃得很短,他的力气很大。舅舅阿姨们松开手,乔舒亚一下撞上了路面,爬起来继续边跑边哭。他绕着房子跑了好几个小时，终于停了下来，跪在地上，啜泣声逐渐减弱，打着嗝，在一旁呜咽。就这样，他在外面的泥地上垂着头睡着了。一个舅舅把他抱到屋里，我让出他的床给他睡。

不久，根据《1974年美国住房和社区发展法案》第八条的规定，母亲申请了政府的租房资助，在密西西州奥兰治格罗夫一个新开发的郊区里找到了房子，那里和这儿隔了两个小镇。母亲告诉外祖母，那年夏天我们就搬走。那时我已经十岁了。就在我们动身之前，我又去"儿童乐园"里逛了一圈，虽然我也觉得自己来这里有点不合适了。我试图重施一些魔法，召唤一些神灵，却办不到了。

那年夏天，在我们搬走之前，我把阿尔东、乔舒亚和内里沙带到长长的水泥门廊里的秋千上，这里正对着马路。内里沙这个时候已经可以坐稳，并集中注意力了。我们开始玩大家最喜欢的游戏：这是我的车。规则很简单：作为老大，我给每个人指定一个数字，然后我们坐在一旁，等着同我们的数字相一致的汽车驶过。

"我是1，你是2。"我用手拍了拍内里沙，舒缓她的情绪，她点点头。

"你是3。"

"好哒。"阿尔东应声回答。

"你是4。"我对乔希说。

第一辆汽车从杜邦工厂方向驶来，从门前经过。也许这辆车下班回家了，这是辆四四方方的深蓝色新车。

"这是我的车！"我叫了起来，其他人开始欢呼。

一辆白色的双门汽车一下开过去，车篷又长又尖。

我对内里沙说："这是你的车。"大家附和地欢呼着。我们运气相当。

接着，我们先听到下一辆车的声音，才看到它的庐山真面目：一个脾气暴躁的发动机发出震耳欲聋、切分音般的哐当声。

"哎——呦——喂——"乔希欢叫起来。

这辆车在我们面前慢悠悠地穿过大街，车身灰一块棕一块。车上的司机好像知道他开了辆丢人的车，所以不像街坊们那样挥挥手、摁喇叭，只是一直朝前看。

"这是你的车！"我指着阿尔东，笑了起来。

"没用的大块头！"乔希尖叫着。

"我才不要这个破车！"阿尔东不屑地说。

我们都哈哈大笑。车沿着大街驶去，阿尔东站在那儿，对着这个惹毛了他的车挥舞手臂，仿佛他可以把它轰走，就像我们轰走那些在垃圾上嗅来嗅去的浣熊，赶跑那些用粉红的小脚偷偷穿过后院腐臭沼泽、消失在无尽森林中的负鼠。

"滚！滚！"阿尔东喊道，我们笑得更厉害了。内里沙还拍起手来。

阿尔东坐了下来。

"现在轮到乔希了。"我说,我们紧紧地挨在一起,坐在秋千上,面朝前方,注视着马路。我们专心致志地听着,留神每一个嗖嗖声,每一声巨响,每一次闪过的颜色,还有任何一个预示着我们未来的东西。

查尔斯·约瑟夫·马丁

生：1983年5月5日
卒：2004年1月5日

我众多表弟之中有一个名叫C.J.，他大概六岁的时候引起大家的注意，那时我差不多十二岁。他发色较浅，长了满脸的雀斑。他蹒跚学步的时候，有着乔希一样的金发，但随着年龄的增长，他头发长长变卷，发色开始变深。于是，他的母亲给他编起了辫子或者把他头顶那里的头发剪短，留下一长绺秃马尾般的头发披在背上。他个子小，颇为清瘦，身上长满突起的肌肉。他的脸像个三角，身上唯一乌黑的地方就是他深邃的双眸，成为全身上下的一份惊喜。

C.J.会在父亲家族的聚会中出现。他瘦小精干，乖巧懂事，头上的秃马尾落到他的脊柱中央。我们小孩子在一起吃着涂上番茄酱和芥末酱的热狗、脆薯片，大口喝下冰汽水，碳酸烧着我们的喉咙，我们在院子里成群地追逐嬉戏。

"来一个。"有人吆喝了一声。

"好嘞。"C.J.欣然应允。

我们排成一条人体通道,这样他好展示出自己的本领。他跳了几次,然后冲向我们刚刚让出的草地。在临近我们队伍末尾的地方,他一记前空翻,紧接着后空翻,再一记后空翻,秃马尾在他身后飞舞。活脱脱一个真人弹簧!我们喝彩欢呼。我觉得有点热,身上没什么力气。他一次又一次地顺着我们的人体通道翻过去,把自己扔进潮湿的空气里,每次都能利落地把空气一分为二。双脚落地时,他往上弹了一下。感觉跳不动了,他就跑去喝瓶碳酸饮料。大家也就散了。我一个人瞎逛,不太高兴,一方面觉得自己身体笨重、飞不起来,另一方面觉得天气太热、人不舒服。我走啊走,走到一个用胶合板和小木块搭建起的游戏房。我躺在地板上,沙子刮着我的背,我注视着其他孩子。他们成队地在院子里跑,在消逝的时光中扯住对方,争着要剩下的冰饮。我看到C.J.从他们中间冲了过去,把他们绊倒在地,拿走自己想要的饮料,然后一溜烟地逃走了,他们却怎么也追不上他。

我有很长一段时间没看到C.J.了。他十二岁的时候,我去上大学了。再回家的时候,看到了他:个子长了,差不多有我这么高了,但是还没长到男人应有的个头。他打着赤膊。曾经的小男孩现在长大了,但他还是很清瘦结实,身上的肌肉像石块,没长肥肉。他所有的头发都留长了,在脑后编成辫子。他的脸像浮雕一般轮廓鲜明，不过脸色苍白，长满雀斑。他还能做那些我想都不敢想的动作。

在这个阶段，我们中的大多数孩子都与自己的父母同住，虽然一些家长并不在意自己的孩子是否有朋友，但还有一些家长（比方说我母亲）是在意这一点的。即便那些家长不在意孩子是否有同伴，但他们中的很多人还是会担心伙伴之间是否来往过于频繁，是否家中的院子里停的车太多，因为这会加剧紧张气氛；引起警察的注意。在大部分由白人工人阶层居住的街区里，也许这没什么大不了，可在我们黑人工人阶层的社区中，却非同寻常。所以，从青春期前的孩子们到二十多岁的小青年，大部分时间都会待在公园里，这里位于神父住宅区和坟地当中。县政府没有投入大笔资金用于公园的建设：只在里面建了小型篮球场，搭了两个带滑梯的秋千组合架、一个木制的儿童攀登架和两组小型的木制露天看台，但是看台很快便在潮湿炎热的天气中腐烂了。母亲称这儿是"作孽的公园"。我们的县立公园与湾区一带其他镇上的白人街区或富裕街区的公园大相径庭，这让母亲很是恼火。不过我们并不介意；当孩子们在攀登架上玩耍时，我们坐在露天看台上没有烂掉的地方，密切注视着他们，在那儿一待就是好几个小时，故意无视那些像秃鹰一样围着我们的县警察，只要我们聚在一起，他们就会怀疑我们吸毒贩毒。

我在公园给C.J.拍照的那天，C.J.并没有和别人一起打球。我们一起坐在凳子上，观看街区的一些男孩在四个球篮中的一个打篮球。他们中有些人光着膀子，身上的汗珠亮晶晶，其他人虽然穿着衣服，但是棉制衣服粘在胸脯上，于是他们把脖子和肚子那里的衣服拉开。那天，C.J.坐在看台下面抽烟。沙兰拿着个篮球等在他旁边。那时沙兰差不多十四岁了。每隔几分钟，C.J.就往沙兰这里走，沙兰会把球扔给他，然后他再把球投到最接近看台的篮框里。沙兰跳投，可球没有进。那天，天气闷热，乌云密布，再过五分钟，就会大雨倾盆。起风了，一下子凉爽起来。一棵西班牙大橡树遮住了看台，我就坐在它的绿荫之下，把蚊子拍死。远处的马路闪着光。

有汽车开上篮球场旁的草地，停在水泥板凳旁。一般来说，这么做的男孩会打开车门和后备厢，用音响大声地放音乐。

沙兰尝试跳投和后仰式跳投，朝距天主教神父家附近篱笆最近的篮框投球。C.J.抢了篮板，跑向另一个篮框，他稳稳地运球，再加速一跃，身体抛在了空中。球撞到了篮板上，再从他手里弹了出去，飞到球场的另一边。C.J.飞得很高，胳膊肘挂在篮框边缘，咯咯地大笑，身体慢慢地从一边摆到另一边。

"上帝啊！"我口中念叨着。我从未见过有人在如此短的时间里跳得这么高。我抱着台老旧的尼康手动相机，举起它厚重的机身,喊道:"C.J.,再来一次!"

他从篮框上下来,在地上弹了一下。沙兰把球递给他。他冲到球场的另一边,跑向他的球篮,身体再次抛在空中,飞了起来。球又一次没投中,撞到篮板上弹了回来。沙兰再次接住球,扔回给C.J.。我从露天看台上走下来,站在离篮圈更近的地方,尽力给他和他在空中飞越的神奇一刻抓拍些照片。可是他的动作太快,我的相机太旧。我能听到快门啪地打开,碰擦着金属,然后又啪地关上。慢吞吞的。不久,当我回到大学冲洗那卷胶卷时,C.J.在空中的表情完全不对劲:他狼狈地弯着腰,画面还有些模糊,他的优美姿态在相机捕捉的凝固瞬间中尽失。

"我投不中,米米。"C.J.边说边走向看台。他说米米的时候,舌头猛地一抬,但是音没发到位:听上去就像梅——米。只有他和爸爸家这边他最要好的表弟马里奥才这么叫我。"不行。"他笑着摇摇头,汗水流过面颊,发根变得又硬又黄,出现了我们小的时候乔舒亚头上那样的金色光环。

"瞎说,你跳得可高啦。"我说。

"拍下来了吧?"他指着相机问我。

"希望吧。"我不太肯定地说。

C.J.十四岁的时候开始和沙兰约会。他吸引了沙兰。

他的身上有种魅力：虽身材矮小、身体瘦削，却肌肉发达，所以才能做出不可思议的动作。从外表上看，他们俩很般配，像是一对搭档。体格和肌肉上的性别差异并未让两人的关系失衡。他们是表兄妹，因此我的姑姑们、C.J.的母亲和我的母亲都不赞成他们约会。可沙兰却毫不介意，C.J.也无所谓。在迪莱尔和帕斯克里斯琴，近亲约会、生子和结婚的情况一直层出不穷，这个现象延续了好几代人。在一些有种族和阶层限制的小镇里，这种情况无法避免。沙兰爱C.J.，这一点最重要。

从一开始，他们俩就形影不离，因为C.J.过着流浪的生活。他母亲在帕斯克里斯琴的房子里，有他的房间，里面放着两张单人床，但是他很少住在那儿。他房间里的部分屋顶和天花板塌陷了，地板和床铺上放着几大箱别人的东西。回家的时候，他会睡在后面的客厅。客厅里有一个沙发和一个小电视机。他叠好自己的衣服，堆在沙发后面的电视机上。他把一些有他、沙兰以及他表亲的小照片，就是我冲好胶卷后沙兰从我这里拿走的照片，放在靠墙的小桌子上。进客厅的门通向厨房和房子的其他地方。C.J.的母亲是个单亲妈妈，有C.J.和他妹妹两个孩子，但是没和孩子们的两个父亲中任何一个结婚。她努力工作，供养全家，将自己的身份和居住区域所带来的一切制约统统挡在一边。也许C.J.觉得自己是个负担；也许这就是他好几个月都不住在自己家，却睡在别人家沙发的原因。

他不在自己母亲家住的时候，有时会去和他父亲、父亲的女友以及女友的女儿们一起住，他们在迪莱尔生活。他的父亲努力地想要把他融入自己的新家，送了他一辆车，和他一起修这辆车，希望能修好正常开，但是一直都没修好。要是他不住在父母的家，就会睡在我们的表亲达克家，达克是乔舒亚最好的朋友。他睡在房子前面达克的房间里；达克的母亲不介意C.J.睡这里，因为他是自家人。几十年来，迪莱尔和帕斯克里斯琴的孩子们从一家搬到另一家：我曾祖母那代女人有时会在生了五个、十个、十四个孩子之后，把刚出生的孩子送给膝下无子的夫妇，这些送走的孩子长大后，经常会从家里搬出来，住在不同的亲戚家。有时他们会被自己的父母赶走，还有些时候他们会被游荡的欲望所触动。在这里，家是个变幻不定的概念。有时包括整个社区，就像C.J.虽然与罗布、波特非亲非故，但是会睡在他们两家客厅的沙发上。住在达克家的时候，C.J.会一连好几天穿着同样的衣服，中午最热的时候，他昏昏欲睡地坐在希尔路和圣斯蒂芬路转角处的一棵古橡树的树根上，挑拣自己的辫子。不用说，他坐在大树根这儿等着他的小客户出现，卖毒品给他们。我和街区里的许多人一样，都是这么看他的。那时我并不知道，他其实并不喜欢坐在那儿，他希望获得更多的东西，却并不知道该如何获取。

C.J.十七岁的时候，高中辍学。学校生活让他感到厌倦还很有挫败感，上完九年级他就离开学校了。我不清楚具体的原因，但我估计他是觉得在课堂上不被重视，没有存在感，自己只是个在学校里滥竽充数的人。他的学习成绩并不突出，也不喜欢参加集体运动，即使他有运动天赋。他是班上混日子的黑人男性，这意味着他会被当作一个问题学生。那时学校行政部门以一种善意的忽视来对待黑人男性问题。多年以后，这种善意的忽视变成了恶意的处理，对那些被控进行毒品交易的中学生光身搜查，给这些学生贴上闹事者的标签，堆起一叠厚厚的文件，记录着想象中或现实中触犯纪律的行为，一旦记录的文件积累到一定程度，就以考试评分等级低、分数差为由开除这个可能危及学校一流排名的学生。

有时，C.J.会跟着沙兰去格尔夫波特，和她一起待在我父亲租在加斯顿波因特的房子里。两人穿着篮球短裤和贴身的白色背心，外加一件白色的长袖T恤。两人都穿得像个男生。他们一起走去商店买面包、牛奶和午餐肉，再回到父亲的住处。有时，晚上若是凉快一点儿，C.J.会举起前院举重椅上放的哑铃，这个摇摇晃晃的举重椅是父亲组装起来的。

某个酷暑天，暑气难当，C.J.、沙兰还有我们的表亲一起走去商店买冰块和雪糕。回来的路上，他们听到一声狗叫：微弱且夹杂了呼吸声。

"什么声音？"沙兰说。

"在那儿。"C.J.指着门廊说。此时，他们正经过一户人家的门廊，门廊被铝合金栅栏围了起来。

"都想去瞅瞅吗？"我们的表亲问道。

狭窄的门廊敞开着，上面坐着一只斗牛犬小狗狗，她的耳朵又宽又软，好似盆栽植物的叶子，两只脚在她身上占的比例最大。她快步穿过门廊，朝他们跑了过去，叫了起来，叫一声，头就往上抬一下，好像她要使出全身的力气把头甩出来。虽然她太爱吵架了，可他们却很喜欢她。

"来吧。"C.J.说着越过低矮的栅栏，抱起小狗，送到沙兰这里来。沙兰打开她霓虹橘色的书包，让他们把狗塞进来，放在雪糕旁边。然后，他们跑回父亲租的房子，把狗先放了出来，再把买的东西拿出来。

"它是我们的，"过后，沙兰这么说，"就像我们的孩子。"

密歇根放寒暑假时，我会回家。这期间，我会让沙兰和我一起消磨时间。沙兰是母亲生的最小的孩子，当时她还住在母亲家中。虽然她比我小了八岁，我还是把她当成我最好的朋友。她经常会请C.J.与我们同行，我们再去接上两三个街坊里的朋友。我把他们拉来看电影，给他们买好票，请他们看《指环王》一类的电影，然后大家一起混入另一场电影，四个小时后才离开，闻黄油爆米花的味道都闻得要吐了。每周五和周六，我们会去"幻觉"俱乐部。

2003年夏天，沙兰、内里沙和C.J.一同坐上我的车，我载着他们去"幻觉"俱乐部附近海滩上的宾馆里同内里沙的朋友碰头。她的朋友已经在那儿住了一周的套房。我们不知道他为何要在这么贵的套房里住这么长的时间，因为他不是没地方可住；我觉得他这么做是因为他租得起，是因为他想炫富，虽然他的钱是靠贩毒挣来的。他是在心照不宣地显摆。一到海滩，我们在车里便兴高采烈起来。夜间，海湾的水黑压压的一片，滚滚而来，势不可挡。我们感到非常惬意。夜总会的停车场里，车辆川流不息，人们打扮得漂漂亮亮的，蜂拥而至。夜总会里的低音喇叭在呼喊，车上的低音喇叭在回应。我们进了宾馆的房间，C.J.坐到沙发上。我和沙兰分别坐在他的两条腿上。我从没坐过C.J.的大腿：就连休息的时候，他的肌肉都很硬实。突然，我觉得坐在他腿上、把重量全压在他的小身子骨上挺不好的，于是我站了起来。

"不用起来。"C.J.对我说。于是我又坐了下去。没有人在说话。大家都在默默地看电视，望着内里沙的朋友：他曾当选顶级大学的橄榄球新秀，但是没上过大学。他去卫生间待了一会，又回来了。他抽了抽鼻子，吸了下鼻腔里的鼻涕，咽了下去，然后和我们谈笑风生。他抽鼻子的声音短促又刺耳，让人听了很不舒服。我天真地以为，他有鼻炎。他坐立不安，一直走来走去。

"我去个卫生间。"我打了个招呼。

洗脸盆和抽水马桶里都有烟头，卫生间里没有卫生纸也没有肥皂，只有一条皱巴巴、脏兮兮的毛巾放在地上。我不想上厕所了，回到沙发那里，坐在C.J.和沙兰旁边。

"那个卫生间太可怕了。"我突然失望地说。

C.J.说："那就算了吧。"于是我们离开了宾馆，穿行在车流中，加速行驶在开往海滩的90号高速公路上。月光闪耀，犹如漂白过的牡蛎壳。我们在海滩边的木板人行道上喝着啤酒，一直从后半夜喝到了拂晓前。开车回家的路上，只有C.J.一人还保持清醒，他说："他们在卫生间里吸毒。"

"什么？"我惊讶地说。

"人们在里面吸毒时就是这幅场景。那些烟头和龌龊的东西。"

我把头靠在座椅上，呆呆地望着窗外海滩四周细细的白色轮廓、树木和海水，水面从黑色变成灰色再变成蓝色，逐渐亮了起来。我的脑海里回荡着C.J.的话，终于，我睡着了。C.J.是不是去过其他类似的卫生间？如果C.J.还说了其他事情，我都没听进耳朵。

几周以后，一天晚上，母亲不在家，我、内里沙和沙兰在她家看电影。前门开着；灯亮着。沙兰从我们身边走开去接电话。几分钟后，我们听到了牵引的噪声，在黑暗中离马路不远、紧邻着树林的地方一路刮擦，穿过前院。

"到底发生什么事啦？"内里沙问。

沙兰跑出前门，下了前面的水泥台阶，朝马路奔去，牵引声还在持续，有时会停一下。我和内里沙站在台阶上，看见C.J.和达克站在鹅卵石车道旁边。我们顺着夜色中的行车道走过去，迎接他们。两个男生之间放着一个蓝色的冰盒，冰盒上有个长长的白色提手。C.J.坐在冰盒上面，开了一罐啤酒。他也给我们递来了几罐啤酒。我拿了一罐，抿了几口，味道很苦。达克讲了几个笑话，但是自己没笑。达克没待一会儿就把冰盒留给我们和C.J.，自己扬长而去。C.J.知道我母亲不喜欢他，所以经常和我母亲家保持一定的距离。对沙兰和C.J.来说，有这么多人的反对他们在一起反而为他们的关系平添了一份浪漫的气息，让他们觉得自己像一对不幸的恋人。虽然沙兰告诉过C.J.我母亲不在家，我们仍坐在院子旁边的地上，一边聊天，一边打蚊虫。

"你们继续聊。"我有点醉了，站了起来。我实在受不了蚊子的狂咬，叮过的地方痒得要命。"我进去了。"

"我也进去了。"内里沙说。她跟着我进了屋。沙兰和C.J.还在外面。二十分钟后，电话铃声响了。

"喂？"

"啊呀，你们都出来呀。"

"你是？"

"你妹妹不高兴了。她觉得你们都生她的气了。你们过来劝劝她吧。"

"哦，天哪。"

内里沙耸耸肩，继续看电视。我出去了，心里想，在我们看电视的短短二十分钟时间里哪儿出了问题。我走过去的时候，C.J.把手机装进了衣服的口袋，沙兰正坐在母亲美化院子的一根火车地轨枕木上，身子塌了下去，手捧着脸。

"她哭了。" C.J.说。

"怎么了？"我问。

"她觉得你们都对她很失望。"

"她怎么会这么想呢？"

"你们的妹妹真的真的很爱你们。"

我停下来，挠了挠大腿。不知道沙兰为何如此伤感，我误以为是她的荷尔蒙让她变得情绪激动：小女生耍小性子了。肯定是她和C.J.在闹矛盾，她把气撒在我们的姐妹关系上来了。我最不想做的就是去屋外的院子里，和我没有安全感的妹妹待在一起。虽然C.J.醉意浓浓或酒意正酣，但他没去别的地方。

"不知道该对她说什么。"我说。C.J.看着我，黑暗中他睁大了双眼,露出棕色的光。

"随便说点什么都行。"他说。

沙兰不肯露出脸。

"沙兰,"沙兰的肩膀在剧烈地抖动,"怎么啦?"

"和她聊聊。"C.J.说。

"我是个蠢货。"沙兰的声音透过手指传出来。

"没有,怎么会呢?"我安慰她说,"冷静点。"

"对她说,你们爱她。"C.J.说。他朝冰盒弯下身去,又从里面拿了罐啤酒,把啤酒打开。

"什么?"我说,"我不正和她说着嘛?"

"告诉她,你们爱她。"

"沙兰,"我说,"我爱你。"

她哭得更厉害了。C.J.抓住我的胳膊,把我拉到漆黑的马路的鹅卵石边沿上。他凑过来小声说话,脸上特别亮,比正常情况下夜间的脸色更为扎眼,鼻子被亮光吞噬,颧骨变成了桃核,前额一抹银光。他抿了口啤酒。

"说真的,你们都不明白。你得和你妹妹谈谈。"

他执意如此。我觉得他抓住了我的脖颈,就像我小时候母亲带着我穿过人群时对我做的那样,紧紧地抓住我的脖颈,把我摁下来。于是我退到一旁。

"我要进去了。"我说。

"你应该和她聊聊。"C.J.说。

"好吧。"我一边答应着，一边转过身来看了看沙兰。她还坐在枕木上，捂着脸哭。

"我进去了。"说完，我转过身去，径自走上行车道。树林里满是夜间喧闹的小虫子。C.J.扔了个啤酒罐到大街上。罐子哐当一声，然后就没了声响。石块硌着我的光脚，所以我在行车道上走了几步后，就改用脚尖走，以减少对脚部的损伤。他们俩到底怎么了？我思忖着。我将沙兰的行为归于悲痛：就在沙兰生日的三天前，乔舒亚死了，随着酷暑燃尽，秋季到来，失去亲人让我们举止反常。我在想，难道是C.J.做了什么见不得人的事？内里沙在屋里睡着了；电视还开着，电视屏幕把她的脸变蓝了。我听到叫喊声，拖着冰盒的声音，拖拖停停、停停拖拖，于是我跪在粗糙的绿色拖车地毯上，拉起百叶窗，看向窗外。在微弱的街灯灯光下，C.J.把冰盒拖了几英尺远，喝口啤酒，向天举杯，再朝着树林大喊大叫。我听不清他在说什么。他把一罐又一罐的啤酒扔进沟里，抛向树林，踹着冰盒。沙兰跟在他后面，或坐在地上，或坐在冰盒的塑料盖上，或站在他身旁。从他扔啤酒罐的样子可以看出，他正在骂人，这些罐子里肯定还剩一半的啤酒，因为它们飞得远却落得快，不像空铝罐那样飘在空中。我一屁股坐到地毯上，望着酣睡的内里沙，不知道为什么自己会觉得害怕。

"给大家打电话，"我发号施令了，"我们去新奥尔良了。"

我们坐上旅行拖车，大概晚上八九点的光景出发，至少有十五个人上了同一辆雪佛兰郊外越野车。没有人系安全带。我很傻，对此根本不在意。离家之后，我领悟到，在这个广阔奇异的世界中，对我而言，人生就是在不断地同空房间和悲痛作斗争，自从弟弟和罗纳德死后，这份悲痛就一直与我如影随形，在安静的空间里，这种感受最为明显。我在迪莱尔的时候，喜欢召集尽可能多的亲戚和街坊，组织大伙儿去新奥尔良，二十来号人拿着泡沫塑料杯一起逛波旁大街。我们先把车停在迪凯特大街，再一起走进街区。停车场边停着一辆有旋转轮辋的豪华轿车；我们注意到这辆车，是因为这种轮辋是全新的产品，我们只在电视上见过。C.J.跪在轮子旁边。

"瞧这玩意儿。"他说。他转动车轮，轮子上的金属闪着光，好像在空中挥着一把刀。"转了转了！"他叫了起来。我们都笑了，笑他的胆大妄为，也笑他的傻劲儿，在做一件不该做的蠢事儿。我们在晚上喝得烂醉如泥，走在大街上，望着脱衣舞夜总会的大门，我们中只有几个人到了可以进去的年纪。整个晚上，C.J.都是沙兰的护花使者，护送她穿过醉醺醺的人群。虽然他只比沙兰高一点点，和沙兰一样瘦，但是他们走在一起的时候，C.J.的态度、占有欲和忠诚却把他撑了起来，令他显得十分高大。

第二天早上，我醒来时，发现自己正躺在内里沙的公寓次卧的沙发床上。我起身朝门边走去，可腿脚不听使唤，摔倒在地。头天晚上还玩得起劲儿，这下子却虚弱得要晕过去了，我觉得可能就是因为我从十五岁开始头痛，从那时起，一直在服用偏头痛的止痛药。C.J.、沙兰、内里沙和希尔顿纷纷走进卧室，C.J.身着一件白色T恤，坐在地板上的婴儿椅上看着我。

"还去玩儿吗？"

我笑了。

"当然。"

这才早上八点，我们又开始喝酒了。兴奋起来。在这个放着沙发床和双层床的房间里，C.J.给一个小型便携式收音机接通墙上的电源，放入一张全新的小布西[1]光盘。他滚动播放着一首歌；他不停地回放，跟着唱。我可是头回听他唱歌。他醇厚的嗓音穿过身上的T恤。他大大方方地说着些没头没脑的笑话，我忍俊不禁。他的表现着实出乎我的意料：我还不知道他是这么有意思、这么友善的一个人。接下来，突然话题一转。我们聊到了可卡因。

"你玩儿过这个吗？"C.J.问我。

"没有。"我说。

---

[1] 来自美国路易斯安那州的黑人说唱歌手。

"你有朋友玩这个吗？上大学的时候？"

"嗯，有几个。不过我们不熟。"

"一辈子都别碰这玩意儿。"

C.J.将缩进婴儿椅的身子挪了一下，又调整了一下脸附近的T恤，但是T恤太大了，还是滑了下来。他似笑非笑。

我点点头，心里明白，为何他知道宾馆的洗手间那么恶心，为何他拖着冰盒上马路的那天晚上态度那么坚持、举止那么反常，为何他一天让我害怕、第二天又像换了一个人，变得友善风趣，特别诚实，穿着一件有如面纱的T恤，把那些难以启齿的事儿都告诉了我。

我有种感觉，我在这儿待不长了，C.J.沉重地说。他和沙兰这么说，和他亲密的表亲们也这么说。在这里待不下去了，他说。他的生活仿佛践行了他的言语。和我们中的其他人不同，他从未提过自己理想的工作，从没说过：我想做个消防员，也没说过：我想当个焊工，或在海上工作。他只和沙兰聊过自己的未来，偶尔会对她说，他希望和她一起生孩子。他说，我们可以做点生意，挣点钱。接着又说，过上好日子。好日子。但是辍学后，他没有干过一份正经工作，也许是街区里大多数青年男子的遭遇吓退了他，这些人不是干到自己被炒就是自己不做了，因为最低工资发得太晚，而且说没了就没了。待业期间，他们贩毒，直到找到下一份工作，要么是在便利店打工，要么就是做门卫或园林师。这就像步入一场风暴潮：徒劳之举循环发生。也许他观察过生者和死者，发现他们之间没多大区别；我们被困在贫穷、历史和种族主义之中，内心逐渐湮灭。也许在他不吸毒的情绪低落之时，他看不到所谓的美国梦和童话的结局，也看不到所谓的希望。也许在他情绪高涨之时，还是看不到这些美好的东西。别说这种鬼话，每当C.J.说起早死之类的话，沙兰都会这么呵斥他。你会好好的。

多年以后，内里沙给我讲了个故事，这是她从C.J.帕斯克里斯琴的一个朋友那里听来的。内里沙说，C.J.和他的朋友沿着火车铁轨走，因为这样可以用最短的时间绕小镇一周。C.J.光着脚，快步走过一个个枕木，他脚步稳健，轻松地踩在晃动的花岗岩石块上。在密西西比日头经年累月的照射下和火车热气的熏蒸下，枕木已经被烫黑。铁轨两边是深深的水沟。香蒲长得很高。火车在身后的远方鸣笛，C.J.第一个听到。他的朋友大步跑起来，然后越过铁轨，朋友心里纳闷儿，为何C.J.还面带微笑走在铁轨上，虽然这个笑容如同从山上滑落的石块：特别生硬。也许C.J.走路的时候是盯着地上的。不管怎么样，C.J.无视朝他呼啸而来的火车，也无视火车轰鸣之下躲到一旁的朋友。我不抱希望，C.J.常常对人说，我对这个世界不抱任何希望。他会一直等到能感觉到火车劈开他身后的空气，鸣笛震动他的耳膜,他确定列车长正惊慌失措,才会调动自己精干的金色躯体去躲避危险,他从铁轨上一跃而出,又活了一天。

2004年1月4日,我和C.J.、希尔顿一整天都待在迪莱尔公园里的那个因受潮热而翘曲变形的露天看台上。C.J.让希尔顿给他用大麻来卷雪茄,那是沙兰送他的一些大麻:翠绿的野草芽儿湿湿的,贴在一起。C.J.的前额挂着金棕色的辫子,他笑了起来。密西西比冬季温和的日光让他金色的睫毛闪着金线般的光芒。C.J.已经变得成熟稳重。我问他想不想夜间晚些时候和我们一起开车去看汤姆·克鲁斯主演的电影《最后的武士》。

"当然。"他欣然地回答。

希尔顿卷着烟,我看着穿行的车辆,竭力劝说C.J.在这个装垃圾的生锈铁桶里生火,来赶走蚊子。

"快点儿,C.J.,你想生火,不是吗?"

"我觉得是你想这么做吧,公主陛下[1]。"他对我说。

"哪有啊。我可是守护自然的。"我笑着回答。

"米米,来吧。你可以生火的。"C.J.撺掇着说。

希尔顿开始笑话我了;脸上露出了酒窝,宽大的肩膀

---

[1] 原文为Pocahontas,指的是英国殖民者在美洲拓殖时期,印第安部落的公主波卡洪塔斯,她后来与殖民者结婚,并随夫去了欧洲,成为名噪一时的传奇人物。这里C.J.是用揶揄的口吻称呼作者。

在抖动。我情绪低落，出现了宿醉的反应。我很怕第二天开回密歇根和那里无尽的冬日。我扫视地面，掂量着该用什么来生火：丛生的冬天干草，剪过的橡树枝，棕色的树叶，橡果，以及丢弃在公园里的餐巾纸、薯片包装袋和空汽水瓶。我在两棵松树的间隙里看到两个瘾君子，他们是我们的表兄，也曾是我们的朋友，两人正在碎石路面的大街上走来走去，等着毒贩子的到来。

"我喜欢这玩意儿。"C.J.笑着拿起雪茄。"还真喜欢。"

希尔顿给我递来雪茄，我把他的手推开了。他们俩一起抽了三个小时的烟，直到太阳落山，夜幕降临，浓雾翻滚。每隔几年，这里都会下一场白茫茫的大雾，覆盖整个湾区，能见度为零。下这种雾的时候，我们通常会骂骂咧咧地把头灯打开，虽然这并不能照出密西西比的路面：我们的车灯在乡间夜色中孤独地寻觅着。

我们最终没去看电影。我得收拾行李。我叠好衣服，给妹妹们和表亲们刻录光盘，再把东西装上车。我站在院子里，听着我家房子周围树林里的昆虫发出刺耳的叫声，这种嘈杂声在冬天都能听得到。虽然我在浓雾中看不清家的模样，可是能听到家园的声响也未尝不是一种福气。我做这些事的时候，沙兰和C.J.坐在我车上，我的车就停在行车道上，他们在里面抽了一小时左右的烟。C.J.不想去他夜间的临时住处，不想去达克家、罗布家和波特家，不想睡在他们家的沙发上。他只想和沙兰待在我车上，聊到深夜再到第二天早上。沙兰在哪儿，哪儿就是他的家。不过沙兰告诉他：我怕冷。于是，午夜时分，沙兰进了屋，C.J.也走了。他沿着大街走去达克的家，消失在雾中。我想象着他站在大橡树下，等着他的表亲们从雾里出现，再把他接走。要是他不和沙兰待在一起，晚上就不用睡觉，而是找其他事去做。他和表亲计划着开车去内地，把表亲家的男宝宝接回家。

沙兰已经睡着了，我还在忙着收拾东西。凌晨两点，电话突然响了。是C.J.的母亲打来的。她怎么往我家里打电话呢？我在想。

"喂？"

"C.J.出车祸了——"

我想：不。

"——没活过来。请转告沙兰。"

我心里想：这怎么说啊？

"好的。"我嘴上答应着。

C.J.的母亲哽咽着挂上了电话。我呆呆地望着客厅的墙壁。一屁股坐在沙发上，拼命地呼吸。空气冲进我的喉咙，我感觉很难受。我给希尔顿打了电话。

"喂？"

我把C.J.的母亲刚告诉我的事和他说了一下。我擦擦鼻子，小声地说着。

"这怎么跟她说啊？"我哭着说，"没法说。我不能叫醒她，告诉她这个。"

"我马上过来。"他说。

半小时后，我打开前门，让希尔顿进来。他从我身旁走过，穿过客厅，进了厨房，再从厨房进入书房，最后来到沙兰的房间。他把灯打开，然后摇醒沙兰。他把消息告诉了沙兰。沙兰走到屋外的大雾中，我穿上鞋。我们三人开车来到十二个小时前我和C.J.碰面的那个公园。我们在黑暗中停了车，不少人从弥漫着大雾的林子里出现，我们聚在一起，直到太阳升起。由于第三起悲剧的出现，死亡事件的再次发生，我们又失去了一位朋友、多了一份悲痛，也因此再次聚集起来。人们像递纸巾一样四处递着雪茄烟。沙兰抽着烟，直到泪水让她合上了眼。

C.J.和他的表亲们开车从内地回来了：他们把小宝宝送回家之后，撞上了一列火车。铁路道口处没有装带反射条的门杆，而本该提醒人们有列车驶过的闪光灯和电铃却时不时掉链子，因为这个道口位于黑人居民占大多数的县城之中，所以没有人会真的上心，去修缮这些有问题的设施或是安装一个反射护栏。那天晚上，即使警报系统——那个密西西比小县城里偏僻的铁路道口上经常出岔子的哨兵——正常运转，他们也很难在这个让人两眼一抹黑的冬季大雾中活下来。C.J.当时正坐在副驾驶的位子上。开车的表亲突然急打方向盘，车右侧撞上火车，被火车车厢压得变了形。C.J.被困在车里。其他人竭尽全力想要把他拽出来，但是他被夹住了。车着了火，C.J.被烧着了，而其他人在一旁束手无策，只能在寒冷的不眠之夜中大声呼救，他们的叫声被密西西比的大雾所吞噬。

★ ★ ★

我没有向沙兰问起有关C.J.死亡的细节。我不希望她老是想这些事，所以我没问她，C.J.坐的车撞上火车后，他是不是还活着。我没问她，当C.J.的表亲们奋力把他往外拉的时候，他是否在对他们说话。我没问她，车起火时，C.J.是否还有意识。如果C.J.确实是在大火中葬身，我更不能去问她。但是我从其他人那里听说他当时还活着。有些传言甚至说，在人们尽力把C.J.往外拉时，他却告诉他们不用救他了。我听到这里的时候，忍不住去想，他肯定疼痛难忍，自己的腿被金属车厢压住了，他觉得别人再怎么努力也没用。还有些传言说，车着火时，C.J.还活着，但是没提有问题的闪光灯，穿过树林的铁轨，以及表亲们的呼救声和尖叫声中传来C.J.的叫喊声。我没和沙兰说这些；不想增添C.J.的死讯给她的精神负担，尤其是在她已经很自责的时候。她常常说，如果她在我车里多待一会儿，要是这样，C.J.很可能就会和她一起留在我们家，而不会和他的表亲们开车去内地。她说，如果我没从车里出来，他就不会死了。她悔恨不已。

C.J.去世的第二天，我们开车去了沿街的朋友家，朋友和街区里的其他四个男生手拿啤酒，坐在朋友家泥车道上停的一辆启动了的车上。他们呆呆地望着前方，仿佛他们随时都会踩下油门，直接穿过房子向北行驶，他们面色凝重，哭了起来。沙兰钻进车里，挤了进去，紧紧地抱住他们中的一个。我转过身去，背对着嗡嗡作响的汽车，捂住了脸。我什么都看在眼里，却什么都不懂。

那天晚上，我开车带着沙兰绕着迪莱尔转，她抽着她送给C.J.的那批大麻中剩下的一些。她卷着雪茄烟，我们开车一直开到第二天早上油箱的油都用完。不知道我们是不是招惹了死亡：如果不是，为何他一直执意跟着我们，将我们一个接一个地拽到他那里？她吸完了那包大麻，然后又把其他几包也吸掉了。她对我说，这些东西像香烟一样可以安抚她的情绪。那晚之后，她每天都吸，吸了很多年。她在车里突然落泪，哭的时候，我把音乐调大，任她尽情地哭，我只能在一旁附和："我明白，我明白。"

我很自豪自己精通语言，懂得如何使用它们，能让它们为我所用。多年以后，我让妹妹去找C.J.的讣告、宣传手册和书签时，她把这些东西翻了出来。她哭了起来，边哭边说，言谈中充满了悔恨和失落，依旧是那么难过，说起她梦到了C.J.，每次梦到他的时候，她都会跟在他后面追。梦中，C.J.在翻转、移动、跳跃，他身手敏捷，闪着金光，他不会让自己被别人抓住。

最近，我得知社区公园所在的这片土地已被指定用作墓葬之地，所以我们死了之后，墓地会变大；有一天，我们的坟墓会吞没整个活动区域。我们的活动场地将成为我们的安息之所。可以做点什么让墓地变大的速度放慢，让我们活得长一点儿吗？我们承受的悲痛，我们生命中其他的重负，其他失去的生命和东西，将我们淹没，直到我们发现自己身处红色砂土的墓穴中。归根结底，生与死对我们没有分别。C.J.本能地知道这一点。我无言以对。

我们在凝望

1987—1991

父亲离家之后,我们搬去了位于密西西比州格尔夫波特的居民区奥兰治格罗夫,这是一座小城市,和迪莱尔之间隔了几个小镇。格尔夫波特离迪莱尔不远,不过这足以让我母亲获得某种自由感。在迪莱尔,她觉得很憋屈,她认识这里的每一个人,别人也都认识她;更糟糕的是,那些人都目睹了父亲对母亲的背叛。她觉得社区里的女人们因她的不幸而沾沾自喜,乐于八卦她家庭破裂,并对她同一个用情不专的男人一起生了四个孩子说三道四。格尔夫波特则提供了隐私的空间:尤其是在城市北部新的商业街和商店之间的空地上开发了许多新住宅区,邻里都是些陌生的临时住户。我们收拾好自己的东西,打包好几大箱厨房用具、衣服、部分书籍和玩具,从外祖母的大家搬进没有父亲、只有母亲的新家。那时,我十岁,乔舒亚七岁,内里沙五岁,沙兰三岁。

格尔夫波特和我们的出生地迪莱尔不太一样,这里并非荒野之地。郊区位于纵贯格尔夫波特的高速公路主干道以外。街区的角落里竖了块木制大标识,上面写着:**贝莱尔**。西边临近高速公路的地方是城区仅存的两个尚未开发的区域之一。里面种了树,周围是垒球场,一条小溪穿行其中,还有一些崎岖的道路,有时一家人会在周末来这里走走。母亲从不让我们独自去这个公园,生怕我们会被精神失常的人绑架。另外一处没有开发的地方,就在我家房子后面,位于住宅区的北部边缘。这个地方是个不规则的长方形,很可能有一平方英里[1]那么大,四周都是住宅区,里面全是七十年代建造的农场风格的小两房和小三房的房子,以原有的三种房型为基础,却各不相同。

我们家房子是用深棕色的砖块砌成的。前院有棵无精打采的树,后院有棵高大的落叶树,这些树木在城市夜空的映衬下,发出紫色和灰色的光。后院不大,和街区里大多数院子一样,四周围着铁丝网栅栏。房子之间挨得很近,所以大热天里,我们可以在房子中间的小块草地上找到个阴凉的地方。

搬新家的那天,我有种陌生的感觉,因为我即将转学,

---

1 约2.6平方千米。

身处格尔夫波特,我觉得这里远离我所熟知的迪莱尔的大家庭社区。我们头一回在小家庭中生活,一个没有父亲的小家庭。看上去,这是个全新的、充满危险的世界;我则是个在洞穴之外寻找藏身之处的动物。

★ ★ ★

我的父母都是在父亲缺失的家庭中成长的,他们都不希望自己的孩子也在这样的家庭中长大。可无论是小时候,还是成人阶段,双亲的家庭都与他们无缘。在这里,男人离家的传统似乎司空见惯,比比皆是的贫困更是助长了这一现象。有时,肤色看上去只是个偶然因素,但其实并非如此,大家可以想想,早年美国黑人在奴隶制的束缚下煎熬之时,他们的家庭不也是被迫四分五裂?同我所在社区里几代人中诸多年轻黑人男子一样,扮演父亲和丈夫的角色对我父亲而言相当困难。他在家庭之外发现了一个充满可能性的世界,他无法抗拒这种浪漫的感受。与此同时,与许多同辈的年轻黑人女性一样,母亲深知,她必须忘记这种可能性的价值,这些温柔浪漫的感觉,以及这个世界图景的诱惑。母亲明白,她能看到的景色就是家中的四壁,孩子们瘦骨嶙峋的后背和张开的小嘴。和我家族中的女性先辈们一样,母亲知道,她必须撑起整个家。她必须留下。所以她和她母亲、姐妹、姑姨一样：一边工作，一边抚养孩子。那时，她还不知道，她将独自担负起我们的经济来源，直到我们长大成人。

母亲没有多少工作上的选择：她只有高中文凭，找到的工作必须能让她午后和自己的孩子们待在一起，确保他们完成家庭作业、洗好澡、准时上床睡觉、第二天早上出门上学。如果当初她可以在目前已经销声匿迹的工厂中的一家做轮班工作，那她就可以有更高的收入，可她找不到这样的工作。她娘家可以帮些忙，但她深感与我父亲生养四个孩子的决定责任重大；她不会将养育我们的重担加在娘家人身上，也不依靠儿童保育机构，即使她能负担得起。她是我们的母亲。她最终找到了能让她养活我们的几份工作。就在父亲离开前夕，她在戴蒙德角的一家宾馆里做洗衣工。没有车开，她就和表亲们一起拼车去上班；父亲带走了他的汽车和摩托车。在我们搬到格尔夫波特之前，母亲攒钱买了一辆蓝色的七十年代款雪佛兰"随想曲"车，车子太旧了，油漆已经暗淡，两只手一起才能把车门关上。做后面一份工作时，她就开这辆车通勤，这份工作是给一户富裕的白人家庭做帮佣，这户人家住在帕斯克里斯琴海滩上一座南北战争前建的别墅里。

我大一点之后，母亲和我说起她养育自己弟弟妹妹的往事，说起她父亲离开家庭，说起她和我父亲曾在我出生时彼此承诺要让他们的孩子在双亲的家庭长大。外祖母努力地工作，来供养家中的七个孩子，于是孩子中的老大，也就是我母亲，早起叫醒自己的弟弟妹妹去上学，确保他们都穿好衣服。她给妹妹们梳好辫子，再大一点的时候，她像个母亲一样管教自己的弟弟妹妹。

我父母没有分开的时候，在我看来，他们一起管教我们。父亲负责管教弟弟，母亲则要管所有人。搬到格尔夫波特后，我发现母亲事实上一直都很严厉。父亲离开之前，让我们摆拍了傻兮兮的照片，照片中的我们拿着他的功夫器械，头上围着印有神秘的日语汉字的头巾。他曾骑自行车去我们的小学，把车停在校门口。当我们爬上车后座、他骑回家的时候，同学们惊呼不已。母亲负责做饭，打扫屋子，指派我们做点小事，比如养猫的时候清空猫砂盒，铺床，打扫房间，用吸尘器除尘。父亲有收入进账，母亲做点收入不高的活儿来稳固家庭。

我们搬去格尔夫波特的那个夏天，母亲让我明白，我在家中有了一个新的职责：我是她的长女，正如她曾是家中的长女一般，我要像她以前一样，协助维护家庭的和睦。妈妈买回来一卷绿色的塑料绳。她在后院中仅有的一棵树对面的地上打了个洞，塞进一个木制的十字架。然后，她抽出绳子来，把绳子紧紧地绕在十字架的一端，然后继续拉绳子，直至绳子穿过院子，最后在一根矮树枝碰到树干的地方将绳子打了个结。接着，她又将另一根绳子系在另一根矮树枝上，拉着绳子穿过院子，系上十字架的另一端。她牵了两根晾衣绳，然后从洗衣机里取出刚洗好的一篮衣服，走过厨房，喊道："米米，过来。"

"好嘞，妈妈。"

乔舒亚、内里沙和沙兰都在看电视。内里沙跟着我和妈妈来到院子里，而沙兰仍坐在乔舒亚的一条腿上，乔舒亚则把腿放在沙发前的地板上。

"我们来晾衣服，"母亲说。她从提篮里拿出一件皱巴巴、沉甸甸的湿衬衫，再从别在绳子上的袋子里取出个晒衣夹。接着，她又从袋子里拿出一个夹子，顺着衣服下面的衣边将衣服晾在绳子上，再夹上夹子。

"衬衫要这么晾。倒着晾。"

我点点头。

"从裤腰这里晾裤子。"

她递给我一件衬衫。

"好的，妈妈。"我回答道。

我知道点晾衣服的技巧，因为多年来一直看她在外祖母家做事，她和她妹妹为十三口人清洗衣服和床单，再把衣物拿到那根横穿整个院子的绳子上晾干。我在另外一根绳子上晾衣服：扭在一起的裤子，大三角一样的毛巾。晾衬衣有点麻烦。我本想从肩膀那儿晾，因为我们的衬衫经常在衣边那里张开，穿在我们骨感的身体上就像条A字裙，但我没那么晾。

母亲的家务事就是这么做完的。

父亲的离去对我产生了影响。有时我会把自己关在卫生间,这是新家中我唯一可以获得些许隐私的地方,我在卫生间里盯着自己看,但是看不到父亲在我相貌上留下的痕迹。弟弟妹妹们乌黑的大眼睛和浓密的睫毛凸显了父亲的基因,但我的眼睛看上去不够大,颜色比较浅,睫毛也不够多。我身上的其他地方也都让人很失望:出生时留下的疤痕变成斑纹、发炎变红了,身上的肉软趴趴的,人气色不好。我的头发和父亲的恰好相反:他的头发乌黑又柔顺,我的头发则是深棕色的,还容易打结。这点也让我最为失望。仿佛父亲的东西我一样也没保留下来。他的离开仿佛在否定还是孩子的我以及正在长成年轻女子的我。我望着自己,仿佛看见一个周遭万物厌恶之物的活化身:一个乏味、穷困的黑人女子。她一直都在埋头苦干,却被她的家人所轻视。她的苦干和美丽都被社会所低估。这种想法在我心中深埋并对我产生了影响。我开始自恨。这种想法在我走路时、跌倒时、眼望地面时最为强烈,有了这种想法之后,我甚至都不想打扮自己,只想尽可能去逃避这个世界,用读书来逃避,并且尽可能地少占地方同时不引起别人注意。我有什么理由不这么做呢?我只是个被遗弃的东西。

我那时太小了，还没意识到这一点，但是其他人已经发现我自恨的苗头了，他们对此作出反应。夏天结束的时候，母亲给我们在当地一所小学报了名，这对我们来说是个陌生的地方。我上五年级。上学后的前两周，我的能力测试分数还没出来。这个阶段，我和一个大个子男孩是同班同学，可他专门针对我，总是奚落我、辱骂我。只要发现我一个人待在图书馆的角落或是课前点名的教室后面，他便会抓住我身上的关节部位，把我摁在地板上、书桌上或是墙上，还试图去抓我的屁股。我猛地往后退，尽力躲开他，但是一点用也没有。我像只兔子一样在反抗：战战兢兢，直至被抓住，然后疯狂地踢打、挣扎。三周后，我被分到程度更高的班级，但那种一无是处的感觉仍留在心底。我和同班的其他三名黑人女孩交了一个月的朋友，然后她们开始欺负我，我的成绩也开始下滑。我觉得很难受，常常感到害怕，肾上腺素出现混乱，可暗地里我却对此并不感到意外。我觉得自己活该，因为其他人和我看到的一样——我只是个没用的可怜虫，所以他们才会作出这样的反应。那时，我对抑郁的概念还一无所知。就在这个时候，我在家里抑郁了，情况很严重，母亲对此非常重视，寒假时将我转去帕斯克里斯琴的中学读书。

我感到既兴奋又有些担忧。我可以结识其他的孩子。大多数迪莱尔小学的毕业生都转到帕斯克里斯琴上中学。但这也是我半年内上的第二所学校,之前的这段经历让人很不愉快。如果我在这里继续受欺负怎么办?这一点我有考虑到,但是万万没想到其他人会真的把我当作靶子。在帕斯克里斯琴的中学里,我被三批女孩欺负,于是我的课余时间都在设施落后的图书馆里度过,里面的书比我小学图书馆的书还要少。我只有两个朋友,一个黑人女孩和一个越南女孩。我们在一起品尝从咖啡馆里偷来的饼干,讨论男孩和书籍。我和那个越南女孩更投缘;她和我一样,都是外地来的。我和她待在一起,通过她教我的那些越南流行歌曲努力地学习越南语。但在大多数和其他欺负我的人一起上的课上,我总是一个人待在更衣室或健身房,我的成绩也继续直线下滑。

母亲不知如何是好。她不太理解我的自恨。她不觉得我这是在针对自己,而将其解读为一股怨气,一种前青春期的怨恨,怨她离开父亲、破坏家庭。这种想法让她把我拉得更近,甚至让她对我打扫房子和照顾家庭提出更高的要求。她觉得这样可以将我夹杂着闷气的怨恨排解掉。我从十二岁开始,便在母亲上班时独自照看弟弟妹妹们。母亲心里清楚,虽然我的成绩下降,可我还是很聪明的,于是,当她的老板,也就是她和父亲分开、搬到格尔夫波特后做家政的那户人家的男主人问起我的成绩时,她如实地回答。她老板是个白人律师,上过哈佛,如今在新奥尔良做公司律师。她刚在老板家做事的那段时间,老板经常从她口中听到她长女的故事，这个孩子很聪明，在公立学校里表现优异，入选天才班项目。母亲告诉他，我的成绩不好，因为我在两个学校都遭人欺负。也许她老板小时候被人欺负过，因为他虽有橄榄球中后卫的体格，说起话来却轻声细语，非常温柔，很容易让人觉得他比较柔弱。不论他出于什么原因，总之应该是个不寻常的原因，他主动提出供我上他孩子读的圣公会私立学校。虽然母亲在父亲背叛她之后总是不太乐意接受帮助（父亲走的时候，她身无分文，因为所有的汽车和存款都在父亲名下，她只剩下四个需要抚养的孩子和一段不复存在的收支记录；现在她仍不喜欢接受帮助，害怕即使被给予还是会被收回），但几经考虑，她还是接受了这个帮助。当她问我是否想换个学校时，我欣然应允。我觉得本来无论这家男主人是否供我上学，母亲都会在他们家做事，但是接受了他的帮助之后，我就将她锁定在这份工作上，不论她是否乐意在这里做，或是想去其他地方做事，她都得给这家至少再做六年多的时间，一直干到我高中毕业。但是母亲觉得她没有其他选择；做了这份工作，她才能供养自己的孩子，才有足够的下班时间抚养他们。她不想做个不着家的母亲。

我并非家中唯一在上学期间遇到麻烦的孩子。乔舒亚勉强混过二年级。内里沙也在幼儿园里碰到麻烦，她的老师把她送到学校咨询师那里，然后咨询师把母亲叫来开了个会，告诉她，内里沙专注力有问题，需要用药。母亲拒绝这么做。沙兰很健忘,晕晕乎乎地上完了学前班。母亲在家中尽自己最大的努力辅导我们功课。家庭作业是她辅导的重点。但我们几个仍强烈地感受到父亲的缺失,这种失落和失衡的感觉影响了我们的学业。虽然母亲尽了全力,但她不可能白天和我们一起上学,也总有一些她帮不到我们的地方。每天放学后,我们坐在摆着书本的桌子前,拼命地想要做得更好,却又不知所措地意识到我们都做不到。

★ ★ ★

我们搬到格尔夫波特之后,父亲来过一两次。来的时候,母亲和他简单说了几句,然后就待在厨房里或自己的房间里,关上房门。我们傻傻地、满怀期待地围着父亲转,母亲经常会在一旁听我们和父亲说话。她应该明显地感觉到我们在他身边发生的变化。父亲和我们在一起时,情感上很投入也很专注,这是他的优势,而母亲在管教我们时,却觉得她做不到。或许她从我们充满崇拜的表情上看到了她童年时对自己父亲的那份感情。也许这就是她和父亲提出重归于好的原因,虽然我们并不知道其中的详情。

那可能是父亲第三次来看我们。当时,他坐在客厅里,腿上放着个碟子。母亲已经给他做好了吃的东西,端给了他;往常她并不理睬他。我们吃完东西后,坐在客厅里看电视，直到母亲叫我们去洗澡。我们洗好澡，母亲打发我们回自己的房间。黑暗中，我和内里沙、沙兰躺在缓缓起伏的水床上。内里沙和沙兰睡着了，我还醒着，等着父亲打开边门再关上，然后去搭顺风车，或是由母亲送他去他那时的住处。自从他离开母亲，就不停地换工作，那个阶段他正处于待业状态。他弄坏了自己的摩托车，汽车也出了问题。但是那天门没有响。我不想吵醒两个妹妹，便轻轻地下了床，顺着地板爬到房间的门旁边。我轻轻打开房门。房子里的灯都熄灭了，只有母亲房里的灯还开着，房门关着。我从房间里爬出来，再顺着过道爬去弟弟的房间。

"乔希？"

"嗯？"

"睡了吗？"

废话。我爬进他的房间，在下铺边停下脚步。

"爸爸没走。"

"我知道。"他说。

我不知道该说什么才好。我们在黑暗中坐了一会儿，竖起耳朵听其他房间的动静，可什么声音都没有。我们偶尔聊一下：你听到了吗？你觉得？我们默默地想知道父亲是不是不会再离开我们了。我坐在乔舒亚房间的地板上，把头放在他的床上。乔希的呼吸声越来越沉，我确定他睡着了。他打呼的时候，我爬回自己的房间。我不敢走路，生怕母亲会发现我没在床上睡觉。我爬上妹妹们睡的床，将沙兰推到内里沙的旁边。过了很长时间，我才睡着，心狂乱地跳着，心中充满着期待和恐惧。

父亲就这么回来了。

父亲带着自己的衣服和功夫器件，搬回来和我们一起住，之后他告诉母亲，他的梦想是开一家武术学校。或许父亲说出自己的梦想让母亲觉得他对此充满了热望。母亲默许了：那就开吧，她说。他先将自己的孩子们招为第一批学生，再招收其他人，选个校址。好，母亲应允了。母亲没有明说的是：我继续工作，供养全家，你却在设法实现梦想。她的牺牲仍然没有被认可。父亲说，有一天，学校可以养家。我觉得母亲可能有点相信他的话了，于是她答应了。

一开始，父亲筹划在比洛克西的课外班教些课，然后他又计划在帕斯克里斯琴和格尔夫波特的舞蹈工作室各教一个班。他开始招生。但比洛克西的班里从未超过两名学生，于是他取消了那里的课，专心教其他两处的课，那里的学生更多，帕斯克里斯琴约有十名学生，格尔夫波特有十五名。他一周五天晚上有课，其中有四晚，他都带着我们去上课，每次课要上三个小时。我们的武术功底不错；从我们住在迪莱尔的外祖母家起，父亲就教了我们各种功法和一步对练，我们在坑坑洼洼、满是沙土的前院里学习八肘功。在帕斯克里斯琴和格尔夫波特的课上，父亲让我们不停地用指关节练习多个回合的仰卧起坐、俯卧撑，并反复练习功法和拳法。虽然他的事业取得了开门红，但学生的学费不足以负担开班的全部开支。一旦他支付了租借场地的费用，汽油费就不够了。一天晚上，功夫课结束之后，我深刻地体会到这一点。我们都在车上，包括我表弟阿尔东，他离开了帕斯克里斯琴，回到了格尔夫波特。我发觉车慢了下来。

"油用光了。"父亲说。我还以为他在和我们开玩笑，便笑了起来。

"别笑，是真的。"父亲严肃地说。

"车没油啦？"乔希问。阿尔东在乔希身边坐直身子，往前探过去。车轮滚着滚着停了下来。路上一片漆黑。

"我们得下来推一下，"父亲对我们说，"内里沙和沙兰别动，其他人都下来。"也就是叫我、乔希和阿尔东下来。我那时十二岁，他们俩都只有九岁。我们还穿着练功服，练完功后全身酸痛。

"下车。"父亲喊道。

我们都下了车。

"加油，这会很好玩儿的。"他鼓励我们说，黑暗中露出白白的牙齿。每四分之一英里[1]左右就有一盏路灯，但在

---

[1] 约400米。

这个偏僻的乡间马路上却没有来往的车辆,父亲不想把我们和车单独留在这里。"前面拐角处有个加油站。我们得把车推到投币电话那里。"我们点点头。"现在,我去掌握好方向从前面推,你们三个从后面推。抓住保险杠……对,就是那个。"父亲绕到车前面,探身进了司机这边的车门,使劲儿嘟哝着。

"推!"他发出命令。

我们靠在车上。车晃了一下但是没动。

"再来。你们再多用点力!"

我们穿网球鞋的脚趾都陷进有车轮印儿的柏油路里了,我们的腿、后背、胳膊全都在发力。我们像父亲一样使劲儿嘟哝着,车缓缓前移,我都不敢相信它竟然动了。

"继续推!"父亲喊着。"就在前面。"

就在前面,哪有啊?明明离这儿至少还有半英里呢。可我当时并不知情。每次当我觉得自己推不动了,胳膊快烧成灰了,腿快折断了,我就想问爸爸,到了吗?还有多远?但我没问。我根本没力气去问,而且他也听不到我说话。于是我盯着黑暗中车发出的微光,听着乔舒亚和阿尔东发出的声音,他们俩在我左右急速小喘。我幻想着有辆车从我们身后开过来,在我们身边经过时减速,然后摇下车窗,送我们去加油站,还送给我们他们储存在卡车后方备用油箱里的汽油,可是没有车开过来,也没有友善的陌生人出现。空气暖和得如同温热又闷热的洗澡水，只有夜间的虫豸和清风在我们周围成片的树林和家家户户的院子里吟唱着、活动着。加油站前面的最后一段路是个小山的陡坡。我们到达山顶、滚入打烊的加油站的行车道时，父亲发出的声音听上去仿佛是有什么东西在他身体里撕裂，而我的身子在颤抖，软绵绵的，感觉不行了。车终于在停车场里停了下来，这里的路是很久以前铺的，都被磨成沙砾了。街角商店的百叶窗关着，商店前面的人行道上有投币电话，父亲从他放在车上的健身包里掏出二十五美分，给母亲打了个电话。我、乔舒亚和阿尔东爬上车，累得连话都说不出来。内里沙和沙兰已经在前排座位上睡着了。父亲也上了车。他一言不发，直到母亲带着满满的一桶汽油赶到。

"回家后，你们都洗个澡再上床。"母亲边对我们说话，边给父亲递去油桶。时间太晚了。她的嘴部紧绷。然后她回到自己车上，没有熄火，等着我们。

我猜母亲肯定很生气，她努力工作，打扫抽水马桶，清洁四千平方英尺[1]的房子，好让父亲追寻自己的梦想。我想，对梦想的追求冲昏了父亲的头脑；在他的脑海中，浮现着他和渴望学习、可塑性强的学生们在一起的画面，如同

---

[1] 约372平方米。

有时周日我们全家观看的功夫电影里那个睿智的武术大师一样。对那些大师来说，钱不是问题，他们好像都没子女。我猜父母都开始对各自的家庭角色感到不满。母亲的解决方式就是变得越来越沉默，甚至越来越严格，越来越疏远；父亲的一个解决方式就是看电影，用和我们一起看电影的方式来逃避。

父亲会带着我们穿过房子后面的树林，进入一块后院聚集地，然后继续穿过街区，来到格尔夫波特德都路旁的商业街。父亲在街上的音像店挑了三部他想看的电影，然后让我和乔舒亚去找我们想看的。

我和乔舒亚来到恐怖片摆放的区域。我们并排站立，研究影片盒子上的图片，这些图片总是画得很难看，还很吓人。我认真而贪婪地读着上面的剧情介绍，就像我平时读书那样。我们租好店里全部的主流恐怖电影之后，又开始借一些不太出名的恐怖电影：里面有小矮妖、马桶妖怪、一团团模糊的东西，以及住在下水道里的各种怪兽。母亲买了个爆米花机，大多数周末，我们都坐在铺着地毯的地板上，中间放着一大碗爆米花。这是父母以最省钱的方式来给四个孩子带来欢乐。我们也喜欢这个。这一个半小时的丰富活动令父亲离开时我们所苦苦期盼的双亲家庭梦想得到了片刻的完美实现。那时的我们并不知道父母心中的不满，我们的脸上沾满了黄油，咯咯地笑着，都很开心。

1990年冬季的一个晚上，母亲接到一个电话，这是她迪莱尔的一个女性朋友打来的，此人在格尔夫波特当地的警察局工作。

"知道你的车在哪儿吗？"

这个人把地址告诉母亲之后，母亲就知道父亲的位置了。他和他之前交的那位十四岁的小情人在一起，把母亲的车停在女孩家门口的路旁边。我觉得父亲肯定向母亲保证过他不会再见这个女孩了，他会忠于他们的夫妻关系，并且在她上班的时候，他会承担起照顾家人的责任，还会尽力办好武术学校。如果他没承诺过这些，母亲是不会把他领回家的。我可以想象，当母亲听到朋友在电话里说的情况，她感到恐惧朝她袭来，穿过她的胸口，让她痛苦不堪，随即沉入她的心头。她放下电话，坐了一会儿，呆呆地望着地板，看着墙壁，听着我们在后面吵闹、玩耍和看电视的声音，这些声音穿过她脑海里那种可怕的寂静。母亲想狠下心来，可却狠不起来，她的决心如同覆盖在深爱之上的一层薄铝。她的深爱之下已满是疲乏。她的指关节受伤了，这里的球状部位持续疼痛，五年后，她被诊断出患有关节炎。这就是所谓的清洁。这就是所谓的工作。这就是所谓的每天都忘记自己昨晚的梦想，面对现实，因为还有很多事要做，而她是家中唯一能做事的人。

她嘱咐我看好弟弟妹妹们,然后走出门外,上了她的车。那时她已经买了第二辆车,一辆蓝色的小型丰田"卡罗拉"手动变速车,新车闪着炫目的蓝光。她开去女孩家,坐到父亲腿上,眼神从女孩身上飘过,她让父亲上了雪佛兰"随想曲"车,然后开回家,父亲照办。母亲又告诉他,他可以滚蛋了。

父亲的梦想永远都飘荡在家庭之外,所以虽然我还没到青春期,但我却知道他有哪些梦想。这么多年来,我知道他一直希望开办自己的学校。他还有别的梦想,我那时就知道,可现在仍言不尽意,虽然我已长大。他考虑不周,买了辆摩托车;在90华氏度[1]的天气下穿着布满饰钉和流苏的皮衣套装;骑车时听着随身听里普林斯的歌曲:对父亲的出身而言,他的某些想法太不切实际。他一直喜欢做出虚无缥缈的承诺:欺骗了又爱上了一个又一个女孩,她们都是眺望现实的肉体望远镜。

母亲曾将她的所有梦想都寄望于从加州到密西西比州的长途旅行中。虽然她沮丧、担心,明知梦想实现不了,还是将它们藏于子宫里的弟弟身旁。她努力地躲避注定扮演的角色,不去成为劳作的女性,不要让孩子失去父亲,不要让

---

1 约32.2摄氏度。

自己缺乏教育、没有机会。和父亲一样，她也努力地想要不重蹈覆辙。去加州和父亲在一起是她为追求自由所下的巨大赌注。当她回来的时候，她觉得自己输了。她又回到了贫穷的乡间，不得不接受南部穷苦的黑人女性必须一直作出牺牲的现实。但是当时她还有些许梦想残留在她对父亲的幻想中。这部分地解释了她为何这么长时间始终如一地爱着他，也解释了为何当她看见父亲站在门口，把皮上装、黑色运动长裤和黑色T恤塞进垃圾袋里的时候，当她对他说"滚"的时候，她是如此的心痛。

就这样，父亲走了。

父亲走后，我便挑起长子的担子。要是我们还在迪莱尔，可能维持家庭生计会更容易一些，但是在格尔夫波特，母亲不可能独自扛起整个家庭的重担。于是我开始学着做事。母亲给我一把家里的钥匙。这是逐渐增加的家庭职责之一。夏日里，母亲上班的时候，我除了晾晒、收好、叠好、放好衣服之外，还得吸尘、除尘、打扫卫生间、照顾弟弟妹妹们。拿着家里的钥匙意味着要是我们放学回家时母亲还没下班，我要给家里人开门。虽然我已经大了，却心神恍惚，有点健忘。夏天的时候，我经常把钥匙忘在家，锁上门把手，关上大门，就把大家都锁在门外了。父亲走了以后，母亲不在家的话就没人给我们开门了。上学期间，我和弟弟妹妹们一起站在家门口的时候,我才想起自己把钥匙落在学校了。

我拍拍自己浅浅的口袋,乔希站在我身边,沙兰坐在我腿上。

"忘拿钥匙了。"

"什么?"乔舒亚惊呼。

我在沙兰的腿上乱摸,想把她从我腿上赶下来自己站着,可她不肯。

"我真没脑子!"我开始咒骂自己。

我看着乔希。虽然他刚九岁,可只比我矮一点点。他翻了翻眼睛。

"我要尿尿。"内里沙着急地说。

"我也是。我也要尿尿。"沙兰跟着说。

"去林子里尿吧。"

"我不想去那儿。"内里沙说。

"我也不想。"沙兰附和着说。

我牵着内里沙的手,乔舒亚跟在我们后面。我带着他们绕过院子进了树林,就是我们以前跟着父亲去音像店的路上穿过的那片树林;他不准在我们去德都路的路上跟丢他。我们往林子里走了十五英里[1]后,右边的一条小路旁出现了一个

---

1 约24千米。

茂密的灌木丛，灌木丛的后方有个被人丢弃的全尺寸床垫，很可能是之前住在我们家的租户扔的。我想，应该是这样。

"来吧。"我对他们说，把他们带到灌木丛后面，用灌木丛作屏障。沙兰哭了起来。她觉得自己拉下裤子的时候，有东西咬了她。是蛇，她说。也有可能是蚂蚁。

"不会是蛇的。"我告诉她，尽管正值夏季，天气炎热，矮树丛中可能会有不少蛇，因为这些爬行动物会在一天最热的时候来这里避暑。

她不干了。

"你想自己尿尿？"我威胁她说。她哭着蹲了下来。这么吓她，我感到挺内疚的。"没那么恐怖。"我安慰她说。沙兰点点头，用手擦去鼻子上的鼻涕。为我们放哨的乔希从我们面前跑到床垫那里去了。

"我来翻个跟斗。"说完，他冲上垫子。我期待着看到他腾空翻跟斗。他跳了一英尺[1]左右。垫子上没有弹簧，这不是个好蹦床。不过他还是做了个前空翻，背部着地。他面带笑容，晕晕乎乎、摇摇晃晃地起身，继续跳。内里沙蹦蹦跳跳地加入了他，沙兰也甩开我的手奔向垫子，将蛇和蚂蚁抛在脑后。

虽然我感到父亲走后，自己身上的担子重了，和外祖父

---

[1] 约30厘米。

离去时母亲的感受一样，但我毕竟还是个孩子。我们都只是孩子，喜欢树林的神秘和美丽，享受着偶尔离家的自我放逐所带来的某种快乐。放学后到母亲下班前，我们在林中撒欢。

一天，我和沙兰、内里沙一起做花戒指和花项链的时候，乔希出现了，坐到我们旁边。他从树林里探险归来。
"我有发现。"他说。
"什么发现？"
"一间神秘的屋子，"乔希说，"带你们去看看。"
我们跟着他进了树林，沿着右边的小路走。如果我们一直沿着这条道走，就会穿过住宅区，到达德都路上的街头小店。这条道太窄了，所以我们必须排成一路纵队朝前走。土路两旁长着茂密的灌木丛和野草，刮着我们的小腿肚和胫骨。我抱起了沙兰往前走。她才四岁。乔舒亚在前面领路，年仅六岁的内里沙小跑着跟在他后面，为自己可以跟上乔希而自豪。乔舒亚领我们从这条道上走出来，这时，我把沙兰举高，放到背上背着，我们几个人在这片布满树叶的带刺灌木丛中穿行，松树在我们头顶颤动，我们跌跌撞撞地穿过了黑莓灌木。树林前面突然出现一小块空地。地上铺着好几层松针，踩上去很松软。

"瞧！"乔希喊了一声，跪了下去。他在松针里顺着貌似一条浅沟的地方摸了过去，然后推开泥土。刮擦声响起。

松针移开了，浅沟所在的地方出现了一个黑洞。"瞧！"他又喊了一声。

我们簇拥在他身后。我抓住内里沙的一只手，趴上乔希窄窄的背之后，才知道我要看的东西。有人挖了个坑，做了个地窖，然后用小块泥土把这里盖了起来，最后撒上松针来伪装。

"谁干的？"我问。

"不知道。"乔舒亚说。他街区里认识的朋友中有些是黑人男孩，还有一个是白人男孩，他的这些朋友和我的女生朋友一样，都同自己的单身母亲住在一起。我想，也许是他们干的，但是这个工程似乎却是那些皮包骨头、膝盖像球形门把手的小家伙们无法完成的。要知道，当这些男孩在大街上赤膊骑车时，你都能数得清他们有多少根肋骨。要挖这么深，我想，得事先设计好。

"我们走吧。"我拉着内里沙的一只胳膊说。

"你们不想下去瞅瞅？"乔舒亚问道。看样子，他还没下去过。他原本以为我们会和他一起进去看看。

"不了，"我说，"走吧。"

我把内里沙拉走。

"抱紧了。"我对沙兰说，她把腿紧紧地绕过我的腰，在脚跟这里扣住。我把挡道的树枝推开，用肩膀穿过矮树丛，再回到小路上。乔希没有动，还站在洞口。

"快过来!"我对他说。

他犹豫了一下,跟了过来。回到小路上,我开始快步前行,沙兰在我背上颠来颠去,乐不可支。

"跑。"我一声令下。

大家全都跑了起来,一路上踩着树根,植物打在我们身上如同钓鱼线裹在脚踝上。到了小路尽头,我们从床垫边跑过,越过树林和院子边的水沟,进了栅栏里,在后院停下脚步,喘起粗气。我开了水管,给大家喝水,在这天剩下的时光中,我让大家都待在院子附近。乔希随意地在垫子上翻了些跟斗,不过他又去了趟树林,也只有他又去了一趟。

那天晚上,母亲埋怨我再次忘了带钥匙。接下来,她给我们洗澡,然后命令我们上床睡觉。不过我没睡,只是在黑暗中躺着,盯着天花板看,想看到梳妆台,我们的毛绒玩具,还有我那些躺在碟子大小的长方形塑料小罐子里孤独的金鱼。我希望它们都发出耀眼的光彩来安抚我,好让我知道我不是一个人待在这里,黑暗中它们在我的视线之外静静地站着。我挺想摇醒内里沙,让她也睁开眼睛,因为我知道她的眼睛在黑暗中会发出白色的光,她至少会和我嘟哝两句,但我没这么做。父亲的又一次离去让我再次担负起很多责任,他的离开也再次让我觉得被人抛弃、一无是处。我躺在两个进入梦乡的妹妹身旁,质疑着父爱,此时,我将树林里的那个地窖同我活该遭受的不幸等同起来。我没有叫醒内里沙，而是想象着黑暗中地窖的洞口开着，像坟墓一样裂开。

第二天，我没有向我的朋友凯利、塔米卡和辛西娅问起这个地窖。但是当我光脚站在家旁边的空地上时，我一边听凯利说话，一边还惦记着那个地窖。

"妞，你听过那个白人说唱歌手的新歌吗？"

我看上去一头雾水。

"他唱得可好啦。"凯利崇拜地说。我那时十三岁，身体单薄，牙齿纤细，头发不听使唤，母亲不再指望能把它们梳好，于是尝试着用顺发剂让它们服帖。凯利说这话的时候，笑意盈盈，全身发抖，女性的特质像水一样在身体里流动。凯利十四岁了。她转了转眼睛。

"等你见到他再说。"

我在电视上看到了这个白人说唱歌手，他以硬汉形象亮相，穿着亮片衣服。我觉得街区里的男生可都比他帅多了，那些男孩颧骨突出，有着黑色的头发，深色的皮肤和几近全黑的眼睛，一副我父亲年轻时的模样。不过我没交男朋友。我觉得自己太瘦太丑了，找不到男朋友；我不会主动接近自己不认识的男生，也不会找他们说话，大多数时候他们也不会来主动接近我。如果他们来找我，我非但没有感到受宠若惊，反而觉得挺不好意思的。凯利有几个男朋友，我在帕斯克里斯琴中学里的朋友克里西也有。我们有时会通电话,她会给我讲些她的事儿。

"我差点就啪啪啪了。"

"啊?"

"我爱爱了。"

"是吗?"

"我男朋友过来,我妈不在家。我们在房间里亲热。他想进去,可是进不了。"

"哦。"我应了一声,惊讶于她的厚脸皮。

"我猜是上帝觉得还不是时候吧。"她说。

我们已经十三岁了,即便如此,她提到上帝,还是让我吃了一惊。那时,我对上帝的认识是,他无论如何也不会允许一个未婚少女发生性关系,所以我不明白耶莎[1]的逻辑。

"不会吧。"我说。

母亲白天上班时,告诉我们不要让其他孩子来我们家,大多数时候我也不想让他们来。我们在街上或树林里和朋友见面。在格尔夫波特,我的朋友都是女生。虽然我的女生朋友们都在约会,我却不想像她们一样。我依旧读着书、偷偷玩着玩偶。只有一次在母亲上班的时候,我让一个男孩进了我家,我让他进来并非我觉得他长得帅,也非希望我们之间

---

[1] 指漂亮女人。这里用来嘲讽露骨分享自己性经验的朋友克里西。

发生什么。我让这个男孩和他的朋友们来我家，是因为我觉得他们是乔舒亚的朋友。这是我的失误。我们发现地窖后又过了几周，我们在街区里认识的两个男孩来找我们玩。事实上，菲利普是乔舒亚的朋友，他比乔舒亚还要瘦，可能只比乔舒亚高一点点，留了个不对称的冈比[1]头型。菲利普的朋友是一个叫托马斯的男孩，差不多和我一样大，十二岁的样子，我们和他不太熟。他比菲利普至少高了一英尺，长得很敦实，塌鼻子、宽鼻翼，肩膀歪向一边，好像有什么把他的膀子弄歪了。

"可以进来吗？"托马斯问。

乔舒亚、沙兰和内里沙都在客厅里观看《你不能在电视上这么干》，我站在边门旁，边门对着车棚开着。外面烈日炎炎，虫子对着酷暑大声哀叹。家里却很凉快，虽然夏季母亲将温控计设置在80华氏度[2]来节约电费。母亲警告我们，如果我们调了温度，就会挨打。所以我们从没这么干过。

"可以吧。"我不确定地说。

两个男孩跟着我进了客厅。菲利普坐在沙发上乔希的身旁，两人攀谈起来。我坐在长沙发上。内里沙和沙兰的玩偶放在地上的午餐里，她们将视线从节目中移了出来，朝他们看了一会儿，又回到电视上。

---

1 冈比是美国卡通人物形象。
2 约26.7摄氏度。

"坐你旁边可以吗?"托马斯问。

"我想可以吧。"我说。

托马斯在沙发上我旁边坐下。

"今天你们都在干什么?"

"没什么,"我说,"看看电视。"

"外面可热啦。"

托马斯把身子挪了过来,他的腿碰到了我的腿。我朝旁边挪过去一点,陷进了沙发的缝隙里。

"你妈呢?"

"在上班。"我说。

托马斯又朝我凑过来,他的腿再次碰到了我的腿。我试图挪开,却被沙发扶手卡住了。我不明白为何他不和乔希、菲利普说话。

"干吗躲我?"托马斯问我。

我耸耸肩,肩膀对着他,避开他的脸。乔希和菲利普还在谈笑风生,他们从边门走了出去,然后关上门。

"我喜欢你。"托马斯说。

我一下子说不出话了。他按住我,把我夹在他和沙发垫中间。我刚微微起身,他就抓住我的一只胳膊,把我拽回沙发上。

"你不喜欢我?"他问我。

我摇摇头。他的手顺着我的胳膊,滑上我的肩膀,再是脖子。我推开他,但他还是不松手。我很无助。

"别。"我尖叫道。

"怎么啦?我什么都没做呀。"

"别碰我。"我说。我活该,我心里想。

"别跑啊,宝贝儿。"说着他又朝我身上靠过来,嘴巴凑了过来。他把我的胳膊握得更紧了。这是我的问题,我心里嘀咕着。沙兰和内里沙都没说话。

"住手!"我喘不过气来了。他的块头太大了。给我在这儿好好坐着,再得寸进尺,就给我滚蛋,我心里想。

蹲在地上的沙兰一跃而起,奔向沙发。她先跳到托马斯的腿上、脚上,再骑在他身上,踢他的裆部。

"放开我姐!放开她!"她大声叫道。

"下来。"他气急败坏地想要把沙兰推开,想要避开她,他的动作幅度比较大,我得以起身从他怀里挣脱。我站了起来。

"放开她!"沙兰边踢边叫。内里沙开始大哭。我抓住沙兰的胳肢窝,把她抱起来,转过身抱在我腰上。她让我重新发出了声音。

"滚出去!"我喊道。

"什么?"

"给我滚!"我说。"再不滚,我就给我妈打电话!"

他从沙发上跳了起来。我抱着沙兰,跑到边门旁,把门大开,放热气进来。

167

"滚!"

他从我们身边走过,一边低头看着我们,一边走到屋外的暑气里。

"他妈的。"他骂道。

"你他妈的!"说完,我关上门,上了锁。我不敢相信自己会生这么大的气。

托马斯拼命地敲门。

"你这个傻婊子!"

"我不是婊子!"我反驳他说。虽然我嘴上这么说,可还是为自己没有在沙发上早点反抗而感到羞愧。我想,三岁的小孩都可以救我。

"他妈的婊子一个!"他又敲了下门。

我从门边往后退,沙兰紧紧地抱着我。我们盯着那个颤抖的门:沙兰非常警觉,准备再次扑向他。我真没用,我心里想。后门被敲了一下,然后乔希开门进来了。我又锁上后门。

"你干吗锁上边门?"乔希问我。托马斯又在猛敲门。我锁好后门,听到菲利普在车棚那里大笑。

"因为他。"我指着边门说。

"小婊子!"托马斯又开始撞门了。然后门那头没动静了。我放下沙兰,走到前面的窗户,透过百叶窗往外看,两个男孩在日头下灰溜溜地离开,慢慢地走回街上。我望着他们的背影，直到他们消失在房子的拐角处。

母亲在不在家不重要。托马斯会在我独自在外晾衣或是打扫车棚时把我逮个正着。他不会跑到院子里来，但是会游荡在栅栏边上或房子后面的树林里，大声地叫唤，我知道你听得到我说话。你听得到我说话。接着说：看到你啦。他说这话的时候，我觉得他的意思是他看到了我心中的所有秘密，他这么对我，任何男孩、所有男孩以及所有人都这么对我，那是我活该，我觉得他是这么想的。

父亲走后，母亲就不愿与人交往了。她要是在家，就会打扫卫生，或在厨房里做饭。再也没有全家一起看电影的活动了。那时家里有好几本食物券，我总觉得不好意思在"殖民地面包店"用，而母亲用起来却没有任何的不安，她从店里买好吃的东西，然后放在冰箱储存。和父亲不同，母亲并不习惯用肢体表达爱意。和我们说话的时候，她不会过来和我们亲一亲、抱一抱，甚至连碰都不碰我们，父亲却和她截然相反。有时我在想，母亲是不是觉得，但凡她松懈了一丁点儿，她为维持全家生活而费力打造的世界便会崩塌。既然她不能公开地表达对我们的爱，一份有如偶尔席卷我家后方树林的森林大火一般巨大而强烈的爱，她就索性让我们知道，除了给我们一个家、打扫家庭、照顾我们、立下家规之外，她还在用一种自己熟知的方式——食物——爱着我们。她煮了几大罐秋葵汤和牛肉蔬菜汤，烧了猪排、土豆泥和烤肉，做了红豆米饭和玉米面包，烹制了甜点，比方说碧根果糖果、蓝莓松饼、德国巧克力蛋糕和黄色单层蛋糕，还在单层蛋糕上裱了精致的糖霜花朵和藤蔓。

不做饭的话，母亲就待在自己的房间看电视。她在街区里有个女性朋友，这位朋友嫁给了母亲的远房亲戚，夫妇二人住在街的另一边。母亲的远房亲戚正和毒瘾作斗争，所以母亲有时会给他老婆和他家里买点食物，也会允许他家孩子来我们家玩。母亲还有个闺蜜，是她的表亲，不过这个人搬去亚特兰大了。除此之外，母亲就没别的朋友了。她甚至还对男人普遍抱有一种怀疑的态度，也看透了女人身上的狡黠、肮脏和残忍；与父亲有瓜葛的众多女性中，有几个曾是她的朋友，还有几个是她的发小，她们都以母亲的屈辱为荣，打电话对母亲说：他不爱你，他爱的是我。母亲对男人和女人都失去了信任感。只有她的孩子还陪伴在她左右，因为她毕生都在抚育自己的孩子，可我们偏偏是一群爱吵闹、爱交际的小家伙，她虽全身心地爱着我们，却对我们缺乏耐心。1990年的夏季，她所面临的生存选择和境遇让她焦头烂额，如同热气腾腾的沸水烫伤了她。她不堪重负，终于倒下了。

如果我们中有人犯了错，比方说，洗澡后多次将我们的衣服留在卫生间的地上，或是彼此争吵进而打架，我们都会挨母亲的打。有时她会用短杆的木制玩具扫帚惩罚我们。有一天，她去上班，乔舒亚从家里找出了这个扫帚，偷偷地跑到树林里把它给扔了。于是她又买了一个。只有体罚的时候她才会触碰我们，数月之后，她转而采取心理战术。一天，她扬言不要我们了，让人来领养我们。当她听到我深夜在房间里哭，就把我叫到她的房门口，问我哭的原因。

"你说不想要我们了呀。"我说。

"要是你们不这么难管，"她说，"我是不会这么吓唬你们的。"

我们还是觉得自己始终都做得不够好。我达不到她的要求。在疏离感或孤独感的驱使下，或许是出于想让我知道她的纪律性，又或许是不想让我重蹈她的覆辙，一天，她开车去商店。将车在车位上停好后，她让弟弟妹妹们进了商店，却对我说："等等——你在车里待一会儿。"接着，她做了件对她来说非常不容易的事，因为这件事违背她的天性；她竟然找我聊天，给我讲起故事来。"米米，"她说，"你父亲……"然后她说出藏了多年的心里话。她反复地说着她如何在自己的成长阶段照顾家中的弟弟妹妹们，说着她和她母亲的关系，说着她有多爱自己的父亲和丈夫可他们却都离她而去。对于这些事情，有些我当时已经能听懂，有些我长到她的年纪才明白，还有一些我至今没搞懂。十三岁的我已经能够体会到母亲的苦楚。就在一个下午的时间里，我明白了母亲的一些重负,其中的某些重担也正是当时我所肩负的。一瞬间,我强烈地感受到作为女儿意味着什么。不一会儿,我就比同龄人变得更为懂事,我做着力所能及的事。我在侧耳倾听。

而母亲也在可能的情况下倾听,听着我们窃窃私语。我们在说,好想念迪莱尔。怀念光着脚丫跑在泥路上,吃着黑莓,在烈日下喝着甜果汁,在河水中漂荡。不喜欢夏天时一起走去贝莱尔小学的食堂吃免费午餐,一副穷酸相,让人觉得抬不起头来。这时她会问我们:"你们都想搬回迪莱尔吗?"我们都说是。

母亲省吃俭用存下足够的钱,从她姑姑那里买下一亩地。1990年的夏天,她和舅舅们开始拿着大砍刀和链锯开垦土地。那年夏天在我们搬走之前,她不上班的时候有时会带我们去地里,有时则会把我们留在家里。一天,她去了地里,但是没带上我们,于是我和乔舒亚将内里沙和沙兰留在家里,两人走回了树林。如果母亲知道我将两个妹妹单独留在家里,肯定会生气的,可我还是想再看看那个地窖。我要去林中空地看看那里是否还豁着一个口子。我当时没有充分明白它对我富有重要的象征意义,具化了我心中藏着的所有仇恨、厌恶和悲伤,是我在格尔夫波特的时光中遭遇胁迫或性侵的黑暗化身。我和乔舒亚到了那儿,发现盖在地窖上的夹板已经不见了，只剩下一个巨大的明沟，沟边布满松针，堆成了黑色的正方形。不知怎么的，看到那个人工洞穴的幽暗深处时，我本能地感到更不舒服了，好像掉在了沟里，我的世界已经缩小到它的边界：松针戳着我的腿和胳膊，洞穴的四壁有一排树那么高，将我围住，遮住我上方的天空。我无法逃脱。这个阴霾一生都跟着我。我和乔舒亚没有说话，注视着深渊，然后离开了。不知道乔舒亚站在那个恐怖洞穴的崩塌边沿时，站在我们将要忍受的严峻未来的破碎边缘时，是否感受到了什么。

屋子里一片狼藉。我很庆幸，至少内里沙和沙兰没打碎东西。我洗碗的时候，给她俩分配了小任务，让她们捡起自己扔在客厅的玩具。乔舒亚待在后院，没进屋。我走到窗户边对他说话，洗碗的手湿湿的，满是肥皂。

"乔希，"我说，"进来把垃圾拿出去。"

"好的。"他答应着。

我洗好一洗碗槽的杯子，又去洗碗了。他还在外面。我又走到窗户边。

"乔希！"我叫了声。我很受挫：感到自己虽然还是个孩子，却挑着成人沉重的担子。我觉得力不从心。徒劳无功。

弟弟站在外面的院子里，凝视着房子的阴面。他没有抬头看我，我发现我们俩已经一样高了。他在阳光下眯着眼，头发现出浅棕色，身上的黑色T恤很合身，十一岁的他长了点肉，T恤已经给撑了起来。乔舒亚透过纱窗望过来，仿佛他清楚地看到我沾满肥皂的双手，皱巴巴的手指，带着挫败感和自卑感的下巴，仿佛他讨厌我。我和弟弟正步入成人阶段，这就是我们对女性和男性的理解，女性意味着劳作、阴郁和充满担忧，而男性意味着怨恨、生气和偏离生活的本质。

罗纳德·韦恩·利萨纳

生：1983年9月20日

卒：2002年12月16日

他长大以后会成为情圣。

那时，罗纳德九岁，我十五岁，但从他短小匀称的身材就能看出，他大了以后会更帅。他身体轻盈，仿佛一直在用脚尖走路，他在小学的走廊上搞怪，然后跑得无影无踪。他让我想起九岁时的乔舒亚。罗纳德也是他家几个孩子中唯一的男孩；我和他大姐一起上小学。我和他姐一起玩的时候，老师通常会叫住我们，问我们是否是亲戚。他们会说：你们长得很像。罗纳德站在我九岁的表弟托尼身旁时，看上去更像乔希了，托尼比罗纳德的肤色深了三个色度。

我担任了"上帝的小家伙们"日间夏令营的辅导老师。这个活动得到我所在的高中——湾区圣公会学校的赞助，旨在为贫困儿童提供免费的暑期活动。作为本校学生，我可以主动要求担任辅导老师；虽然大部分我所认识的迪莱尔和帕斯克里斯琴的贫困儿童都可以参加这个夏令营，但是他们中最终只有三人来参加活动：安东尼奥、我表妹拉杰和罗纳德。我把托尼的名字写在签到本上。

"呦，这是谁呢？"我笑嘻嘻地对罗纳德说。他缓缓地冲我笑了笑：白白的牙齿，古铜色的皮肤，棕黑色的大眼睛，鼻翼处零星长了几个雀斑。我想，他会赢得所有女孩的芳心。

"罗纳德·利萨纳。"他报上名来。我在签到本上记下他的名字。

"你们和其他几个男孩一起，"我说，"来，我带你们过去。"我写好拉杰的名字，握着她的手，带她在走廊上走。我回头看看，确保罗纳德和托尼跟在我们后面。罗纳德冲托尼咧嘴一笑，托尼自嘲了一下，也笑了起来。我自告奋勇担任基督教日间夏令营的辅导老师，是为了在开营的半个月里不必待在家中。那个时候，乔希已经大了，当我去夏令营、妈妈去上班的时候，他白天可以照看内里沙和沙兰。我的弟弟妹妹们不想来这个夏令营，觉得这个没意思。"来的都是白人，"他们说，"还有教会的人。"我耸了耸肩。我正处于虔诚地信奉基督教的尾声，每个小时中至少有一半的时间心里想着上帝，做祷告，感到心中充满了圣爱。我上六年级的时候转学去圣公会学校，当时我有一种不可抑制的想法，就是上帝一直在眷顾着我，虽然我的身心都有伤痕，还有其他一些问题。我觉得，总还是有人一直都没有把我丢下，总还是有那么一个人，我从未让他失望。不久，当我明显感觉到教义的僵化，以及一些和我一起上学的学生虽然秉持着最虔诚的基督教信仰却很虚伪，我开始远离教会。最终，我意识到有时某些人注定是要被遗弃的。

我做啦啦队队长，这意味着我除了和其他两个高中生以及主办夏令营的两名教会学生一起教孩子们做手工艺品，或一起教孩子们唱基督教传统歌曲来学习《圣经》，还得教他们跳舞。我和另一名辅导老师一起为《胖子舞》和《我想再长高一点》编舞，教孩子练些基本动作。根据夏令营的安排，周末，当夏令营的其他活动开展完毕，剩下的时间他们就学跳舞。夏令营的第一天，罗纳德不是很感兴趣。

"你不会跳舞。"他说。

"怎么可能？"我反驳道。

"那你会跳流行舞吗？"

"会啊。"

另一位辅导老师正在教其他孩子舞蹈的开头部分，嘴里念着节奏："一,二,三,四,五,六,七,八……"

"那你跳一个。"

"我不能专门教你跳。"

"我会跳。"

"你怎么会跳？"

托尼缓缓地走过来。

"看着。"罗纳德说。他两腿分开站好,双手手掌向下,放在身体前面,开始前后推屁股。我笑了。他确实会跳流行舞。托尼也来和他一起跳。

"我们不会在舞蹈中加入流行舞。"

"为什么不加呢?"罗纳德说。

他的嘴角在抽动。他天生就是个会调情的人。

"你真的觉得其他男孩也想跳流行舞?"

"嗯。"罗纳德肯定地说。

"托尼,你也愿跳流行舞?"

"是的。"托尼斩钉截铁地回答。

"好吧。"我叉着胳膊,"那就把这个加进去。"

罗纳德很有魅力,也爱炫耀。每当我端着几大塑料托盘的果汁和全麦饼干,走过学校狭窄的走廊,给他们送来午间点心时,罗纳德会在洗手间外面昏暗的地方停下脚步,拍打着身体前面的空气,跳起流行舞蹈来。我会忍不住笑起来,于是放在他们杯子里的饼干便滑到托盘外面去了,而果汁则像翻滚的细流,溅得蜡纸杯边上到处都是。当我最终拿着点心走进教室的时候,杯子底部都已湿透。

他在舞蹈课上学得很快。他和C.J.一样,都是运动型男孩,长得矮小精瘦。他做起动作来非常轻松,而且还在动作中融入自己的特色。我原本以为,托尼和罗纳德是好哥们儿，他们不太会买我的账，只会径自走到教室后面，玩起积在这里一学年的垃圾，或在长达一个小时的如厕时间里消失在昏暗的走廊里。可他们并没这么做。我让他们听课，他们就听，他们还做了所有我让他们做的笨拙的舞蹈动作，每当他们看着彼此或跳着数到八时，会欢快地舞动。

快到夏令营结束的时候，我们铺开长长的塑料布，在上面抹上洗洁精和水，家用式水滑梯就做好了。湛蓝的天空无边无垠，空气清新，没有往常夏季的暴雨急流。我们把两个水滑梯并排放在田间的一座小山上。

另一个辅导老师光着膀子，肤色苍白，在阳光下咧着嘴笑，迫不及待地要去试试滑梯。他朝滑梯跑过去，纵身一跃，肚皮贴着滑梯滑下山来，滑过滑梯末端，嗖嗖地穿过草地。他站起身来，胸口红一块、绿一块，不知道他有没有受伤。

"太棒了。"他赞叹道。

罗纳德和托尼也想去试试。

"瞧我的，米米！"托尼对我说。他跑着把自己扔向滑梯，滑了下来。砰的一声巨响，听上去应该摔得不轻，但是他在肥皂水里咧着嘴笑，然后滑到塑布末端以外，犁地般地陷在了泥里。罗纳德将托尼的成功视为挑战。他跑了起来，把自己抛向塑料滑梯，滑了下来，然后猛扑向前，落在了草地上。罗纳德跑向山上滑梯的起始处时，托尼再次从滑梯上滑了下来。我又在滑梯上加了些水和肥皂。其他男孩也跟了上来，欢呼着撞向草坪。罗纳德在我身边停下脚步，脸上和头发上沾着许多叶片。我给他拂去叶片：指尖感到他的脸热热的，又湿又黏。

"你应该上去玩一下。"罗纳德鼓动我说。他吐掉一片落在他嘴唇上的叶子。

"可我没穿泳衣。"

"就穿你现在的衣服上去。"

"但是接下来我就得一整天穿着湿衣服走动。"

"来吧。"他再次邀请我。

"不行。"

我又从他脸上擦去一片泛着银光的叶子，他颤抖着微笑。男孩子们成群结队地从他身边跑过。"你真帅。"我对他说。我猜，说一些他已心知肚明的事情并没什么坏处。

"有一天我会娶你的。"他说。

"真的吗？"

"当然。"他点点头，露出迷人的笑容。

"你发誓？"

"嗯。"

我笑着给他擦掉另一片叶子。罗纳德奔向滑梯，托尼紧随其后，两人都将自己扔向滑梯，烈日炎炎，他们晒得更黑了。我把T恤的袖子卷高，直到它们在我胳肢窝下面皱成一团,让我的胳膊变得暖和起来。当我告诉孩子们夏令营结束了,所有人都往教室跑,只有托尼和罗纳德落在后面。

"帮我把水管捡起来吧。"我对他们俩说。天空中飘来几朵云,给他们送来了阴凉,云飘走的时候,他们正拿着装清洁剂的空瓶子,拖着水管,污泥和小草抹得他们肚子上都是。两个男生看到我正望着他们,于是在田野里停下脚步,跳起舞来,高举着水管和瓶子跳流行舞。他们好似游行队伍边上喝醉了的大人,在狂欢节彩车经过时手舞足蹈。我笑了。太阳照在他们身上,他们帅呆了。

随着罗纳德年龄的增长,他长高了:面部变大变尖,肩部变宽,腰部变细。但是每当他露出酒窝,却仍是那个站在田间、阳光下全身闪着古铜色光的九岁男孩。罗纳德长大后,他的魅力和帅气丝毫未减。要说有什么变化的话,那就是他变得更为自信了,尤其是和女性在一起的时候。有时我在迪莱尔周边或帕斯克里斯琴附近见到过他。还有几次我从纽约市回家探亲时遇到他在我母亲家附近,因为他是沙兰的好朋友;他穿过客厅走进沙兰的房间时,好像一直在微笑,走路的时候好像总是身子前倾,身体的各个角度和谐得像首歌。我从未想过他的心中藏着某种黑暗的东西,也没见过他心情不好、发起火来或是情绪低落。我那时还不够成熟,还意识不到我从前青春期便开始滋生的内心黑暗——坚持认为自己没有价值而且有自恨情结——会影响到社区的其他人。

那时，我还不知道，同样的压力沉重地压在我们每个人的心头。整体而言，我所在的社区都缺乏信任感：我们不相信社会会为我们提供最基本的优质教育资源、安全的环境、良好的工作机会以及公正的司法系统。更有甚者，在我们不信任周边社会，且在我们周围教导我们的文化变得越来越稀薄时，我们也失去了对彼此的信任。我们不再相信，我们的父亲会把我们养大，会供养我们。由于我们失去了信任感，我们便努力地保护自己，男孩子们变得厌恶女性、充满暴力，女孩子们则变得表里不一，大家都陷入绝望。我们中的一些人因为压力而变得尖酸刻薄，任这样的状态腐蚀自我，直到我们讨厌自己看到的每一样东西。最严重的是，我们中的一些人开始求助于毒品。

2002年的春季，还有件我不知道的事，就是当我在公园看到罗纳德很开心的时候，我错误地估计了他开心的原因。内里沙无所事事地坐在一辆车里，这辆车停到篮球场边上，沐浴在和煦的春光下，之后我才知道那是德蒙的车。我和希尔顿一同坐在露天看台，看着罗纳德和一个女孩一起打篮球。我当时回家探亲，再次来在公园。天空壮阔，天色阴沉，我静静地坐在树下，感到无比的轻松。

球场上，罗纳德坏坏地笑着，迅速在女孩胸部摸了一下。只见他卷起袖子，一直卷到胳膊肘上方，然后朝空中伸出手去，同时胯部移到女孩的屁股那里，仿佛他在防守。女孩运着球，弯下腰，露出笑容，望向身后的他。罗纳德带着鼓励的笑容，站在篮球架下。这是罗纳德与成年人调情的方式：既心照不宣又有肢体接触。希尔顿坐在我身旁，我们看着他开的玩笑笑了起来。女孩有些腼腆，注意到罗纳德的举动却没有阻止他。她还是个少女，每次微笑都流露出萌动的性感觉，每次运球时都娇笑着伸出屁股。在球场的另一边，C.J.和沙兰正互相投球，玩着"二十一点"游戏[1]。罗纳德和女孩打完篮球后，就走上露天看台，坐到我和希尔顿旁边。希尔顿给他递了根雪茄。

"咱俩的婚还结吗？"我问罗纳德。

"结啊。"罗纳德肯定地说。希尔顿被逗得哼了下鼻子。罗纳德脸上露出惊喜和喜悦的样子。"当然结。"他信誓旦旦地说。女孩信步走回车上。罗纳德抽完雪茄后，便跟在女孩后面。

沙兰说那天晚些时候她和她的朋友们开着车在迪莱尔附近转悠，他们抽着烟、听着音乐、侃着大山，这时，我成了他们的话柄。她的朋友们说起我穿着运动内衣和短裤在大街上跑步锻炼的样子，脑勺的发髻中有一团卷发跑了出来，散在外面，右腿从侧面划圈踢出去，双手张开，胳膊低低地

---

[1] 谁手中接到的球最先达到21个，谁就是胜者。

垂着。他们中有人曾问我,干什么呢?跑步还是游泳啊?还有人会骑车跟在我后面,不停地说起街坊、天气以及白天发生的事,还说起瘾君子走在街头巷尾、嘴里一直唱着新歌中歌词的样子。有一次我喘着粗气让他离我远点。他说,我可真受伤啊。接着又说,你跑步的样子还是那么好玩儿。沙兰、C.J.和他们的朋友们在车上对我品头论足的时候,罗纳德制止了他们。他给他们其中一位递了根雪茄。

"给我闭嘴,"他呵斥道,"那是我媳妇儿。别对我媳妇儿说三道四。"

"是吗?"有人笑了。

"我说真的,"他强调说。

车上的人都笑了,把车停在两旁布满杜鹃花丛的行车道上,花丛差不多有一人高,他们抽着烟度过午后的时光。

自从那天在公园里见到罗纳德,我觉得自己挺了解他的。我觉得要是我的年纪再小一些,我们一同读高中,罗纳德是我会爱上的那一类男生:风趣、自信、帅气,还带着点傲慢。但是罗纳德身上还有太多我不了解的地方,他的生活,他有多么地开心或多么地不开心。那时他十九岁。我见到他的时候,他和自己的母亲住在一起。两个人发生了争执,于是他搬出去和他姐住。没过几个月,他和他姐又吵了起来,于是他搬走了。在秋天的某段时间里,他曾无家可归，偷偷地住在一间废弃的房子里，直到这种情况被他二十岁出头的表姐塞利娜发现了。塞利娜找到他后，对他说："我不能让我的家人流落街头。"于是罗纳德搬去和她同住。

罗纳德吸食可卡因，还到处骗钱，因此与家人起了冲突。家里人疼爱他，希望他去工作，戒掉毒品，可他做不到。他也知道这一点，所以他告诉塞利娜他想去戒毒所；他深爱自己的母亲和两个姐妹，与家人分开让他感到很难过。他觉得他无法让自己生命里的任何一个女人包括他女友开心。年轻的他所富有的魅力如同他成年后身上的扁桃体或阑尾，没什么价值。在他小时候，他知道如何在世上好好地活着；可长成黑人男青年之后，他却没了头绪。作为美国南部一名年轻的黑人男子，他所面临的严酷现实、遭遇的地方性普遍失业和贫困境遇，以及使用毒品自我治疗时放松的感觉，让他变得不知所措。

罗纳德搬去和塞利娜同住之后，塞利娜去探望了罗纳德的母亲，告诉她罗纳德很安全，让他母亲放心。塞利娜希望让罗纳德的母亲知道罗纳德正在帮她家里做事，她儿子差不多把罗纳德当成了自己的父亲，在塞利娜上班期间，罗纳德每天下午都帮她照顾她儿子。塞利娜希望让罗纳德的母亲知道自己的儿子已经重新做人。罗纳德的母亲则对罗纳德染上毒瘾表示沮丧，并对他不抱任何希望。罗纳德将母亲的表现视作对自己的放弃。

罗纳德和塞利娜一同躺在塞利娜卧室的床上，凝望着天花板，还有他看不到的天空。这时，罗纳德对塞利娜说："这好像我被我妈赶到了大街上。"

"不是这样的，表弟。"塞利娜劝慰他说。

"但给人的感觉就是这样。"罗纳德说。

"他们只是希望你做得更好。"

罗纳德闭上双眼，把眼睛里的某个东西压住。

"他们希望你找到一个真正的活儿。一份合法的工作。"

★　★　★

一天晚上，罗纳德和塞利娜开车兜风，他们穿过帕斯克里斯琴，然后把车停在一片宽阔的橡树林下，橡树枝向外伸展、亭亭如盖，将城市公园与高速公路的景观大道隔开，高速公路的另一边是海滩。父亲告诉我，他孩提时曾因自己的黑人身份而被赶出那个公园，甚至被公园的管理员称作黑鬼。当塞利娜和罗纳德坐在车里，谈起罗纳德的困扰时，美丽的大橡树和南部地平线上的海水掩盖了这些历史。

"我正坐在我姐的车里。我把车就停在这儿。"罗纳德说。

橡树忽略了海滩吹来的微风。

"我把枪放在座椅下。"

橡树上的西班牙苔藓绷得很紧,仿佛风中的一面旗帜。

"我把枪拿了出来。我准备开枪。"

苔藓缠绕住橡树的枝干。

"然后电话响了。是我姐打来的。"

"怎么啦?"塞利娜问。

"我遇到了麻烦。"

"什么麻烦?"

"我女朋友。"

"什么意思?"

"她做了见不得人的事。"他觉得他女朋友对他不忠,并且隐瞒了自己的行为。他将人生所有的挫败和黑暗都转移到两人的关系上,直至他们的爱无法挽回。

"天涯何处无芳草。"塞利娜劝他说。

"可是我爱她,"罗纳德低低地说,"真的很爱。"

★ ★ ★

就在罗纳德去世的前一天晚上,他和住在长滩的另一位表亲见了个面。两人一直坐在车上,边抽烟边说话,车停在一栋公寓大楼的停车场里。

"表姐,我要去当兵了。"

"哦,是吗?"

"已经和征兵的人聊过了。我已经做好当兵的准备了。"他说。

这位表姐说他看上去挺乐观的，参军入伍的发展前景给了他希望，或许看上去是这样。他在为自己找出路。但是塞利娜记得不是这样。罗纳德去世的前一天，她儿子过生日，她给儿子办了个生日派对，布置后的家中到处都是气球、派对帽和彩带，男宝穿了一身蓝色的衣服。罗纳德隔一个小时给她打一次电话，说："姐，我来了。"说："姐，我不会忘记的。"说："姐，我在路上了。"

但是时间过去了，派对结束了，她接到罗纳德的一个朋友打来的电话，说："我看到罗纳德在壳牌加油站，他不太对劲。"她出去找他，开到加油站外时，她瞥见了他，他的脸在荧光灯下有些异样。当她把车开过去找他时，他又不见了。

我对罗纳德的困扰一无所知。不清楚当他说起去戒毒所或当兵时，具体是在逃避什么，又是在赶超什么，不清楚当他服用可卡因时会不会觉得所向无敌、相信未来。也不知道令他虚弱的黑暗事物、追赶他的莫名之物长什么样子，让他消沉的东西是如何吞噬他的。对我来说，那些东西就是林子里的那个地窖，一个活生生的、宽敞而深邃的坟墓。我知道那种感受。我知道绝望的滋味儿。我知道当他低头望着他古铜色的手，看着镜子里他乌黑的眼睛、雀斑和匀称的嘴巴，他在想，要是他死了就好了，因为接下来，所有的一切，一点一滴，都会结束。他接连不断地与女友发生冲突，毒品照亮了他内心的黑暗，贫困的生活让他每况愈下，而作为南部单亲母亲家庭中成长的黑人男性，他面临的情况更为糟糕——被警察拦下搜查，上高中时没有人真正在意他能否高中毕业上大学，当飞行员、行医以及其他任何他想做的工作只是虚无缥缈的梦想，他明白"上帝的小家伙们"日间夏令营给他的只是空头承诺，他身处别无选择的世界和"天国"——所有的这些都会结束。而这就是罗纳德觉得自己想要的。

多年以后，我查找了有关精神健康和黑人的情况，希望了解一些有关罗纳德、我自己还有我所在社区的事情。种族主义、贫困和暴力都是导致黑人男子抑郁的元凶，我猜对黑人女性而言也是一样。7%的黑人男性一生中出现过抑郁。专家认为，由于筛查和治疗的缺乏，实际情况很可能被低估了。黑人出现精神问题时无法获得治疗。黑人男性和女性接受精神疾病治疗的比例仅是非西裔白人的一半。由于无法得到治疗，黑人遭受了巨大的损失。因为一旦黑人男子精神出现问题又没有得到治疗，他们就愈发容易被关进大牢，流离失所，滥用药物，杀人甚至自杀。毫无疑问，所有这些不仅影响身受其害的黑人男子，还殃及他们的家庭，并破坏了维系整个社区的纽带。根据"黑人男性的心灵：美国非裔男子谈精神健康"一文，黑人男性的自杀死亡率是黑人女性的两倍之多。在十五到十七岁自杀致死的黑人男性中，72%的人用枪来结束自己的生命。[1]

这些数据像惊叹号一般加深了我的感受。我看到这些统计数字，想着罗纳德身上发生的事，觉得罗纳德的直觉会告诉他，为何多年来我悲痛不已，同抑郁作斗争，通过读书和创作来了解这一切。最终，我了解到他的欲望，他的内心想保持沉默，继而让世界噤声。罗纳德看到自己一无是处，这种情况已不是一天两天的事儿了，它出现在我们所有的家族和社区里，也存在于南部所有的机构中和导致这种情况发生的国家里。他知道，这种情况同我们所有人相伴而行，所以他厌倦了前行。

罗纳德住在他姐姐家，那是位于长滩的公寓大楼里的一间公寓。那天，他一个人在公寓里。我能想象得出，他进了卧室，关上门。他女朋友终于接了电话，两人吵了起来。

"你为什么要这么做？我爱你。告诉我你也爱我。"

"不行。"

"那我不想活了。"

---

[1] 见www.communityvoices.org/uploads/souls_of_Black_Men_00108_00037.pdf，2003年7月。（原注。本书中有的链接已失效，但可在Internet Archive等存档找到相关文章。）

"你别干傻事。"

"我就要干。"

"别闹了。"

"我就要闹。"

"随你的便,罗纳德。"

在我的想象中,公寓的墙是白色的,房间的双人床上铺着黑色的床单,地板上除了地毯空无一物。他肯定是想好了,计划好了。先借了或换来了或买了把枪和几颗子弹,然后在某个时间单独留在家里。他肯定是感到肩上有种一无是处的感觉,重重地压了下来,迫使他采取行动。他肯定已经忘记了,站在密西西比的烈日下,被晒得金灿灿的感觉,那种被人仰慕、充满活力、魅力四射的感觉。他肯定觉得这是他唯一可做的事情。罗纳德挂了电话,往头部开了一枪,结束了自己的生命。

沙兰给正在纽约城工作的我打了个电话,说了这件事。我盯着自己办公隔间的灰色墙壁、脚下的灰色地毯、窗外的灰色建筑、摩天大楼所遮蔽的纽约的灰色天空,默念着,别再死人了。我讨厌电话。我和沙兰结束通话后,望着自己的双手,怯生生地踢了踢我老板办公室的门框,走进她的办公室。

"进来吧。"她说。

该怎么对她说?我在想。我的朋友,我曾看着他身上粘着泥,在阳光下快乐地舞动,就是这样一个男孩自杀了。这让我怎么说得出口?我觉得告诉她的时候,还是应该称他为我的堂弟。我努力地不让自己哭出来,但还是哭了起来,于是她善解人意地皱起了眉。

"那一天你应该回去一趟。"她说。我用手擦了擦脸,在大庭广众之下掉眼泪让我有点不好意思了,于是走出她的办公室,把我的电脑关上,提前下班。中午的时候,我坐地铁回家。地铁车厢里空荡荡的,我呆呆地看着遇到的人。我穿过大街上的人群,心里在想,我从没来过人这么多的地方,也从未觉这般寒意袭人,我恨每一个行走和呼吸的人,他们都好好地活着,可罗纳德和我弟弟却离开了人世。我泪如泉涌。

几天后,我回家过圣诞节,他们正在为罗纳德入葬。我苦苦追问,这是怎么了?那个周末我去了新奥尔良。沙兰、内里沙以及我们一众人等挤进了一辆车,在河边停好车。我们走向波旁大街和人群。我们等在十字路口的时候,突然一声枪响,人潮如水流般涌了过来,仿佛一只大手在我们所有人中间扔下块石头。我握紧妹妹们的手,同惊慌失措的人群一起逃跑,部分是被人群所裹挟。新奥尔良的警察骑着马穿过大街。马匹高大,呈密西西红土的颜色,冲我们发起火来,腾跃着、踢打着,很吓人。又一声枪响,人群散开。我们的手握得太紧了,让人觉得发疼。我不解地看着满街跑的我们。在躲什么呢？我想。躲什么呢？我们没有回家，人群也没有散去。我们绕着那个街区转，奋力推开一条路，回到一些营业的酒吧里。那天晚上我一直在喝酒，喝得比往常要多，直到我想不起第二天要做什么，直到我失去知觉，像我在纽约看见的那些无家可归的人们一样在小巷中撒尿。

罗纳德去世多年后，我得知他女友确实爱着他，尽管他自尽那晚，她对他太失望了，才会口不择言。她是个浅肤色的女孩，有着曲线美，长着棕金色的头发和浅色的眼睛。她被人收养，生活在迪莱尔位于州际公路北面的地方。在罗纳德自杀的前几个礼拜，两人狠狠地吵了一架，她觉得自己受到了威胁；在他自杀的时候，她正试图远离他。她尽量不接他打来的电话，当她拿起电话对他说话时，两人的交谈非常不愉快。

"他给我打了电话。"她回忆道。我和沙兰坐在她的车上，车停在我们母亲家的停车道上。这是辆绿色的车，车身很宽，所以我们几个一同坐在前排座位上，情绪都很激动。沙兰点点头，我瞅着电子钟上霓虹蓝的数字，显示是凌晨三点。

"他对我说他爱我。"

数字放出耀眼的光芒，边缘处看上去有些模糊。

"他在挂电话前说了这些，他说：'我爱你。'"

时间出现了变化。

"可我没有对他说这些。我没有。我当时气疯了。"

我用胳膊碰着沙兰的胳膊，这样做我才可以感觉到她在我身旁。

"但我真的爱他。"

沙兰嚼着口香糖，低头望着我们的胳膊。

"真的爱。"

那晚晚些时候，罗纳德的女友走后，我和沙兰进屋避开日出，然后沙兰对我说起她和罗纳德的女友之间的对话。沙兰说，罗纳德的女友第一次说起罗纳德去世前发生的事，以及两人之间的最后一次交谈时，女孩大哭了起来。说到最后，女孩抽泣着，颤抖着说，可我真的爱他，沙兰。她说。我真的爱他。我是真的真的真的真的爱。她重复地说着，仿佛沙兰并不相信，仿佛她得让沙兰相信。事实上，没有人比沙兰更理解因爱人的死所产生的悔恨，这种悔恨就是：你辜负了他。

我们都认为自己可以做点什么来挽救他们的生命，把他们从死亡的深渊里拉回来，对他们说：我爱你。你是我的爱人。当我们说不出动人的话，当我们看不到舞台、灯光、观众以及在我们身后被固定并由无数人操纵的无尽的绳索时，我们梦想着自己可以说出来。罗纳德明白这些，而这一切将他埋葬。

我们在学会

1991—1995

我在祈祷。晚上，每当我们周围的房子里传来咔嚓、滴答的声音时，我便祈祷着全家搬回迪莱尔。我不想在出门时担惊受怕，不想因潜伏的托马斯而害怕，害怕他看见我的内心、朝我叫唤，也惧怕林子里的那个坑。母亲听到了我的祈祷。我们住的这个地方乌烟瘴气，里面的房子每年都似乎更小、更破，墙角处岩块剥落，四周杂草丛生，在这儿住了几年之后，我们离开了格尔夫波特。母亲清理出她在迪莱尔的一小块地，在上面放了个一边较宽的活动房屋。母亲的地位于山顶，三面为松树和茂密的灌木丛所环绕。我们走出前门的时候，只能看到一户邻居。母亲将活动房屋在地上纵向排列，这样，房屋的左边便位于山顶之上，接触地面，而右边则高出地面，必须用水泥砖块支撑，剩下的空隙很大，需要放把椅子在水泥柱的下面和中间。夜幕降临，瘦瘦的棕色小兔子们来到东一块、西一块的草地上吃草，凸显出周围环境对我们家院子的影响。到了晚上，蝙蝠在我们头顶树木的狭窄缝隙间飞来飞去，吃掉聚集在那里的蚊子，这些蚊子滋生在隐蔽的浅水塘中。这个水塘冬季时干涸，藏在我们家西边的松树林里。我们回家了，又回到了原来的社区。

我们搬去迪莱尔的同时，父亲搬到了新奥尔良。他觉得那儿会有更多的工作机会，他希望和自己的兄弟们住得更近。他在格尔夫波特与我们分别之后，就和他的小情人生活在一起，然后又从她家搬了出来，住了一间又一间又小又黑的公寓。海滩沿岸有不少这样的公寓，有时他和别人合住，有时一个人住。他不再支付孩子的赡养费，频繁地从一个工作换到另一个工作，政府没给他涨工资。在新奥尔良，他曾住在一间闹鬼的黄色小房子里，房子的窗户上装了铁栅栏，到了晚上，风穿过屋后的工业场地，传来阵阵回声，仿佛铁栅栏在开口说话。之后，他搬到一个小型的两层公寓楼里，那里的一室户和两室户加起来只有六间公寓，房租更便宜。公寓是用灰色的木头和红色的砖块建造而成，父亲的大哥德怀特住在一楼。我上高中的时候，会在周末和暑假的时候过来玩。

在我六年的小学生涯中，我是这所圣公会私立小学中唯一的黑人女孩。到了差不多类型的高中后，上学的第一天，我就发现同样的情况也在高中出现了。但我那时还不知道接下来的五年中，我一直是校园中唯一的黑人女孩：直到我高三的时候，才有另一个黑人女孩来学校上课，但我们之间一句话都没说过。我上七年级的时候，学校里还有个黑人孩子在读高三，有时他会点头和我打个招呼，但大多数时候他都对我视而不见。他和学校里的男孩子们相处得很好，经常和他们在走廊上溜达，看起来他们像是一类人：穿着开领短袖衬衫，卡其短裤，一脚蹬帆船鞋。我听到传言，说他们偷偷地让他进了当地的游艇俱乐部，和他们一起航行。由于他有一半黑人的血统，因此，他并未被正式接纳为俱乐部的一员。对游艇俱乐部而言，他就是黑人。现在，我明白了阶层也让我与两名黑人同学中的任何一位建立关系变得颇为复杂：两位黑人同学都来自双亲健全、稳固的中上层或中产阶级家庭。他们住在高档小区，里面有游泳池、健身房和高尔夫俱乐部，需向业主委员会缴纳年费，这样的文化氛围与我所在的小区大相径庭，我们小区贫困不堪，房屋破损，接受政府救助。我们之间没什么可聊的。之后，在我九年级到高中毕业期间，大多数进这所学校读书的黑人男孩都是篮球特招生。他们的背景都与我的背景相似，我们之间的相处也更为容易。课间，只要有机会，我就在走廊上和他们说笑。那几年，这些友情的瞬间给了我片刻的喘息和对社群的一些幻想。但幻想终归是幻想：由于我对团体运动不感兴趣，热衷于读书，我仍只是个局外人。我有一些朋友，这些朋友有不同的爱好，和我一样，他们都是团体运动的局外人：这些孩子有的是艺术家，有的是作家，有的喜欢陶艺，有的喜欢朋克音乐，还有的喜欢看戏，不过他们和我肤色不同。总体而言，学校里的黑人学生从来都不会超过八个。我上学的时候，除了我，只有三名有色人种学生：先来了一位印第安人女孩，接着又来了两名西裔学生，三人都家境殷实。高中的人数最多时不超过一百八十人，最少时不少于一百人。

大多数上学的学生都来自中上阶层的家庭。虽然校园里多是有钱的学生，但教学楼里却不是这种情况。我在六年级时以奖学金获得者身份进了圣公会私立小学，这个小学位于一栋红砖教学楼，里面是通风的开放式教室，类似我上过的公立学校。1969年之前，校董会购买了帕斯克里斯琴海滩上的一幢大厦，将学校设在这里，但是卡米尔飓风袭击了此处，将大楼一扫而空。于是校董会在帕斯克里斯琴北部较远的地方建了一个大型的仓库，用薄墙和隔板将其隔成多间教室，在走廊上安装了储物柜，最后在学校后面建了另一个更高的仓库，外面喷上黄色的隔热层，如同干结的鼻涕。走进这栋外观上是工业建筑的大楼，看到这里所有的学生都带着财富和健康的标记：矫正的牙套，浓密亮泽的头发，晒成棕褐色的皮肤，有领衬衫，这些都令人感到不安。有些学生太有钱了，心血来潮，想开雷克萨斯和宝马的赛车，然后就开上了这样的豪车。他们中有些人睡在种植园时期造的床上，晚上要用小梯子爬上床睡觉。没有人住在活动房屋里。我在校期间，我母亲都在为他们的家庭做清洁工作。有时，她做好保洁工作后，会用大垃圾袋把他们的旧衣物带回家。乔舒亚、内里沙和沙兰拒绝用他们不要的东西。我细细地看了一下，挑了些大小合适、在我看来还挺时髦的衣物，心中祈祷着当我穿去学校时，衣服原来的主人不会看出我穿着他们的衣服。我组装了一个混杂的衣橱，里面的衣服都是从我校友那里搜集来的，希望穿上这些衣服的时候，可以将自己伪装成他们中的一员。我还加入了他们的青年宗教团体，善于使用组织严密的传统宗教的语言，只希望尽量不要被视为她者。但是对某些学生而言，我仍然无法回避与他们的差异。

我进入七年级后，过了几个月，某一日，我走进体育馆，我的几个同学正一起坐在看台上，于是我坐到她们上面一排。这些同学中共有四个女孩，她们把膝盖靠在一起、坐在那里，都穿着卡其短裤和淡雅的宽松衬衫。我注视着球场里玩躲避球的几个孩子，他们投着球，想要打到对方。芭芭拉懒散地用手指绕着她的金色秀发：发根处是黑色的。她转过身来看着我。

"不如你给我的头发编些黑鬼辫子吧？"

"不好意思,"我说,"你刚说什么?"

"黑鬼辫子。干吗不给我编点黑鬼辫子?"

我没听错。芭芭拉像个吃饱了的动物,心满意足地笑了,转回脸去观看场上的比赛。体育馆里热得让人无法忍受。我站起身来,下了看台,真希望我没来。我不敢相信她竟说出这样的话,如此漫不经心地说着这么侮辱人的话,接下来还为自己的言行扬扬得意。随心所欲的种族主义在我的学校非常盛行,然而时常遭遇种族主义并没有令其更易被理解。对我来说,这实在让人费解。我不知该作何反应。如果是在公立学校,那里会有很多的黑人孩子,我总是可以指望有人来帮我打架,喊出白鬼,把挑衅的一方揍得屁滚尿流。几年之后,我弟弟和他的同伴会偷偷地带上小刀和指节铜环去学校,同穿着叛军旗帜T恤的白人小孩打架,这些孩子挑起种族冲突,骂出黑鬼这样的话,犹如扔出一块大石头。但是在这所沿海的圣公会私立学校,我却势单力孤。我在格尔夫波特以及公立学校里遭受的折磨仍在继续,除此之外,我的棕色皮肤成为我身体上显著的"她者"标志。我不必想象着别人会看到我内心的脆弱感,将这作为她者的体现,为这个跟我过不去,从而证明自己的不幸;在这里,我的肤色足以让我的一些校友将之视作低人一等和弱势无能的标志。

这一年的晚些时候,课间,我在走廊上形单影只地逗留了片刻。这时,一群白人男孩,都是高年级的学生,在我对面的休息室里站着闲逛。他们穿着校服，下身是卡其布裤子，上身套着马球衬衫，比我至少高了一英尺。我从他们身旁经过时，他们中某个人肯定说了什么笑话，他们都哈哈大笑。我停下脚步，看着他们。我的小腿很细，腿肚子上没肉，锁骨像把撬棍，严肃忧郁的脸上有张不想笑的嘴巴，嘴部下弯，前排牙齿突出，这些都让我以另一种方式显得与众不同。我母亲买不起牙套，我就没得戴。

"你们刚才说什么呢？"我问他们。他们哧哧地笑。

"你不是听到了吗？"其中一个人回答。他叫菲利普，我母亲每月给他家打扫一次卫生。他的家人总是用最大的垃圾袋装好衣服送给我们。

"我没听到。"

"对你这种人会开什么玩笑，你懂的。"另外一个人笑着说。

"我不懂。"

他们又笑了起来，彼此的胳膊肘推来推去，然后我明白了。不论这个笑话具体说的是什么，应该都和黑人有关，他的双手被绑，脖子那里系着令人窒息的绳索，白人聚会欢庆。私刑。他们在拿私刑开玩笑。

"别跟我扯这个。"我气愤地说。说完我才意识到我单枪匹马，而他们人多势众，没人帮我一起打架。

于是菲利普和他的伙伴们改变架势。他们动了下身体，收起了笑容。一个人叉起胳膊，另一个人也叉起了胳膊，他们的样子仿佛他们可以一起行动。

虽然我感觉自己的心脏都要从胸口跳出来了，但我没有跑。虽然身上流汗，脸上发烫，但我还是站在那儿。

"你们敢！"我勇敢地说。

他们发现我没有动。他们盯着我的眼睛看，也许想让我哭起来。可是我没有哭。僵持阶段过去了。他们耸耸肩，从我身边走开，走去那头的高年级储物柜了。我目送着他们离开，直到他们消失在我的视线中。这时，我看到我的同班同学在学生休息室里，顺着桌子把饮料滑向其他人，吃着比萨，边嚼口香糖边交谈。那一刻，我有种胜利的感觉，很自豪我能为保护自己而战。但是当我注视着我的校友们，望着他们闪亮的面庞、洁白的牙齿和灿烂的笑容，想到我们之间隔着一扇玻璃，我又觉得没什么好自豪的。我还是那个我。我还是孤零零的。

每到周末，母亲便开着她那辆咯咯作响的丰田卡罗拉小车，带着我们去新奥尔良探望父亲。沙兰总是坐在副驾驶座，而我们中剩下的几个人都坐在后排。有时我们跟着电台音乐唱歌，但母亲不让我们唱，而让我们静静地听电台音乐。她脾气不好，我猜其中的原因是她开着车，而她的孩子们在唱歌，她的脑海里只有父亲，并且觉得自己一点都不想在这种情况下当妈。那个阶段,乔舒亚比我高了至少两英寸[1],身子也变得更宽了。内里沙散发着早熟的美。沙兰还是个小孩子,瘦骨嶙峋,古怪精灵。我和乔希坐在后座,用胳膊肘打来打去,我俩身体前倾,将对方的胳膊撞到座位上,好争夺空间。基本上都是我输,因为他比我长得大、长得壮;那个时候,我开始意识到在我们成长过程中我在他面前占的上风逐渐消退。车后备厢更为拥挤,到处都是装满杂物的纸袋;就是我们不和母亲待在一起的时候,她也会负责我们的口粮。她知道父亲的冰箱里只有调料。她打包了易于烹饪的食物带上,一些她觉得我们可以做的食物:"顶级拉面"牌方便面[2]、吞拿鱼、鸡蛋、几盒吞拿鱼调料、三明治面包、花生酱、果酱、麦片,还有几桶牛奶。夏季时分,我们偶尔会在父亲这里住上一个礼拜。这段时间里,我们会吃光母亲带来的这些东西,最后早餐和午餐时只能干吃盒子里的麦片,晚餐时得自己做点东西。

"我饿了。"内里沙说。

"你饿吗?"我问沙兰。

沙兰点点头。父亲在客厅里的一面墙上装了块大镜子,沙兰在镜子前面动来动去。她正在打扮自己。父亲和往常一样不在家。他也不在隔壁他第四个孩子的妈妈家中。我

---

[1] 约5厘米。
[2] 一种价格便宜的方便面。

们不清楚他的去向。他经常做这样的事，人不见了，把我们留在屋子里。我挺担心他的，但是也知道晚上晚些时候，他还是会回来的。我已经习惯了在母亲外出或上班的时候照顾家里人，我也将此视为自己的职责。当然，我不能让大家饿肚子。

乔舒亚拿出一口平底锅。以前我们没有一起做过饭，但是我需要别人的帮忙。我不知道该如何处理我们这个礼拜剩下的食物。我先打开一罐吞拿鱼，倒了出来。

"往里面放点什么好呢？"我问乔舒亚。

"奶酪。"他说。

我从母亲给我们打包的红豆米饭里倒出吃剩的米饭，乔舒亚加了些豌豆。最后我又加了点奶酪。这些东西拌在一起，泛起了泡沫。

"管它叫什么呢？"乔希问我。

"看起来像吐出来的东西。"内里沙说。

乔希尝了一勺，又加了点盐。

"味道不错。"他说。

"反刍美味，"我说，"就叫它反刍美味。我们都是大厨！"

我们吃了大部分的反刍美味。父亲回家时，只剩了一点点。我们给他留了不少在锅里，但他只尝了一小口。之后，他用客厅的音响放起了音乐，我们所有人都在镜子前翩翩起舞。

第二天午后和晚间,父亲再次消失了。我的两个小妹妹在父亲的小宝宝的母亲家中,于是我们十六岁的堂兄马库斯打算带我和乔舒亚去看电影《作法自毙》。刚看了五分钟,引座员朝我们的座位弯下腰来。

"是乔舒亚和米米吗?"我们太小了,不能来这儿,我心里想。他们要赶我们出去。"你们的堂兄在洗手间晕过去了。我们觉得他喝醉了。"

我们跟着引座员来到洗手间,发现马库斯趴在瓷砖上。我们一起坐公交车来加勒雷亚看电影之前,他在喝酒,没想到他喝了那么多。我惊慌失措。父亲家没有固定电话,我不知道父亲兄弟家电话,也不知道他小宝宝的母亲家电话。我们被困在那里了。

"怎么办?"我焦急地说。

"别急。"乔希镇定地说。

他走到过道里的付费电话处,翻起那里的电话簿。

"也许这里有德怀特伯伯的电话号码。"他说。我怎么就没想到?竟然那么慌张,而比我小三岁的弟弟却是如此冷静、务实,我觉得自己真傻。大约半小时后,父亲坐着一辆旧凯迪拉克车赶来加勒雷亚电影院,这是辆大车,里面是白色的真皮座位。爸爸把马库斯拖出了影院,扔在后座上,我们跟在他后面。我问爸爸我们坐的是谁的车。

"一个朋友的,"他回答。我猜这车是从他一个女友那儿借来的。

"乔希想了这个办法,打电话给德怀特伯伯。我都不知道该怎么办了。"我回忆道。

乔舒亚挺失望的。我们喜欢的电影由恐怖片变为阿诺德·施瓦辛格的动作电影和埃迪·墨菲的喜剧电影。这趟去看《作法自毙》是我们俩首次在影院观看埃迪·墨菲的电影,他真的很想看。虽然那晚我没有晕倒在洗手间的一摊呕吐物里,但我意识到自己在某些方面不如弟弟。他的行动显示出他头脑清醒、稳定可靠,而我却做不到。

"聪明!"父亲赞叹道,"这是常识呀。米米,你怎么了?"

我没有回答。第一次有人告诉我,我缺乏常识。对我来说,这样的话让我觉得怪怪的,因为我一直被人夸奖聪明过人。父亲很可能只是开了个玩笑,但我却没有将他的话当作玩笑;相反,我把这列入长长的原因清单中,帮助我理解为何他离开我们,为何在母亲带我们来探望他的时候他还继续离我们而去。

一天,比我大两岁的男孩托夫尔走进教室,当时我和同学们正在参加历史考试。老师离开教室复印东西去了。托夫尔来到教室时,她已经走了十分钟。托尔夫对大家笑了笑:看到我的时候,他收回笑容,脸拉得很长。然后他笑着坐到我的桌子上。我抬起头来，他开始说侮辱黑人的笑话。

"是怎么称一个黑鬼太……了？"他挑衅地问。他个子比我高，留了个脏兮兮的金发小平头，尖嘴猴腮。他自问自答。

"要用多少黑鬼去……"他说。他低头看着我的脑袋，我低头看着桌子。他自问自答。

"当……的时候，一个黑鬼会对另一个黑鬼说什么？"他说。我告诉自己：别哭。这混蛋想看你哭，想激你发怒。考你的试。做你的题。

"一个黑鬼，一个东方佬，一个波兰佬走进一个酒吧……"他继续说。说完后，他身子后仰，对着荧光灯照明的天花板大笑。我全身发热，在出汗。我写下一个句子里的一两个字，稳稳地握住试卷上方的铅笔，仿佛我要写下某些重要的内容，一个能拿A的答案。托夫尔失去耐心了。

"说话呀，米米。"他咄咄逼人地说，"我知道你知道一些有趣的侮辱白人的笑话。给我们也讲讲吧？"我瞪着他，心想，此时冲向他，锁住他的喉咙，把我的拇指伸进他食道外围的皮肤和肌肉里，将他推倒在地，看着他脸色发紫，该是多么大快人心。他只要堂而皇之地走进教室，只要是个金发的白人，就能这么嚣张地对待世人，仿佛这个世界是为他而建，他可以在世上为所欲为。刚刚他就是用这种方式逼得我说不出话来，现在我就要以我的方式来让他闭嘴。

"托夫尔。"我的历史老师回到教室,她金发飘飘,脸蛋装扮得像个鸟巢。"滚出我的课堂。"她对他的话,就是他说的那些笑话,未置可否。她根本就没听到。我望着我的同学们,他们正看着自己的考卷。一言不发。

他们中有几个是我的朋友,但是我在教室里的时候,他们从未站出来为我、为黑人说话。他们私下和我交谈的时候告诉我,我不在教室的时候,他们也没这么做过。也许他们和我一样震惊,一样无所适从。我不得而知。我有个同学叫索菲娅,她长着圆圆的脸蛋和棕色的直发。一天,她在我们课间休息的时候,非要在学生休息室里找我说话。

"我听说……"她卖关子说。

"什么?"

"哦,我们都在戴小姐的班级里坐着,戴小姐不在,我们便聊起那方面的事了。说到黑人,莫莉说她永远都不可能和黑人接吻,连想都不敢想,因为他们的嘴唇太厚了。接着,温迪给我们说了件事儿。一些黑人开到她家行车道上转弯,她父亲大吼着让他们滚开。她说她父亲称他们为'史酷比狗'。史酷比狗,她说。"那时,温迪是学校里为数不多的几个少数族裔女生中的一个:她们家是华裔美国人。当时,这让我无比震惊;我不曾料想到这会出自一个有色人的口中。多年以后,上大学的时候,我读到一篇托尼·莫里森写的文章,认为这对美国初来乍到的移民来说不足为奇:从一开始就将自身置于黑人的对立面,这样这个族裔的成员就不会被视作黑人的同类——底层的最底层,但是会成为那些鄙视我们的人的同盟。

"就像'史酷比·杜'?"我说,"狗一样的东西?"

"嗯。"她说。

"你说什么?"

"什么都没说。"索菲娅说。

干吗跟我说这个?我想问她,但没问出口,因为我觉得她的脸已经清楚地告诉我她对我说这些的原因。她看上去有些过意不去,双眉紧锁,嘴角下垂。我第一次体会到,我的一些校友会因同流合污而感到愧疚,会因闭上嘴巴附和而感到不快,会为我称他们为我的朋友、他们却没有站出来为我说话而感到不安。

"好吧,谢啦。"我有气无力地说。我坐在深绿色板凳上动来动去,低头看着自己放在桌上的手。不知道该如何回应索菲娅。我甚至从未想过要和温迪对峙。

多年以后,我明白了,索菲娅告诉我这件事的时候,她想要的是宽恕。但是当时我并不明白,为何她说完之后,上身前倾,期待地朝桌子这里靠过来。那时,她的那些话对我而言没有什么意义。我认定,尽管我们之间存在友谊,但是我的许多白人校友都带有种族歧视:我觉得,他们中的一些人只顾自己开心,在我面前口不择言。我其实应该和我的一些老师说出自己的感受,但是当时我不想这么做。我长大之后,把自己的经历告诉了我的一个理科老师,她对我说:"真希望你早点告诉我。"但是当年我说不出口。听出的弦外之音让我觉得非常沮丧,沮丧到自己都无语了,其中的潜台词都是一样的:你是黑人。你不如白人。那么,这就明摆着:你低人一等。

有时我想离开那所学校。但是要让我对自己的母亲说,我想放弃这个她做牛做马为我争取到的读书机会,我又怎么开得了口?在我两位朋友的鼓励之下,我提过一次。他们即将离开我所在的私立学校去加利福尼亚的寄宿学校上学。他们对我说,拿奖学金不难。他们甚至邀请我去他们的学校看看,虽然我知道种族主义无处不在,他们的寄宿学校黑人寥寥,这些都让我挺害怕的,但我还是想申请去那里读书,这样可以离开密西西比,逃离我在家庭、社区和学校中所遭遇的那种认为我一文不值的评价。在我的心中,那种被贬低的感觉犹如密西西比常年的湿热始终存在。"你不能走,"母亲对我说,"你得帮我照顾你的弟弟妹妹们。"她说这些的时候,我感到南方的生活重负朝我身上压了下来。就在那一刻,我下决心要离开这里,去上大学,但是要以一种尊重我母亲为我做出的牺牲的方式来实现。于是,我更加努力地学习,读了更多的书。当时我哪里知道这将决定我的人生:拼命地想离开南方,不断地努力,又不断地被让人窒息的浓厚爱意唤回家来。

★ ★ ★

那个学年结束的时候，整整两个月的暑假，乔舒亚都和父亲一起住在父亲的公寓里。乔舒亚那时十三岁，长得比母亲还高，不再会被母亲镇住我和妹妹们的老办法所吓退。在母亲身边，他自信满满，心直口快，风趣幽默。他会和她说起他喜欢的女孩或欣赏的朋友，这样的话我和妹妹们没有一个敢说。他是男孩，就因为这个，母亲偏爱他。但是母亲也深知南方的黑人男性身处险境，她觉得父亲可以教他一些本领，有关生存的重要本领，一些她认为自己教不了的本领。虽然她原本可以教他什么才是强大，什么才是努力工作，什么才是无条件的爱，什么才是为他人牺牲，什么才是容忍，她还是把他送去父亲那里了。

我很想念乔舒亚。当母亲驾车带着我们几个女孩去父亲家，当我见到乔希时，我才意识到自己是多么的想他。他的头发，有着和我一样的发质，他把头发剃短，正坐在客厅里他睡觉用的沙发上，穿着T恤和平角裤。内里沙和沙兰跑进父亲的房间，争着要看电视上的某个节目。

"我讨厌该死的盒式磁带录像机。"乔希抱怨道。客厅的角落里放着一台盒式磁带录像机，上面积着一层薄薄的灰，他站在旁边耸了耸肩。

"怎么啦？"

"这里面有蟑螂。"

"住在这里面？"

"是的。"

"小蟑螂？"

"不。是大蟑螂。"

"哦，那你怎么知道它们住在里头呢？"

"每天晚上，我躺在这里，想去睡觉，都听到它们在附近爬来爬去。接着，它们跑出来在房间里乱飞。"

"什么？蟑螂在飞？"我惊呼。我读过的书和学过的知识都没提到过这个。

"嗯。它们在屋子里转圈飞，一圈又一圈。像队直升机，想来轰炸我。"

我笑了起来，却也大惊失色。蟑螂真的能飞吗？我心里一惊，不知道弟弟还会什么我不懂的东西，虽然他和父亲一起住在新奥尔良，但父亲只顾自己拈花惹草、社交玩乐，并不把他放在心上，所以他只能在很多方面像大人一样，自己照顾自己。弟弟在那儿一定挺孤独的，他已经习惯了和四个女人一起生活时那既杂乱又有限的生活空间。他见到我们肯定和我们见到他一样高兴。

"白天的时候它们躲在录像机里面。录像机已经坏了。"乔舒亚笑着说,"不知道爸爸为什么还留着它。"

我敢打包票,父亲看着录像机的时候,就像他对待大多数坏了的物件一样,觉得这东西能修好。他想起六七十年代,黑豹党给他和兄弟姐妹们往学校送午餐时的情景:记得当时奥克兰的情况非常糟糕,但还是在黑豹党的领导下团结起来。他听着"公敌"乐队[1]的歌,并且只听他们的歌,拥有他们全部的专辑。当我们穿过大堤走到另一边的街区,他同那里的每一个人交谈,有没拿猎枪、坐在门前台阶上的人,有坐在狭窄门廊上的人,还有走在大街中间的人。他相信社区的力量和有觉悟的政治思想的力量,这种思想激励人们同种族主义作斗争,并将战战兢兢的人们武装成具有主动性的人们。

不论父亲从工厂还是在安保公司找到什么样的工作,只要他手里有点零钱,就会带着我们穿过大堤,去那头的街头小店里,买下腌猪唇、薯条和冷饮来犒劳我们。一天,一个上了年纪、身着白衣的女人朝他走来,乌黑的皮肤与她的衣服形成巨大的反差,她的头发往后梳成个马尾辫。我差点没认出她是个女的:她骨瘦如柴,身体没有任何曲线,所以我无法将她与我家族中任何一位年长的女性联系起来。她

---

[1] "公敌"乐队是二十世纪八十年代美国最具影响力的黑人嘻哈乐队,以其充满政治色彩的歌词和揭露社会问题的批判态度而在黑人社区中受到广泛关注。

的前臂与大臂一样粗。她冲爸爸笑的时候,我发现她掉了些牙齿,剩下一些牙齿的牙龈线处发黑。像她这样的不在少数。我望望走在大街上的大部分人,发现有一半的街坊看起来仿佛都是饥肠辘辘的。我们从店里回家的路上,我向爸爸问起这个情况。太阳正徐徐落下,新奥尔良粉色的天空从高压电线中穿过,有的电线甚至缠绕在一起,嘉年华的游行队伍不敢来这里,害怕飞舞的嘉年华彩珠会碰到电线。

"为什么每一个人都瘦得不成样子了?"我问。

爸爸看着我。他总是以成人的口气跟我说话。

"因为他们吸毒,"他说,"上了瘾。"

乔希走在他的道上,用力嚼着猪唇。

"这里的人都是这样?"

"你看到瘦得不成样的人都是。"

我皱起了眉头。街区里的大部分人都在吸毒。看上去这些形销骨立的男男女女们每天都在四处颠簸、四处游荡;除此之外,街上还有一两个比我大几岁的帅气小男生,穿着贴身背心,戴着金首饰。他们无精打采地坐在金属围栏上,这里刚好在细长的橡树树荫里,不过他们还是在有阳光的地方被晒黑了,他们的身边围着一群行尸走肉;这时,孩子们或骑车或步行穿过人群,嬉戏着,欢笑着。

不知道父亲这样的处世态度是否会让他在新奥尔良的生活出现改观。他披露的吸毒者和贩毒者的事儿令我将街坊们看得更清，明白了为何狭窄的大街坑坑洼洼，街上没什么人，家里空荡荡的，只有年迈的老人和年幼的孩子留在家中，老人因吸毒而体弱多病，孩子要么懵懂无知，要么贩毒挣钱。空气中弥漫着沼泽的淤泥味，煮焦的咖啡味，未经处理的污水味。除此之外，我还闻到了其他的味道：拼命和绝望所带来的暴力气息。由于其便宜的价格和即刻而至的兴奋感，毒品在八十年代末和九十年代初吞噬了全美各个街区和社区中人们的灵魂。人们渴求逃离和释放，这助长了毒品的消费。穿过街区时，我怕得要命，要是父亲或兄弟姐妹不在身边的话，我绝不会一个人走过那里。可是乔舒亚却比我的胆子要大，或许是因为他必须成为一个胆大的人。他应该在我意识到这里很危险之前就知道这一点了，而且还知道他只能毫不畏惧、神气活现地走过去，否则他就不能像个男子汉那样走过大街。成为男子汉需要表现出力量和能力；对弟弟来说，则意味着必须无所畏惧。他必须展示出一种他并不一定已经感受到的力量，必须在他大摇大摆的神态中表现出一副并不属于他的冷酷。后一个周末，母亲准备把我们几个女孩子带回家时，父亲告诉我，弟弟这一周去了趟街角小店，两个孩子骑车从他身边经过，打了他的后脑勺。"因为他不是他们地盘的人。"爸爸说他们是这么警告弟弟的。

"那你怎么怼他们呢？"我问。

"我顶了上去，"父亲生气地说，"告诉他们，这么说是不对的。"这样的表达方式出自我黑带武术师的父亲之口,让我不禁大失所望,但我不知道这其实是他的武术训练教会他的。暴力才是最后的解决方式。父亲听的音乐也印证了这一点;还有其他解决冲突的方法。父亲在处理这种局面时,想尽力教会弟弟去避免那些困扰黑人社区的暴力。也许他认为自己可以养出一个与众不同的年轻人,这个年轻人面对泛滥的种族主义、社会经济的不平等、黑暗的历史以及由此滋生的自恨感情和破坏性行为时,表现得果断又坚决。或许他希望自己的儿子像个黑豹党人一样让社会发生巨变。那时,我还不明白这些,我只知道,我想找到那些打了乔舒亚的男孩,和他们打一架。我想以从未在学校中为自己挺身而出的方式来替弟弟讨个公道。他干吗非得是你们地盘上的人?我会这么对他们说。我见到乔希的时候,他告诉我,蟑螂仍在"四处巡逻",他很害怕这些家伙。他让我忍俊不禁。虽然我们生活在不同的家庭中,我们却和以往一样亲密。我希望他告诉我那些男孩、那辆自行车、那次毒打,希望他跑到我这里来,就像小弟弟躲到大姐姐这里那样。虽然我们几乎无话不说,他却从未提到这件事。他明白,我对此爱莫能助。

暑假的最后一个周末结束之际,我们回到了密西西比,开始新的学年。有时,要是母亲一天的活儿没有做完,她会在我放学的时候来接我，然后带着我一起回到她干活的地方，而乔希则在家照看内里沙和沙兰。母亲做帮佣的这户人家住在海边的一座老洋房里，房子刷成了深蓝色，旁边有一幢给客人住的双层小别墅，不久之前用作仆人的住处。那些日子里，我坐在厨房外面，和这家的太太以及比我小几岁的孩子们，一起看电视聊天。我望着自己的母亲打扫卫生；她在家中有种令人敬畏的气场，让我不能不看着她，这就意味着我没法留意太太的一言一行。为什么母亲如此安静？为什么她看上去如此温顺？我还没见过她这样。我的注意力被两个世界划开。

"你在学校学什么语言？"太太问我。她身材高挑，身体健康，金发碧眼，皮肤白皙，体格强健，喜欢交流。

"法语。"我边说边望着母亲轰走橱柜操作台面上的猫，在瓷砖上撒上杀菌消毒喷雾，再擦干净。

"法语可不好学。"

我点点头。母亲冲了下碗碟，然后装进洗碗机里。

"那些单词听上去很难，不知道从哪里结束，也不知道从哪里开始。"

我又点点头。搭在腿上的手不知放哪儿才好。我觉得自己应该在橱柜边待着，协助母亲处理那些碗碟。

"西班牙语更好学。"太太继续她的话题。

母亲弯下腰来，将洗涤粉倒入洗碗机。然后关上机器的门,站在旁边,她伸直身子的样子仿佛机器伤到了她。母亲又拿起扫帚来扫地。

"哦,我们家以前一直说法语,"我说,"克里奥尔法语。所以我才想学法语。"我的声音听起来怪怪的。母亲继续打扫厨房,费力地在橱柜四周做清洁工作。整个房子的楼上和楼下铺的全是木地板,母亲用她的双手清洁所有的地方。

"学语言的最好方式是旅行。将自己沉浸其中。"太太告诉我。这家的鹦鹉有他们家的猫那么大,被关在客厅一角的四英尺[1]高的鸟笼里,它嘎嘎直叫,摊开翅膀。鸟粪落在地板上。母亲耐心而又费力地绕着鸟笼继续清扫。鹦鹉再次大大地张开翅膀,昂首挺胸,它伸展身体的样子,好像要一飞冲天,不过还是留下来了。母亲用力推着扫帚,扫帚在鸟笼附近发出让鸟安静的嘘声。我点点头。

多年以后,我在大学里遇到了杜波依斯[2],学到了他提出的双重意识概念。读到这个术语的时候,我想到自己正坐在母亲的雇主家中,一边望着母亲打扫卫生,一边等着她打扫完毕后一起回家。我想起心里的那种滋味儿:看着母亲做事,看着她作为一个黑人清洁女工提心吊胆地在复杂的白人世界中做事,那一刻我深深地感受到自己的黑皮肤,紧咬的

---

[1] 约122厘米。
[2] 杜波依斯是美国著名的黑人社会学家、历史学家、作家和社会活动家,二十世纪上半叶重要的黑人民权运动领袖。

牙关,暴跳如雷的头发,双手恨不得要去帮母亲一把;我坐在一旁看着母亲劳作的时候,双腿发麻,我意识到太太如同一个和我智识相当的人,问我有关大学规划方面的问题,来吸引我的注意力;我所受的教育给我带来的特权使我最终跻身于另一个阶层,这来源于母亲的双手不倦地往前推去;对她而言,这一切是多么的不公平啊。

父亲从新奥尔良搬回密西西比之后,母亲决定让弟弟和他住在一起。弟弟当时仍在吃力地念着书,母亲也许觉得他和父亲待在一起之后,成绩会上来一点。父亲住进格尔夫波特的一所狭长低矮的单层红砖房子里。房子坐落在历史悠久的黑人街区"草包小溪",这是南北战争后一群解放的奴隶在1866年建造的,里面仍然保留着大多数黑人街区特有的狭窄街道、紧凑型的木制房屋,整洁有序的小院子,院子里种着干净的小草,四周环绕着树林。从某些方面来说,这里像极了迪莱尔,除了四周那些散乱的格尔夫波特新建住宅。他们用来命名街区的小溪在当地至关重要,因为它将一条大沟切断,于是人们理所应当地在上面架了座小桥,有时下雨天这里会溪水上涨。父亲和我们一起住在脏乱的地方时,与他有染的这个女人给他生了个孩子,于是他搬来的时候,弟弟搬了过去,这个女人也带着她的孩子住了进来。虽然弟弟很难再换学校、交上新朋友、离开迪莱尔,但他仍然希望和父亲住在一起。他住进去之后,有了自己的房间,他用父亲那里的电影壁纸和功夫器械或他偷来的东西装饰自己的房间。

乔舒亚十四岁时,已经是个老练的小偷了。和我们一起住的时候,他可绝对不会做这种事。这是他人生中新的转折,也是我见证他迈向成人阶段的首要标志之一。长大成人意味着自立;要能养活自己。他已经和父亲一样高了,没了胖仔肚腩,骨头上的肉均匀地分布在他修长的四肢上,变成结实匀称的精瘦肌肉。他穿着宽大的衣服很不合体,当他与街区里结识的新朋友一起走去当地沃尔玛超市时,他们身上的大衬衫和特大号牛仔短裤里塞满了他们的赃物。某个周末,我、内里沙和沙兰来看他的时候,他告诉我,他们偷了像平角裤、糖果、迪基斯裤子这样的蠢玩意儿。

"沃尔玛不让我进去了。"乔希对我说。我坐在他铺好的床上。他的房间空空如也,却井井有条。他一直在画画儿,他钉在墙上的图画中,有他画的汽车,旁边是他从父亲《趴地跳跳车[1]》杂志上撕下的几页,上面是漂亮的西裔妞儿挑逗性地俯身于精心喷涂的雪佛兰车上。

"你怎么会被沃尔玛列入黑名单呢?"我不解地问。

"我们偷东西啦。"他一五一十地回答。

---

[1] "趴地跳跳车"又称"低底盘汽车",即悬挂被改装到车身可以贴近地面的车。最初是墨西哥裔美国人开始这种改装的。

"乔希!"

"只是点小东西。糖果和平角裤而已。"

"要是他们报警可怎么办?"

"不会的。他们只是把我们带到后面,把我们的名字记了下来,告诉我们,以后不能进来了。"

"你可能会被送去少管所。"

"我们以前偷东西都没被捉住。上上次我们出超市大门的时候,他们冲我们嚷嚷,于是我们赶紧逃走,他们没逮到我们。"

他描述这幅场景时,我笑了起来,但意识到这样像是在鼓励他的这种行为,于是我收回笑容。我本来想批评他,作为长姐来提醒他更为严重的后果。我深深地为他担忧,担心这个世界对他这样的年轻男子提出过高的要求,也担心他去满足并忍受这个世界提出的苛求。然而,同时我却很欣赏他的无所顾忌。他还在初中学习阶段苦苦挣扎:当时我不太明白为何他的各科成绩都这么差。他聪明、风趣,善于迅速有效地解决问题。如今,我觉得那是因为他学到的东西和考核他学习成果的方式不同于其他的孩子,但公立学校的机制并不认可这些。虽然他从商店里偷来不该偷的东西,但他仍然是个温顺的孩子:我知道他在吸大麻,但不是一直吸。我也知道,他第一次喝得酩酊大醉是和阿尔东一起,然后我们的堂兄将两人拖上他的"短剑"汽车后座,开车在马路中间转圈,弄得两人吐得他满车都是。我认为,堂兄在设法给这两个小子一个教训。据我所知,还真管用,打那儿以后,乔希真的没再喝多过。

"那我们现在不能去那儿买吃的喽,嗯?"

"哪有。"乔希说。他咧嘴一笑。"没事儿。"

我们从父亲家出来。他家房子的天花板真矮,连我这个小个子都觉得很压抑。我们走到外面的街上,在那儿站了一会儿,然后看到远处出现他的一个新朋友,黑黑的,皮包骨头,身后的影子如同拖着的一条尾巴,我们朝他走去。我很想念弟弟。

那个礼拜我上学的时候,很想知道乔舒亚怎么样了,是不是在新学校的走廊上奔跑,被新的老师揪住。自上小学以来,他就在校园里混日子,班里一个同学都不认识。他孤零零的。和我一样。

我大一点以后,逐渐成为所在私立学校群体里的一员,某种程度上的一员。我担任啦啦队队长,活跃于剧社,为学生自治会做事,短暂地复兴了学生文学杂志,可无论在种族上还是社会经济上,我仍是个她者。母亲不允许我和校内外的任何人约会。如同美国南方黑人社区的大部分母亲,她很怕我尚未成年就有了身孕。她不让我参加任何学校举办的舞会,直到我高三那年,她终于容许我独自一人参加毕业舞会。我讨厌那里的音乐。我们学校有一两个白人男生对我有意思，我风闻还有几个人也对我有好感，不过由于我是黑人，他们都没采取行动。他们害怕家里人和社区的人对他们指指点点。我发现，这样的交集有多危险，我在高三的某个夜晚被一个男生多次抚摸，第二天，我和班级里另外一个白人男生交谈时，他说：我觉得种族之间不可以交往。多年以后，我回想起，那个男生是摸过我，但是他拒绝吻我的嘴唇和脸蛋。我的她者性在身上展露无遗。至少，我想，弟弟在校时不必处理这样的问题。

为了应对这样的问题，我花了越来越多有限的在校空余时间，躲在图书馆里，随手从书架上取下书来阅读。七年级的时候，我读了《飘》；斯佳丽和白瑞德的关系触及我心中的少女情怀，但是落败的邦联政权对解放的奴隶的诋毁却让我很不舒服。无论是这本小说还是其改编的电影都广受美国各地民众的喜爱，这一点让我颇为不安。他们真的觉得黑人就是那副德行吗？我心里直嘀咕。我上学时的种种经历证实，一些人就是那么看的。我高二、高三的时候，读了《根》《看不见的人》《土生子》《紫色》，并且在父亲的要求下，看了《马尔科姆·X[1]自传》。那是九十年代早期，说唱组合特地穿着有非洲印花图案的服装，查克·D.[2]奉劝大家：

---

[1] 美国黑人民权领袖之一，崇尚以武力斗争和暴力手段争取黑人权益。
[2] "公敌"乐队成员。

"与强权作斗争。"我穿着父亲送我的印有马尔科姆·X的T恤上学,在洗手间里被一个女孩拦住,她对我说:"喂,米米,我觉得今天我应该穿上我那件印着大卫·杜克[1]的T恤。"在我的阅读生涯中,我对自己血脉里流淌的非洲传统甚为骄傲;在学校,我寡言少语。当我看着"公敌"乐队的乐谱,听着他们的歌曲时,我感受到了其中蕴藏的反抗精神和民权斗争的力量;上学的时候,我却感到困惑。放学回到家附近,我和一个朋友一边听着图帕克[2]的音乐,一边沿着大街骑车。那一刻,我会清晰地认识到:我喜欢做黑人;几个小时以后,我又会受到那些排斥黑人的约会和社交活动的困扰,费力地处理自己的卷发,并因此而憎恶自己。一天,母亲来学校接我,我和她说起学校的一个项目,她打断我的话,对着砾石覆盖的柏油马路以及指引我们回到活动房屋的一排大树说话,她说:"别那么说话。"言外之意:干吗这么文绉绉地说话?干吗像你那些家里被我打扫过的白人同学那样说话?你算老几?我把嘴闭上。

我很担心弟弟。我在学校遭遇了一种针对个人的公然露骨的种族主义,这种遭际归因于我和美国南部有钱有权有势的白人孩子一起上学。而乔舒亚面对着另一种种族主义,

---

[1] 白人至上主义者领袖。
[2] 二十世纪九十年代美国著名的说唱歌手,作品围绕种族主义、黑人社区、社会福利,提倡种族和社会平等。

那是一种系统性的种族主义，使得学校管理者和老师们忽视了他随和的好性格、平庸的成绩以及他对底层人所接受的僵化的教育方式的蔑视。要是从统计数字上来看，他会是又一个注定要被退学的黑人小伙子，为何还要搞清楚有什么方法可以激励他去学习？他从未被推荐去见咨询师，从未被测试过是否患有学习障碍，也从未被给予过特别的关注，这样的关注或许能助他更好地度过初中和高中学习阶段。我和弟弟都遇到了很大的困难，都在胡乱地扑打，找缝钻，找门把手、门口和出口出去。我们都没有成功。

★ ★ ★

十六岁时我第一次喝酒。那天晚上，我和我高中最要好的朋友在一起。她身材高挑，为人慷慨，一直真诚地对待我，在我充满青春焦虑和成人抑郁的黑暗岁月中，帮助我渡过其中的一些难关。那段日子里我的视野窄得只剩下一个光点，我所熟知的这个世界将我逼入绝境。我们坐在她家客厅的地板上，喝着调制的雪利鸡尾酒，一杯接着一杯。酒劲上身，我感到无比畅快。所有的自恨情绪，在这个世界上，我是谁、来自何方的重负，统统消失殆尽。我和她一起躺在沙发上，看着电视，聊着天："玛丽亚，我希望永远都有这样的感觉。"

"你喝了那么多,我想你这种感觉不会一下子就没了。"她说。

我们跑上楼时她父母回来了。我的快感化作恶心,吐得她家的长绒地毯上到处都是。她清理好我的呕吐物,然后扶我去卫生间,我整晚都把脸放在她家冰凉的马桶座圈上,昏了过去。第二天,她把我送回父亲家中,我和乔舒亚一起站在屋外的马路上。

我瑟瑟发抖,穿着弟弟的一件外套,胳膊缩进袖子里,好让双手暖和起来,我紧紧地抱住自己。我嘴角边的皮肤有点干涩,前额和下巴上长满了痤疮。十四岁的乔舒亚却没长痘痘。他穿了件"奥克兰突击者队"宽松外套,听着我诉说昨晚的经历,乐了起来。

"然后我在马桶上醒来。难受死了。"

乔舒亚笑了笑。夏日里,他的肤色如冬季那么寡淡,这说明他本就是淡色皮肤,他的头发在阳光下变得更黑。他把手插进口袋。

"抽过大麻吗?"

"没。"不到十八岁我是不会抽这个的。

"抽这个会好点,不会宿醉。"

一个女人朝我们走来。她上身穿了一件长款的白色长袖内衣衬衫,下身穿着黑色的篮球短裤,裤子下的两条腿瘦得皮包骨头,肤色苍白。她将头发扎成一束盘在头上。不知道她为什么不觉得冷。

"刚喝的时候我还挺享受的,"我回忆道,"只是当我想吐的时候,我发觉不对劲了。唉……"我感叹道,舔舔嘴里残留的呕吐物。我吐得太厉害了,那些东西甚至从我鼻孔里喷了出来。

女人停下脚步,和弟弟说起话来。

"怎么啦?"她粲然一笑,关切地问道。我觉得也许她和我一样,觉得弟弟很帅,虽然他比她小了至少十岁。

"没事儿,"他说,"只是在哆嗦。"

他们说话的样子仿佛两人以前说过话。我抱住自己,心里又涌起一阵恶心。弟弟和女人握了握手,然后女人从我们身旁缓步走开,一只手肆意地摇摆,就是她和弟弟握过的那只手,接着她的手攒成一个拳头,在胸前紧紧地握着,臀部扭来扭去。

"她会冷的。"我说。

乔舒亚低头看着我,浅浅一笑,没露牙齿。他收回笑容,摇了摇头。

"我在卖毒品。"他说。

他的表情很焦虑,觉得我会对此作评判,我确实有些想法,但不是他想的那样。女人紧紧地握着弟弟卖给她的东西,消失在马路的拐弯处。

"你怎么……"我质问他,"为什么要这么做?什么时候开始的?"我颤抖着,把自己抱得更紧了。我为他心生恐惧,越来越怕,这种感觉瞬间变得如此强烈,以至于我的背在弟弟的外套里变圆,全身紧绷,等待着重重的一击。

"我需要钱。"他淡淡地说。我没和他理论。父亲正在努力地偿还房子的贷款,他接了些收入不高、没有技术含量的活儿,先在赌场工作,然后又像他年少时那样做加油站的服务员。没有什么多余的钱可以用来买吃的和穿的。乔舒亚还太小,不能正式工作。也许他曾让乔舒亚去挣点钱、还点债;父亲住在新奥尔良的时候,有次叫我去帮他付房租。我真不该问弟弟这样的问题。弟弟已经明白:是个男人就得养家。

"我的朋友们就在附近出没,"他说,"他们都在干这个。于是,有一天……做这一行没什么难的——哦,有时会不太好办。"说这话的时候,他望向女人背影消失在远方。

"你不怕吗?"我问他。他没有回答。

我望着他上唇上方冒出的绒毛和棕黑色眼珠,第一次萌生了这样的想法:他知道一些我不知道的事。也许当我发觉父亲不在家的时候,他照着镜子,在里面看到了父亲。也许父亲明确地教过弟弟,在美国南方做个黑人男子意味着他会工作不稳定,没有哪份工作有前途,这里的制度全盘地低估了他作为工人、公民以及人的价值。母亲找到一个帮我创造机会的途径,赋予我种种教育上和社会中的优势。如果我和乔舒亚没有被贴上贫穷和种族的标签,这些优势我们也可以自己获得。于是我专注于大学的学习。乔舒亚的榜样更少,选择的机会更少,和许多同龄的年轻人一样,他觉得学校不适合他。他从未想过去上大学,从未想过通过教育步步高升,迈向美好的未来,美国梦只是远处闪耀的许愿星。对我来说,希望就在前方:一所砖木结构的房子,一份有挑战、有价值的理想工作,一辆永远油箱满满的锃亮新车。乔舒亚仍然在做那些勾当。当我憧憬着未来之时,他会迫于生计而不得不这么做。弟弟已经明了现实。他的世界,他的生活:活在当下。乔希比我更年长,我在想。更谙世事。仿佛他将一整罐塔瓦斯科牌辣椒酱都喝了下去。

乔舒亚·亚当·德都

生：1980年10月27日
卒：2000年10月2日

这是过去和未来的交汇之处。这个时候，我已经被比特犬袭击过，父亲已经离开，母亲已经心碎。这个时候，我已经在走廊上被人欺负过，已经听过别人恶意地讲侮辱黑人的笑话，和弟弟站在街上时他已经告诉我他干的事。这个时候，父亲已经和四个女人又生了六个孩子，也就是说，他共有十个亲生骨肉。这个时候，母亲不再给住在海滩边老洋房的那户白人家庭做事，而开始为另一家住在海湾大房子里的白人家庭干活。这时，我已经获得了两个学位，非常想家，在斯坦福有了个对我不冷不热的男友。这时，罗纳德、C.J.、德蒙、罗格还没出事。我要讲的两个故事会在这里产生交点。这是2000年的夏季。我和弟弟一起度过的最后一个夏天。这个故事是重点。就是这个故事。人生的每一天中，这个都是重点。

★ ★ ★

2000年4月，我结束在斯坦福大学的硕士学习，打包好随身物品，用美国联合包裹运送服务公司的快递将我的人生碎片运回密西西比。我搬回来了。我希望在南密西西比或是美国南部靠近密西西比的地方住上几年，因为我已经厌倦了离家远去，厌倦了在大大的世界里表现得低人一等，厌倦了一直这么孤独。我在斯坦福读书的最后一年，一个人坐在大学的寝室里，这是个单间，地上铺着长绒地毯，还有一个带水槽的洗手间。我望着月光下的庭院，皎洁的月光正照在枝干缠绕的栎树上。我为自己的家和迪莱尔感到难过，不禁哭了起来。怎么才能回去呢？我在高中努力学习，高二、高三的时候，连周末的晚上都在准备标准化考试，独自研究大学申请要求上的陌生术语。我远离家乡，来到一所顶尖的大学读书，但这份经历并没有将我塑造成一个大人，也没有让我充满自信；相反，这段经历让我变得困惑，使我变得胆小、不自信。我渴望回到熟悉的环境，希望像个独立的成人住在自己的家里，但是不能远离我的"摇篮"——我的家庭，我的弟弟、妹妹们，还有我的朋友们。那时我男友告诉我，他打算毕业后在纽约找工作，虽然我们已经在一起五年了，但我还是觉得跟随他去往那座城市未免有些冒失。

我将剩下的衣服用几个大行李箱装好，然后飞去新奥尔良的机场，母亲和十九岁的弟弟开着奶油色的雪佛兰随想曲车来机场接我，这辆车是她给自己买的，随后又送给了弟弟，成为他人生中的第一辆车。他们接过接缝处已经变形的行李，放在后备厢的扬声器旁。弟弟低声放着音乐，音乐的节奏很强烈。回到家，两个妹妹跑出来紧紧地抱住我。内里沙十七，沙兰十四。她们帮我取下行李，放进以前我在家时与内里沙和德肖恩一起住的房间。乔希满怀感激地哼了一声，在地上放下我的黑行李箱。

我回家喽。

在斯坦福的日子里，我十分想家，于是问自己如何才能回去，不过我的目光太过短浅。我从没问过自己，回家之后会怎么样，从没想过找工作的事，要在母亲家住多久，回到密西西比会怎么样，陷入困境又怎么办。只是觉得自己从未离开过这里。一开始，我找不到工作。

我的两个妹妹还在上学，母亲还在做家政，所以，每天我一醒来，开始单调乏味又令人沮丧地找工作时，家里静悄悄的。高温下屋子里一点也不凉快，弟弟睡在隔壁的房间。他只在父亲那里坚持了一年的学业，当父亲付不起贷款、搬去另一间公寓时，他就回到母亲的家了。第二年夏天，他又和父亲住了几个月，然后再次回到母亲这里。他最后一次搬回来的时候，半开玩笑地对母亲说："我不会再离开你了。"

我和乔舒亚每天日上三竿才晕乎乎地起床，觉得酷热难耐。乔希会跟跟跄跄地走出自己的房间，这是家中最小的一间屋子，他的身子骨已经占据了整张双人床。他在读书的时候，用自己制作的艺术品装饰了房间的墙壁，在母亲给他装的书架上放了一墙的家用录像带。几年前，母亲把自己的家升级为四居室活动房屋，房子的宽度比以前增加了一倍，并且给了乔希最小的卧室。乔希为此和她吵了起来。

"你又不一直住在这里。"母亲说。他要不在外上班，要不和他的朋友一起消磨时光。

"要是给我个大点儿的房间，我会多来这里住住。"他为自己争取着。接着说："我现在是家里的老大了。"不过，母亲还是把最小的房间给了他。有时，迫于局促的卧室空间，他就不在家里待着了。我还没来得及问他的去向，他就一溜烟地出了门。夏天，小虫子在树林里嗡嗡直叫，活动房屋里的电器也发出嗡嗡声，如同另一只大虫子。但是，他的车发出的声音比这些日间的声响更大：就是这个把我叫醒了。

我去朋友们的家借用他们的电脑找工作。我填了一个又一个求职表格，打印出来，邮寄了多份简历，但是我的英语学士学位和艺术硕士学位在以沿海经济为主导的南方几乎一文不值，因为这里被赌场、工厂、医院和军事基地所主宰。我开始申请更远地方的工作机会，如亚拉巴马州、路易斯安那州，当我发现在这些地方都找不到工作的时候，我又将找工作的范围拓展到佐治亚州以及其北部更远的地方。当时，我对于各地留用外地居民在本地工作的难度一无所知。我许多斯坦福的同学都被顶级咨询公司和投行招了进去，我在找工作方面的认知被他们轻松的录取过程所误导。我给雇主打电话，请求得到回复，母亲的长途电话费噌噌上涨。

弟弟白天开着他的新车，一辆八十年代款"短剑"汽车。他摆弄枪的时候，枪走火射进雪佛兰随想曲车的油箱，然后他就买了这辆"短剑"。他向加油站、赌场和工厂递交了工作申请。一开始，他来到一家制蜡工厂工作，经常带回融化时像琥珀的巨型蜡块。"真美啊。"他边说边在我面前转蜡块。之后，他给湾区第一家服务卡车司机的大型加油站做门卫，就在10号州际公路出口的地方。他很讨厌那份工作。工作的职责之一是打扫厕所，他只上了几个月的班就不干了，但是在那儿上班的时候，他把钱存了起来，在加油站旁边卡车司机用餐的地方吃饭，那里提供便宜的牛排和淋着厚厚的肉汁的各种大小的肉块。他喜欢这里的食物，有时还带一些回家。虽然他也许并不喜欢那样的低收入工作，但是他可能还是发现了自己所在环境的闪光之处；他就是如此努力地去了解这个世界，这个赋予他生活一些意义让他的工作变得可以忍受的世界，同时他也显而易见地感受到了这个世界的丑恶之处。

"为什么不喜欢在那儿上班呢?"有次我问起他。

"卡车司机真他妈的恶心。"他愤愤地说。

正值六月,内里沙和沙兰偷偷告诉我,母亲暗示,如果我和乔舒亚还找不到工作,她可能会把我们俩赶出家门。几周之后,乔舒亚找到了工作。格尔夫波特的大赌场雇他做代客泊车的服务生。他身着一件紫色衬衫,上面用金丝绣着赌场的名字和几枚金币的图案。他挺喜欢这份工作的。他告诉母亲,他可以整晚开着时髦的车,还能拿到报酬。这样的工作很轻松。母亲停掉了长途电话业务,她说因为我,家里的电话费猛增,于是我让弟弟在他不当班的时候,开车送我去加油站买点电话卡。可仍然毫无起色。我还是找不到工作。

在乔舒亚找到这份赌场工作之前,具体地说,是失去快餐店和制蜡厂工作后、在加油站工作前的那段时间里,他偶尔还在街区卖可卡因给一些瘾君子。这是他的权宜之计。我所认识的社区里的大多数黑人青年男子都会在经济不景气的某个阶段中贩卖毒品,因为这样的大环境下,像他们这样的劳力唾手可得,根本不值钱。1999年12月,也就是我搬回家的那个春天之前,我发现了这个问题,那是另一个寒冷的日子。正值假期,我从斯坦福回来探亲。我们来到圣斯蒂芬路上一户邻居家的前院里。他们的房子老旧失修,墙板都烂了,一条条灰色、黑色和棕色的东西从上面剥落。前面的台阶裂开了,钉子像凌乱的头发冒了出来。邻居打电话给乔希,让他去前门,于是他照办。乔希高高的个子,苍白的面色,蓬起的绿白相间的费城秃鹰夹克让他看上去每个地方都比本来的要大。在房子的暗处,秃鹰模糊了。他和她说起话来,她哈哈大笑:带着烟鬼的沙哑声。笑声划过空气。他给了她东西,她付给他钱,然后抱了我们两个人一下。接着我们走了,留她和她朋友们与房子的阴暗窗户待在一起,在尘土飞扬的昏暗空气中继续聊天。不一会儿,我们回到母亲家中,我跟着他进了他的房间。房间里很暖和,母亲在客厅的白炽灯上挂的圣诞彩灯在地板的裂缝上闪着彩虹色的光。

"又开始干这个啦?"

"嗯。"他的视线从电视上移开,朝我看了过来。阿诺德·施瓦辛格出现在屏幕上。"我正在找工作。"

"是吗?"

"你以为我喜欢做这个?"他说,"我可不像外头那些街区里的傻瓜。要知道,我找到工作了就会去上班。"

作为他的大姐,我很担心他。他上九年级时辍学,报名参加了几个月的"就业团"培训项目[1]。在他因没有按时上课而收到书面告诫和将被开除的警告后,他就不去培训了。

---

[1] 1964年开始,美国政府为低收入且有失业风险的年轻人提供的教育和职业培训项目,帮助16至24岁的青年顺利完成高中学业,找到不错的工作,提升生活质量。

为什么不去"就业团"了呢？我问他。因为我早上开车去培训的时候，有半裸的女孩从她们住的低收入补贴住房里跑出来，看到我的车，便把车拦下。他耸了耸肩。你说我他妈的该怎么办？他没开玩笑。他交往过的女孩确实这么干过，所以我对他的回答深信不疑；他长得太帅了。他最终报名了高中同等学历课程。他想短暂地当个兵，但看了《金甲部队》后，他觉得还是不要参军了。我不想死得那么惨，当我为何问他改变主意时，他是这么回答的。

那个时候，我依稀知道世界正在发生变化，美国在向海外输出蓝领工作，像父亲养家时在工厂里做的那些工作已经变得非常稀缺，只有终端的服务业保留了下来，弟弟就是在这些工作中努力地寻找着还有些前途的东西。

"后面想看什么？"我坐在他的床边说。他腾出空间给我，掂量着自己收藏的录像带。

"不知道。"

"《全面回忆》怎么样？"

他耸耸肩，那一刻，我从他身上看到了父亲的影子，他肌肉发达的肩部鼓起的一个个阳刚的肉球上，他锁骨处清晰的长轮廓上，还有他脖子那里的凹陷处。他身材魁梧，看到他站在我面前，会让人大吃一惊，因为赫然出现这样一位肌肉强健、双肩宽阔的男子。

"可以啊。"他说。

我在黑暗中和他一起观看电影，等他说点别的什么，但是他眯眼瞅着电视，两条眉毛之中、两个棕黑眼睛之间有道深深的皱纹。他蹭了蹭地毯上的脚后跟，发出他独有的味道。房间里飘散着一股铡碎的干草夹着椰油和食盐的气味。我把膝盖抵住胸口，下巴靠在膝盖上，看着阿诺德同扬言要杀了他的外族掠夺者殊死搏斗。他处于下风，体格也不如对手强壮。他体力不支，想法不切实际。

那年夏天，仅有一次我觉得自己比弟弟大。大部分时候我都觉得自己像他的妹妹，因为乔舒亚找到了工作，自己买了车，他告诉我的事情让我不断认识到我对自己以及他生活的看法是多么的天真。2000年夏天，我花了大学里的所有积蓄，大概3 000美元，买了辆二手的白色丰田卡罗拉汽车。车子破旧，而且声音很大，我都不好意思开。妈的，我开！我和乔舒亚抱怨起这辆车时，他如是说。一天，我给父亲打电话，问他如果我买好机油和机滤，他能否给我换一下，他答应了。于是我问弟弟能否驾车送我去汽车零部件商店买一下，因为我根本就不知道要用哪种机滤、买多少机油。

已是秋天，天气阴冷，我把车窗留了道缝。虽然没开暖空调，车内还是比较暖和。乔希穿着一件深蓝色的格子夹克。坐在我的小车中，他显得比较大。我们在街区里的一些朋友，罗布、波特和达克给他取了个绰号"乔杰克"[1]，因为他长得像个大块头的伐木工，波特是这么认为的。

"别像个老女人一样开车。"他说。

"说什么呢，你？"我说。

"你开得太慢了。"

"哪有？"

"你的样子好像你不敢开车。"他一副嘲笑的样子，我耸了耸肩。我好像他的小妹妹，在被他管教。"你开车不行。"

我们开过偏僻的地方，路边长着干云蔽日的常青树，头顶上是一片淡蓝的天空，四处都是安静的房屋，秋季乡村的浓厚气息在空气中飘荡：燃烧的木头里弥漫着松针的芬芳和烟雾的味道。乔希点了根烟。

"你得戒烟了。"我对他说。

"我的压力太大了。"他说。多年以来，他一直看上去要比我大，所以当他和我讲起他女友时，我吃了一惊。那个女孩的家中有个年长的男性亲属试图对她实施性侵，于是她过来和我们住了一段时间。

"我爱她，"他说，"但是不知道该怎么做。如果你很爱一个人，你会做点什么？信任他？"在一个信任（包括父子

---

[1] 绰号原文为Ojacc，乔舒亚的哥儿们取了他名字Joshua中o字母作为绰号单词的首字母，由于乔舒亚身材与伐木工相似，所以小伙伴们又将与伐木工（lumberjack）中jack同音的jacc作为绰号单词的剩下部分。

之间、恋人之间、公民与国家之间的信任）短缺的社区里，弟弟在痛苦地挣扎。乔舒亚深吸一口烟，然后从缝里吐到窗外；一些烟碰到了窗户玻璃，被挡回车里。他们刚确定男女朋友关系不久，她就做了对不起他的事。他问我的建议。我尽力给他支招。

"你就试试。"我说，"原谅他们。信任他们，虽然他们伤害过你。"

他摇摇头。

"我不知道行不行。"他说。

"我的意思是，事已至此。如果你很想和她在一起，是可以办到的。"

"我就是太爱她了。"他说。

"明白。"我说。这是我唯一可以用来让他知道我没有辜负他的信任的话。"明白。"

到了车店，他领着我去卖机油机滤的地方，再带我来到柜台前面。我付好钱，他拿起买的几大袋东西，放到车上。我的头只到他肩膀这里。这是我开车以来，我们两人第二次或第三次一起待在车里：我们同时学会开车，但是以前我一直没车可开，而他很早就有了自己的车，所以通常都是他来开车。他比我开得好，开车的时候，那只刻有阳光和蝎子单词文身的胳膊搭在车窗，另一只刻有德都和乔杰克单词文身的胳膊放在方向盘上。在车店停车场出口的地方，我启动了发动机，试图向他证明我不惧怕驾车，可以迅速开走。停车场的出口处藏着一个大坑，车弹了起来，掉进坑里，前保险杠撞在水泥上，发出一声巨响，然后车又弹出了那个坑。我驶出停车场，汇入车流。

"哦，他妈的！"我叫了起来。

乔舒亚朝我们后面望去。我准备听到一记拉长的声音。

"我把我的保险杠撞坏了，"我说，"我就知道。"

"说不定没什么问题。"他说。总是那么沉稳、成熟。有次，我对母亲发脾气，整个人暴怒，乔舒亚便笑我了。静一静，他说。先静一静。"我们可以在爸爸家检查一下。"

来到父亲在加斯顿波因特的住所，我们仨站在一起，检查故障。

"没什么问题。"乔希说。

"不，瞧这里，"我说，"保险杠和车身之间有个豁口。那里原来不是这样的。"

"我没看到。"乔希说，他叉着胳膊，屁股扭到一边。

"你是说这里吗？"爸爸问我。他把乌黑的长发捋到后面梳成个辫子，弯弯扭扭地披在背上。那时他四十出点头，没有一根银丝，保持着年轻人的身材，皮肤光滑。看得出来，弟弟比他高，长成了一个稳重的小伙子，与汽车打交道，还可以养活自己，这些都让他颇感自豪。"你确定那儿没问题？"

"当然。"

"你确定那儿有问题?"乔希反问。

"嗯。"

"过来,孩子。"父亲把他叫了过去。他和乔希一前一后靠在保险杠上,用力把保险杠推回车身。乔舒亚将他长长的身体滑入车头下面,再挪动身体,在秋日微弱的阳光下,他身上热了起来,解开了夹克。父亲把他从车下拉了出来,扶他站稳。乔舒亚掸了掸裤子上的灰尘,我在他身后走来走去,拍去他背上和凌乱的辫子上沾着的泥土、石子和小草。

"没用。"父亲说。

"没事儿哒。"乔希说。

这车已经又旧又破,现在还被我把格栅弄坏了,我心里嘀咕着。真蠢!

"不大看得出。"乔希说。

我深呼吸,模仿他的姿势,但是把胳膊叉进胳肢窝取暖。乔希试图安慰我。

"你还想换机油吗?"父亲问我。多年以后,记忆中这平常的一幕显得特别有分量,代表着我们一起度过的平凡的日子,以及逝去的那些平凡的日子。这一幕是那么的温暖,所以每当我想象着弟弟活着的、触手可及的场景,想起他那天是那么的温情,还有他伤疤处的瘢痕瘤、他黄油色的头皮,我的手指便疼得像是幻肢。

父亲给我换了机油,因为我没钱请人来换。我驾车同妹妹们和外甥一起前往帕斯克里斯琴的路上,同步带坏了,我舅舅帮我修好。我的信用卡账单攀升到5 000多美元。我向本地的巴诺书店提出工作申请,但是被拒绝了。我感到绝望了。当我以前的大学室友朱莉告诉我她有个朋友在纽约城的图书出版社兰登书屋工作,我让她帮我投寄我的联系方式、简历和求职信。我的大学男友当时就住在纽约城,从事银行业的工作,他也有一个大学好友在一家唱片公司工作。我还是有些熟人在那里的。如果需要面试,来回得花四天时间。如果对方留用我,我得回密西西比打包行李,搬去纽约城。如果必须这样,我只能离开。

我和乔舒亚在过道上碰面。这是我对他最后的真实印象,我讨厌这一幕。我想不起哪次是我最后一次见他。脑子里只留下这个场景。

乔舒亚看见我的行李箱放在我房间的地板上。

"你去哪儿?"他问。

"去纽约,有个工作面试。"我说。我先往下看,再望向远处,最后头往后仰了一下,目光又回到他的脸上。我想对他说:我很快就回来,或者,我可能还是找不到工作。

"要待在那儿?"他问。

我想对他说:去去就回。"是的。"我说。

他的脸色一沉。虽然我从书上读到过这样的表情，但这种表情真的存在：他的表情从漂亮的睫毛上方的前额和棕色的双眸落到嘴巴上，最后定格成愁眉苦脸。弟弟不想让我再次离开，走在他前面。我眉头紧锁。

我觉得自己没有选择：我明年三月份就毕业了，现在已经是九月份了，我不仅没找到工作，还负债累累。我买了往返纽约城的机票，安排好面试期间住在男友这里。母亲和外祖母送我去机场，当我们在希尔路尽头停下来时，我坐在位子上，感到既害怕又走投无路。

"忘戴戒指了。"我喊了起来。我过十岁生日的时候，外祖母送了我一枚戒指作为生日礼物，并且扬言以后不会再送礼物给我了，让我把戒指好好保存。这是枚白金蓝宝石戒指，她是这么对我说的，但是之后我发现宝石实际上是玻璃。我从十岁开始就每天戴着它，过了十三年，坐在车后座上的我竟然没有戴这枚戒指。"在卫生间里。洗澡前我把戒指摘了下来。请帮我收好。"我嘱咐着。

"没问题。"母亲的声音从她的肩上飘来。她和外祖母继续说着话，我将身子滑倒在车座上，这样当我默默流泪、再用手背抹去眼泪的时候，母亲从后视镜里看不到我的脸。我不想让她看到我对去纽约面试表现出的不理性的恐惧；我希望表现得勇敢无畏、不惧冒险、聪明机智，做不负她多年期望的孩子，就是那种善用一切可获取的资源，没有心理负担地离开密西西比，勇往直前的孩子。我不知道自己在干什么。

★ ★ ★

我一到纽约城，就直接去了我大学男友的公寓，那是科布尔山的一栋褐石建筑，位于布鲁克林地区的一个中上层街区内。我在纽约城从10月1日待到10月4日，四天都在面试，我这么安排是为了能回家赶上10月5日沙兰的十五岁生日。10月3日那天下午，我有个面试，与职业中介在市中心某座大厦里见面。给我面试的那个女人问了我一些问题，听了我的回答，仿佛我是个异类。听到南方，她不由自主地笑了起来，笑声仍清晰得夹在我的声音里，也许她怀疑这对未来的雇主来说，会不会是个问题。我离开大楼的时候，抬头看着大楼之间狭长条的天空，觉得这座城市如一只大手在我身上压下来。我感受到这个地方的活力，无限的可能性和潜力，可我还是觉得很害怕。人这么多，我怎么能生活在没有天空、没有树木的地方？我在地铁上迷路了，到了上城区才发现我应该往南走，穿过格林威治村，回到男友在布鲁克林的居所。我为自己一个人最终找到了回家的路而感到自豪，在我之前乘坐公共交通的经历中，我只尝试坐过从斯坦福去旧金山的公交车。在布鲁克林，我绕过通往男友褐石公寓的拐角，那里就在街区的边缘，一条高速公路的旁边，而男友正站在大门口。他在银行工作，一天工作十八小时。他在门口做什么？

"你怎么在这儿？"

他是个瘦高个儿，有电影明星那么帅。在某方面而言，我觉得他帅得有道理，因为他来自洛杉矶。他来自一个中上层的黑人家庭，我出生的时候皮肤红红的，他生下来的时候皮肤却是金色的。他的父亲是医生，母亲家里和好莱坞有点关系。他在上大学的时候，做了所有当时颇为流行而又稀松平常的事：入了兄弟会，做了学生宿舍助理，参加校内体育活动。他最不寻常的大学经历就是和我约会。我们的背景有着天壤之别。每当噩运降临到我的家庭，一些交织在一起的事情独特地显示出南方的黑人穷人意味着什么，这些都让他十分震惊。他不会成为这样的人。他希望成为一名富有又快乐的年轻人，于是我生活中和经历中的杂乱片段，包括我是谁和我从哪里来，都只是他有趣的调味品。他是我第一个正式交往的男友，具有同我父亲一样不可思议的标致模样，最终他也和我父亲一样离开了我。

男友摇摇头，一言不发，嘴唇紧闭。他打开前门，我跟着他上了楼，他在过道里将身子转向我，并以一种怪怪的姿势趴在我身上、紧紧抱住我。他喘着粗气，然后放开我，泪流满面。现在他的表情松弛了下来。

"你吓着我了。"我说,但并非如此。我感到很紧张。

"你得给你爸打个电话。"他说。

"干吗?"

他带我走到电话旁。

"就打个电话。"

我坐在他床上。我现在觉得很害怕。之前面试的时候我身上冒汗,现在我又开始出汗了。黑色的无绳电话在我手里滑滑的。男友坐在床上,看着我拨号码。

"喂?"

"嘿,爸,我是米米。"

"嘿,米米。"

"怎么啦?"

"我有事要说。"他深吸一口气,然后松开呼吸,"昨晚乔希出事了。"

"人没事吧?"

爸爸又一次松开呼吸。

"他没挺过来。"

电话从我耳边掉了下去,我身子前倾,张嘴大哭——我将这个称作"恸哭""悲啼""哭喊"——我心里好像有东西裂开了。男友的胳膊绕过我的身子,但我从他怀里挣脱,怕我会吐在他的床上。我在这里做什么呢?我在想。为什么我要和他们天各一方?弟弟在哪儿?他在哪儿?但是爸爸说，爸爸讲，他刚在说弟弟没挺过来就没了就没了。他死了。什么？他死了他死了他死了。然后脑海里萦绕着：弟弟不在了。

10月2日中午，乔舒亚去上班。按照排班表，他本来不需要当班，但他还是去上班了，就为了能多做几个小时，多挣点外快。上班期间，他将豪车和普通车一一停好，将他的体温和轮廓留在了车座位上。内里沙和沙兰开车去赌场领内里沙的薪水：内里沙在赌场宾馆顶层的餐馆里上班。领好薪水，内里沙和沙兰站在靠近雇员主入口的地方，希望能瞥上一眼乔舒亚来上班的样子。她们俩看着他开着自己那辆灰蓝色"短剑"汽车进了主入口，在前排座椅上正襟危坐，目视前方，表情严肃，一些碎发从凌乱的发辫里跑了出来，轮廓分明。她们等了大约十五分钟，他没有走过离停车场最近的那个入口，于是内里沙和沙兰决定不等了，觉得乔希肯定从另外一个入口进了赌场。这是他在她们脑海里留下的最后一幕。要是我们没走就好了，内里沙后悔地说。再多等五分钟就好了，沙兰自责地说。我们要抓住每分每秒，甚至每毫秒都不放过。多年以后，我很庆幸家人等到10月3日才告诉我乔希的死讯：对我而言，我可以比她们晚十七小时才知道乔舒亚离开了这个世界。

10月2日晚上，他打卡下班，但是他没有上49号高速公路再进入10号州际公路最后下迪莱尔的出口回家,他决定走海滩公路。我想把这想象成一个美好的夜晚,所以他才会走90号高速公路回家。那晚,海湾上升起一轮圆月,在清澈的天空中发出银色凉爽的光芒,水面闪耀着点点月色。附近的岛屿如同黑色地平线上细细的睫毛。北面吹来的风在十月显得格外的凉爽。乔希下了班,发动汽车,搓搓胳膊,嘴里念叨着,我喜欢这个。他喜欢吹来的不扎面颊的凉风,喜欢看向窗外,看着水面上开阔的地平线,海浪悄悄地拍打着海岸,海岸中间的那排橡树站在那儿,见证着几百年来这里发生的战争,人类的彼此奴役和袭来的飓风。乔舒亚沿着海岸开车,对着天空、对着母亲打扫的那些我们既羡慕又憎恨的内战前的漂亮的老房子,高声放着说唱乐、重低音音乐、不合规矩的节拍和抒情的诗歌。最终他从90号高速公路上下来,拐入景观大道,这是条安静庄严的马路,与高速公路之间隔着条中央隔离带和价值连城的房产。突然,一个醉驾司机,四十来岁的白人男子,开着辆他从朋友那儿借来的白色汽车从弟弟后面加速驶来,以每小时八十英里[1]的速度撞上了乔舒亚的车。乔希本能地紧急刹车,轮胎的黑色橡胶摩擦着路面,但是汽车跑得太快了,刹那间,无数的人、车、历史和压力在攒动,弟弟刹不住车。车滑向路边一幢豪

---

[1] 约129千米每小时。

宅的前院，撞上了地上突起的消防栓，消防栓像沙丁鱼罐头盖子一样被掀开，然后撞进他的胸膛。这一切来得毫不留情：车抓地行驶，掠过一棵橡树，打了个滚，最后翻了过来停在一片整洁的草坪上。

乔舒亚就这么没命了。

守夜过后，我走向弟弟的棺木，看了他一眼。他面如土灰，一动不动（我觉得：这不是我弟弟）。他静静地躺在那儿，离开了人世，我感到惊恐万分，弟弟的葬礼上我紧紧地抱着沙兰一直在哭，我们用骨瘦如柴的胳膊抱住彼此。然后，我走上台，读了一首我创作的诗歌。这次葬礼以后我就找不到这首诗了，我写诗完全是母亲让我这么做的，将这作为葬礼的一部分。"不行，"我对她说，"我不能写诗。"母亲让我选张照片印在自己参加葬礼的T恤上，我挑了张我和乔希小时候，我五岁、他三岁时我们的合照，照片上的我们坐在父亲黑色的里维埃拉车后面。我严肃地看着镜头，弟弟睡在我稚嫩的肩膀上，相机的闪光灯下他头发一片金黄。本来拍照片的时候，我们可以一起坐在房子前面又小又高、四四方方的台阶上，我搂着他，蝙蝠在头顶掠过，父母在家里争吵、摔东西。母亲问我在弟弟的葬礼上想说点什么，我告诉她："没什么想说的。"我没有穿那件T恤参加在教堂举行的葬礼和随后在母亲家举办的丧宴。过了五年，卡特里娜飓风发生之后，我才第一次穿。

我只记得我所做的悼词中的一句。这句不是原创的；是我从书上看到的。里面传达着不变的真理，对生者的寄望。当我向家人、亲朋以及那些当天活生生地站在教堂里但不久之后便死去的男孩们读出这句话的时候，我的声音断断续续。

他教会了我，爱比死亡更强大。

八个月之后，内里沙给我打了个电话。那时我已经在纽约城待了五个月了，和一群我高中时结交的富有的朋友们住在纽约西村，我睡在她们住处的沙发上。那是2001年。寒冬已过，郁金香花从尘土覆盖的地面上破土而出。这是双子塔倒塌前的那个春天。我拿着电话出了客厅，去了一个铺着瓷砖的小洗手室，租这个公寓的女生们给她们的朋友们拍了一次成像的照片，贴在洗手间的墙上。于是当我把自己锁在里面和妹妹单独说话的时候，我就有了观众，一群皮肤白皙的纽约时尚人士，带着富人们无聊自若的神情和美丽精致的面容。她们正看着我。

"米米？"

"嗯，我听着呢。"

"妈妈和外婆今天去法院了。妈妈说他们宣读判决的时候，她哭了。"

"怎么啦？"

"他们给撞死乔希的醉驾司机判了五年的刑。"

"什么？"

"他们没有指控他驾车杀人罪，而是指控他别的罪名——交通肇事逃逸。"

"我不明白。"

"妈妈说之后法官把她和外婆叫了过去，告诉她们为什么没有指控那个人驾车杀人罪。"

"那到底为什么呢？"

"妈妈说她唯一能做的就是哭。"

我也哭了起来。墙上的那些面孔依然那么沉静、那么年轻。我挂了内里沙的电话，打电话告诉我的大学男友判决结果。我泣不成声。

"你还想怎么样？"他不耐烦地嚷嚷着，准备继续工作，"这可是密西西比。"

墙壁上的眼睛都在不屑地看着我。这里有一个完全对称的脸和一双乌黑的眼睛，漂亮得让人相形见绌，都不好意思去看她了。那里有两个男生勾肩搭背，他们长着浅褐色的头发和尖尖的下巴。我和男友说了一小会儿话，他问："你希望我怎么做？"我回答："我想要个拥抱。"他说："我还有事要做。"也就是告诉我不行，然后我们的通话就结束了。我挂上电话，坐在地上，用手蒙住脸。

那个肇事的男人喝得醉醺醺的。警察发现他去过几个酒吧，还在几个赌场喝过酒。撞死弟弟的前一天晚上，他朝罗纳德的姐姐开过去，把她撞出了马路。他从后面撞上乔舒亚，车速太快，他突然转出景观大道，飞过高速公路的两个车道，落在海滩上。那晚，究竟是什么导致弟弟的事故还是个谜。警察觉得是他的车失去了控制，但第二天有人打电话报警，告诉帕斯克里斯琴警察局，海滩上有辆车。醉驾司机撞了弟弟以后，就跟跟跄跄地逃回家了。当警方根据车辆的信息查到车主家时，已是事发的第二天了，司机已经恢复清醒，黄花菜都凉了。醉驾司机四十多岁了，是个白人。我弟弟年方十九，是个黑人。肇事司机因交通肇事逃逸被逮捕，最终也是这个缘由获罪。这原本是个重罪，可他只被判了五年刑期，并被责令支付我母亲14 252.27美元作为赔偿金。这个人坐了两年的牢就给放出来了，没赔给我母亲一分钱。内里沙和他侄子一起上高中，他侄子想为自己的叔叔向内里沙道歉。他一直都是个混蛋，内里沙说他侄子这么对她说。

就他妈的五年，我心潮澎湃。我弟弟的命在密西西比就值这些。就值五年。

我们在这里

为了发掘讲故事的素材,我找到了更多和美国南方穷苦黑人有关的数据。密西西比州有38%的人口是黑人。美国有六个州至少州内的四分之一人口是黑人,密西西比便是其中之一。[1]2009年,美国南部的贫困率居全国之首,而密西西比的贫困率为南部之最,有23.1%的人口在贫困线以下生活。[2]2001年,美国人口普查局的报告显示密西西比是全国最穷的州,部分是由于没有拨款用于发展农村。全州的中等家庭收入为34 473美元。[3]再据美国人类发展项目发布的情况,联合国人类发展指数(对预期寿命、识字情况、教育程度和生活水平进行比较测量)的排名显示,密西西比是美

---

1 http://newamericandimensions.com/drupal/content/10-notable-statistics-Black-history-month. (原注)
2 www.irp.wisc.edu/faqs/faq3.htm. (原注)
3 www.census.gov. (原注)

国垫底的州。[1] 约35%的密西西比州黑人生活在贫困线以下，相较而言，该州生活在贫困线以下的白人只有11%。此外，"在二十多岁的密西西比州黑人男子中，每十二人中就有一人在该州的监狱中坐牢。"[2] 最近，哥伦比亚大学梅尔曼公共卫生学院的研究表明，在美国，贫穷、缺乏教育、社会支持不足导致的死亡人数和心脏病、中风、肺癌造成的一样高。[3] 这些数字的背后是惨痛的现实。

根据统计数字以及官方数据，历史、种族主义、贫穷和经济落后都在这里汇聚，而我们的命：一文不值。

我们承袭了那些滋生绝望和自恨的事，悲剧激增。这么多年，我一直背负着沉重的绝望；乔舒亚去世之后，我生活在纽约城时，绝望上升到极点。清晨，为了通勤，我在拥挤的人群中挤上地铁，站在车厢的站立区。我刚到纽约的时候，同一群有钱的白人朋友合住，在她们的沙发上睡了五个月，因为我觉得欠她们个人情，于是像用人一样给她们打扫房子，帮她们遛着那条讨厌我的狗。接着，我搬去和我那时的男友住，我在那儿住了三个月，和他一起睡在床上，他

---

[1] http://map.measureofameirca.org/maps.aspx.（原注）
[2] Matt Volz, "Male Prison Population Mostly Black", 美联社, 2023年8月23日。（原注）
[3] www.upi.com/Health_News/2011/06/18/Poor-education-deadly-as-a-heart-attack/UPI-89501308377487/?spt=hs&or=hn.（原注）

收了我房租。那以后，我和一个演员一起住了九个月，然后经朋友介绍和两个女孩同住。

我从一个地方搬到另一个地方，在纽约城流浪。每当我努力寻找基本生活设施（自助洗衣店、杂货店、地铁站）的时候，便感到困惑沮丧。每到晚上，我下班回家，在空荡荡、哐啷哐啷的车厢里做着白日梦或睡着了，就错过了下车的站台，在铺着瓷砖的肮脏迷宫里迷失了方向。时报广场另一边的电影院外面有几个男孩的脖子被刺中，在人行道上流血身亡，我从他们身旁匆匆走过。我还从一些无家可归的女人身旁经过，她们的骇人长发绺缠在一起，手上举着牌子，上面写着：无家之人，请施援手。我在F线的车上差点晕了过去。我和朋友们半夜乘地铁去夜总会，我在那里喝到凌晨四点才跌跌撞撞地上了辆出租车：醉得精神错乱、可怜巴巴、畅快无比、昏了过去。我买了许多比利时朗姆酒，往酒杯里加了许多勺白糖，再放上冰块，然后一饮而尽，幻想着自己是名林纳鸡尾酒鉴赏家，一周三晚都是如此。我和牙买加人一起抽大麻，抽到自己的脑子转不动了。

每天我注视着铁轨，望着奔驰而来的列车，看着装了防护木板的第三轨道，心中充满不解，为何我还活着，而弟弟却死了一两年了。每天我进入城市腹地时，都会望着那些铁轨。我会想起我的家人，当我和乔舒亚不在身边时，她们有何感受。虽然他们远在他方，我的苦痛、悲痛和孤独却近在眼前。它们与我相伴而眠。它们伴我走进拥挤的街道。有时在我特别孤独和绝望的时候，会想象着弟弟从我的右手边走来，在我身后伸出一只胳膊绕过我的肩膀，这让我倍感安慰，直到我意识到自己还是孤身一人，他也没有死而复生，他不能和我一起穿过带有大楼阴影的街道、夹杂着垃圾恶臭的暑气和潜藏着危险的冰雪，也不能拿出大衣裹住我的头保护我。

有时我注视着自己的手腕，心想，右手拿着剃刀的刀片割左胳膊是多么轻而易举，不知道真去试试会不会把胳膊割出血。于是我左手腕的内侧多了个我弟弟签名的文身，仿佛是弟弟生前在我身上签下的名字，穿过我的割痕留下了他的印记。我这么做是因为我知道我永远都不会在乔舒亚的名字上留下致命的伤口。我挤过中央车站的人流，尽力想找到吃东西的地方，因为在这里，我可以独自坐在角落，消失到身后的那堵墙里。当我笨拙地走过一个又一个人的身旁，我觉得所有的人都在撞我、挤我，这也让我意识到，虽然我的周围满是西装革履的年轻男子、穿着黑色羊毛大衣的年长女士以及脸部闷热的孩子，我却是如此的孤独，孤苦伶仃。我幻想着用左手割右手的手腕，于是我的右手腕内侧另一处割痕位置又多了个刻着弟弟签名的文身。我上大学的时候，他对我写了爱弟弟几个字，然后署了他的名。于是爱弟弟就成了这个文身的内容。

我离开纽约的时候，发现有关时间可以愈合所有伤口的格言不是真的：悲痛并未消退。如同我的伤疤，悲痛结了痂，愈合时又长成新的痛点，产生新的痛感。我们从未摆脱悲痛。我们从未摆脱无能为力的感觉。我们从未摆脱自恨的情绪。我们从未摆脱这样的看法，是我们而不是制造混乱的这个世界有问题。

死亡在蔓延，如真菌一般吞噬我们社区的根基。2008年，年仅十七岁的女孩达里安穿越帕斯克里斯琴的铁轨时被火车撞死。好几年前，罗杰的妹妹雷亚在她哥哥死后的第七年也死于肺炎引起的败血症。几年前，与C.J.亲如手足的男孩马特被人用枪击中，他爬进马路旁的树林里，咽了气。不到一年前，一位名叫沙布里的年轻女子被她的男友刺死，血淋淋的裸体躺在他们一起生活的床上；当亲戚们最终找到她家时，她六岁的孩子领他们进了屋，并告诉他们，她的母亲正在睡觉，身上涂着番茄酱。这就是为何我每做一份工作都会挑选一份人寿保障计划，为何我如此痛恨接电话，为何当我想起我那风趣安静、双肩匀称的外甥时，当我想起这世界上有什么在前方等着他的时候，会惧怕我身上的血统。

然而，我还是回了家，回到那个孕育我又毁灭我的地方。我回绝了收入更加丰厚、更具发展潜力的工作机会，搬回了密西西比。每天早上，我醒来的时候，都希望梦见了弟弟。虽然我努力地让自己好好活着，但仍承受着巨大的悲痛。我深知被围困的滋味儿。

★ ★ ★

这是个沉重的负担。岁月流逝，我发觉自己的记忆消退，开始盯着照片不放了。我望着乔舒亚过最后一个生日时的照片，那上面有个椰子味的蛋糕，插着根点着的蜡烛，弟弟的嘴弯弯的，露出笑容，我想：我记得那一天。我再去看他另外一张照片，他站在街道中央，挥舞着胳膊，同街区的其他男孩一起为我摆出造型。记得当时我们正在去公园的路上，我请他们停下来让我拍张照片，于是他抱怨我的大相机，还称我是游客。我拿起有他侧面的那张照片，只见他合上双眼，穿了件红色的衬衫，我想起拍照的那天，我得抬起头来给他照相，阳光洒在他身上，模糊了他的轮廓，我对他喊道：瞧我弟弟！真帅。你们看！

这么多年过去了，我只在梦里见过他，所以一看到他在旧录像带里动了起来，我就觉得特别难过。母亲找到一盘老录像带，叫上我、内里沙、沙兰一起看。她把录像带送进机器里，坐在一旁观看，面无表情。我坐在床头，这里离电视最近，两个妹妹跑到我后面。弟弟在电视上走过我们旧活动房屋的客厅，客厅的地板上铺着褐红色的地毯，墙上贴着奶油色的墙纸，他穿着条浅色的牛仔裤和灰色的T恤。我都不记得了，他的个子有那么高了。录像上，我的外甥才一岁大，除了纸尿裤，什么都没穿。我和妹妹们在画面的角落上。沙兰按下收音机的播放键，说唱音乐响起。我外甥把头往后甩，上下跳动，想要跟上节奏。跳，一个声音在说。跳起来，外甥。

"那是谁？"沙兰问。"是谁在说话？"

跳啊，外甥。跳起来吧。

我知道这是谁。和我的声音很像，但是更深沉、更有力。

"是乔希。"内里沙说。

我都忘了这个。

这么跳，乔希说，他像我外甥一样蹦蹦跳跳，舞动起来。录像带上，我们都笑了。我身体前倾，眼睛像一个饥饿的大嘴吃掉了弟弟，我仿佛饥肠辘辘。我永远都不会觉得饱。我身体颤动，泪如雨下。

瞧他，弟弟说。

"我只是太想他了。"我说。我的嘴里不禁蹦出这样的话：这几个字无力而疲惫，我无法停止心中的渴求。

他在跳舞，乔希说。

我的身后是母亲和妹妹们湿漉漉的面颊。

跳吧，弟弟说。

每年弟弟的忌日，我害怕又一年就这么过去了，于是心有余悸地醒来。我把自己锁在房间里，哭到眼皮肿到一块儿。思念的边缘潜藏着恐惧，害怕我会忘记他，忘记我们一起的生活，这样的恐惧让我动弹不得，把我推倒在地，直到我像我们年少时看的那些动画片里的人物，陷入流沙的困境中，落入冰冷的果汁里，然后：快要淹死了。乔舒亚死后，父亲不上班了，他打点零工，吃着顶级拉面和热狗，同时看两台电视里的节目，一天看好几个小时。母亲隔几个礼拜就把弟弟的墓穴打扫一次，拔走杂草，掸去上面的沙子，直到其表面变得光滑匀称。每年弟弟的忌日，母亲会回到自己的房间，拉上百叶窗，用沉默和黑暗裹住自己。每年弟弟的生日，母亲会买好菊花，放在他的坟墓上，擦干净她特地放在墓碑四周的瓷质小天使和小泰迪熊，而内里沙和沙兰会在墓碑上挂上气球，一个气球代表一岁生日，今年挂了三十三个。"我只梦到小时候的他，"母亲感叹道，"他永远是我的小宝贝。"

这就是悲痛。

但是这种悲痛，虽然那么让人难以承受，却一再地表明他对我们很重要。我们带着有关罗杰、德蒙、C.J.和罗纳德的记忆前行，这说明他们是我们生命中重要的人。我只写下了我朋友们的生活片段。这个故事仅仅暗示着我弟弟的生命有多重要，重过他在世的十九年，重过他死后的十三年。值得我说的地方太多了。于是这便成了我的难题，因为到头来我能做的就是去说。

有一次，我们来到麦克劳德州立公园。我们是一群白人里唯一的一小簇黑人。我姑姑安排了此次出游，我们这一小群人与白人分开，坐在浅滩处。其中包括我、内里沙、沙兰和乔舒亚，我们的表亲鲁弗斯和多内尔，还有我们街区里的一些男孩——达克、希尔顿、奥斯卡和C.J.。我们喝着啤酒，往海滩边扔着棕色和金色的瓶子，然后再去那里捡起瓶子、放入垃圾袋。天气炎热，小小的海滩上，黑人和白人刻意无视彼此的存在。毛茸茸的云朵在高空中飘浮，我们在琥珀黑的河里游泳，坐在红泥岸上，冲去肩膀上的沙子。一艘白色的船突突地驶来，船不高，没有顶。一群男人和一个女人在船上，他们全是白人。阳光下，他们的身上晒出红斑，羽毛般的头发变白，其他白人在岸边欢呼。船首的工作人员手里扬起一面邦联的旗帜，和我们一起待在岸上的一个男人将胳膊举过头顶，在胳膊肘中间交叉，作出了一个X，大声叫喊。他在摆邦联标识，我心想。突然间，我想离开这些白人，让他们就留在他们的海滩上，和他们的星星、杠杠，他们的目光、他们的叫喊声待在一起。这叫喊声正重复着无数的白人政客前后多次在密西西比用符号语言所表达的：你们一文不值。

乔希站在他停好的"短剑"车头附近，车在强烈的光线下泛着暗沉的蓝光。他女友塔莎身体瘦小，面色苍白，站在他前面。那天的阳光不会把人晒黑。乔希头上浅棕色的头发弯弯扭扭的，顺着前额垂下来，活力十足。他把头往后甩了一下，这样就能看清我们所有人了。

"不知道你们都在好奇地看什么呢。"他说。他问大家，但是说话的时候却看着我。"白人和我们一样成群结队。"

乔舒亚以自己的方式理解世界。或者说，至少在他活在世上的短暂岁月中他尽力去这么做。他试图认清这个世界的运行模式，发现多年之后我记录下的统计数字背后的故事。他希望找到意义。曾有个上了年纪的黑人男子在帕斯克里斯琴当地的超市门外开了个店，摆了张桌子和折叠椅。这家超市在卡特里娜飓风之后就不见了踪影，超市的钢梁弯得像那些走了形的、细长瘦弱的树木。这名男子用塑料和细绳制作十字架，将复杂的图案融入耶稣受难像中，然后出售。某个晚上，乔希在开车的路上，停下来同这个人交谈，问了他一些问题：你对上帝了解多少？为什么我们会在这里？而这个男人，也许那天晚上的早些时候已经卖出了一个十字架，挣了几美元。他很开心自己做成了一件事，这比挣了钱更让他开心，于是他很乐意让这位高个子、橄榄色皮肤的年轻男子坐在他旁边，问他问题。他不喜欢那些大摇大摆走过来，穿着低腰裤，贴身背心没盖在腰间的短裤上，露出内裤,身上散发着烟味儿、香体露味儿和咸味儿的人。这位老先生笑着说——

这位黑人男子给了弟弟什么样的答案不得而知,而乔舒亚满不满意他的答案也无从得知。或许复活节周日球赛之后,乔希站在人群边缘,用皮带紧紧拉住他的斑点比特犬,望着我们其他人在大街上成群结队地彼此交谈、说笑的时候,他会回想着这位教会人士的答案。或许某个冬日晚间,我们这群人(我、乔舒亚、达克、内里沙、C.J.、罗布、阿尔东、沙兰、希尔顿、多内尔、波特、德昂德雷亚和塔莎)在希尔顿家的时候,他会回想着这位教会人士的答案。我正坐在厨房餐桌前的椅子上,手里拿着罐啤酒。一箱百威啤酒放在我面前,大家一起畅饮。希尔顿的妈妈不在家。她并不在意我们会干些什么,只让我们在她家好好地玩。寒夜中,在这个寒气渗入地板的夜晚,她离家在外。我喝得酩酊大醉,瘫倒在椅子上。我的身子滑了下去,这样椅子背可以靠在我脖子那里,抵住我的头。这样能让我舒服一点。这时,弟弟从客厅走来,拿着他的啤酒站在我面前。他比我更清醒。一般来说,他无论是醉酒之时还是清醒之际,都很严肃。

"你在干什么?"他问我。我咽下啤酒。

我感觉很棒,这是不大有的感觉;因为我经常不太开心,感到郁闷,还挺想家。自从我弟弟和朋友们纷纷离开,我才明白，原以为自己很了解不开心的滋味儿，其实并非如此。在那个寒冷的夜晚，我为自己感到自豪，因为圣诞假期中我回了家，和弟弟在一起。我很高兴，我们可以一起出去玩。我和他喝得一样多，虽然我只有五英尺三高、一百一十磅重[1]，但他已经是个六英尺一的大个子，快一百九十磅[2]了，我不用想家了。我希望他知道我对他的看法，知道我爱他、欣赏他，知道我想长得和他一样大，于是我张开嘴，朝他举起啤酒罐，对他说："我和大狗们一起打滚。我和大狗们一起打滚！"以此向他致敬。我喝得太多了，舌头都打卷了。我是他姐。他用柔和的目光望着我。不知道他是否在想，他得把我搬上他的车，放到车后座上，是否在想这个瞬间，他俨然成了我的大哥和护花使者，先走过大门，而我则成了他的妹妹，虽然这一刻我们都记不起来了。

"她疯了。"塔莎说。

"她醉了。"乔舒亚笑着说。

乔舒亚生前，每次我从大学回来的那些天、那几周、那几个月，还有我住在家的那半年里，每次他走进我和内里沙合住的房间里，也许他都在思考自己的问题，以及这个世界对他在世间位置的回答。那些晚上，他对我说："一起兜个风吧。"

---

[1] 约1.6米，50千克。
[2] 约1.85米，86千克。

夏天的时候,我经常就像泼妇一样对待他。为了一些小事,对他恶言相向,还大打出手,仿佛是我做临时保姆的时候他不愿照看我们的外甥德肖恩,又好像是他在微波炉里加热了几桶猪小肠,弄得屋子里臭气熏天。不过当他提议兜风的时候,我从不拒绝。我们吵过,但都将这些不愉快抛之脑后。每次他邀我同行,都让我觉得自己很特别,也很高兴他希望与我共度时光。他去了天堂之后,我想知道他是否明白这一点。我们的最后一次兜风让我印象最为深刻:他穿着牛仔短裤和贴身背心,头发没梳。我跟着他出了前门。夜色深沉,空气湿热,我们上了车,座位上湿漉漉的。乔希发动汽车,刺耳低沉的声音中车子开动了,我们手动摇下车窗;摇窗把手滑溜溜的。车上的收音机随即响起。他用音响给我放了些节奏强烈的歌曲,他的音响喇叭声音非常大。多年以后,我只记得其中一首歌,是他放的最后一支曲子:"鬼脸杀手"[1]的《我只有你》。

"我有歌想放给你听。"乔舒亚说。

他把音乐调大,震耳欲聋。这支歌献给千千万万的家庭,"鬼脸"说。献给你们的家人,我听到。后备厢咔嗒咔嗒地响。想当年,他年轻的时候,"鬼脸"说。蝙蝠笨拙地弄到晚餐。他们很穷,"鬼脸"说。犰狳爬过沟渠,在车头

---

[1] 二十世纪九十年代美国著名的嘻哈乐队团体"武当派"的重要成员之一,深受中国传统文化的影响,歌词具有批判色彩。

灯前一动不动。父亲在他六岁时离开了他，母亲打包好父亲的家当，把他踢出家门，她哭了起来，"鬼脸"说。松树对着夜色频频挥手。树木像大波浪一样分开。有时我抬头望向星辰，揣测天空的状况，问自己是否注定要在这里，又是为何。"鬼脸"啐了一口，仿佛他等不及要把它吐出来，不能再把它咽在嘴里。

"这首歌让我想起了我们家。"乔希说。

我们驶离圣斯蒂芬大街，离开自己的家，离开我们黑人街区的那一堆房子，开去迪莱尔白人住的郊外。我们开向海湾，越过大桥，海水在夜色下闪着银光，草丛黑漆漆的。弟弟一遍又一遍地放着那首歌，我们刚刚经过的地方如同副驾驶上的另一个同胞，与我们一起坐在车里。我们穿过帕斯克里斯琴，一直往南开到海滩，再顺着景观大道也就是几个月后乔希死于非命的地方前行。在这里，我们可以看见海湾在地平线上绵延，沙子白得像墓石。我的视线从乔希身上移开，望向窗外，这样他就看不见我的脸了。兜风的时候，我想起了我们的母亲、父亲、沙兰、内里沙还有他，禁不住泪湿满襟。我擦了擦，觉得不好意思，不过乔希什么都没说。然后，他从海滩往回开，穿过帕斯克里斯琴，经过海湾，开过圣斯蒂芬大街，然后回到乡下。我们远离了所有的房屋和灯光，孤零零地开在黑幕般的天际下，星光如此凄冷，又如此遥远。这里有一匹黑马和白马在路边吃草，经过它们身旁时，一片昏暗、朦胧，也许它们并不存在。藤蔓长到了树枝上和电线上，垂在路灯上，于是藤蔓的叶子如圣诞灯饰闪着微光。风儿如同一只有力的大手，推在我们的胸口上，把我们推进车上的座位。车一直开着，仿佛我们可以远走高飞，逃脱我们的命运，"鬼脸"说道：致所有经历磨难的家庭。但是我们最终还是无法逃离。

我没有和其他人那么兜过风。当我和表弟们（鲁弗斯或布罗德里克或唐尼或雷特或阿尔东）或朋友马克一起出去玩的时候，我会让他们开车，但那不太一样。我们开过穿越迪莱尔森林的公路时，有时我会闭上双眼，喝上一口饮料，再次感受风如手一般抚摸着我的面庞，我会想起乔舒亚。于是那个开车的人，就真的成了我那坐在司机座位上表情严肃、右手随意打着方向盘的大个子弟弟。那一瞬间，弟弟就坐在我身旁，驾驶前行。然后，风推开我的眼皮，道路两旁的树木漆黑一片，空气中飘着烧着的松针味儿，我睁开双眼，面对现实。

乔舒亚走了，他也带走了我们之间许许多多的往事。妹妹们还小，她们记不住这些事。她们没和我们一起经历过这些，也无法明白这些事的严重性。我用文字来找寻乔舒亚，来表明这些事确实发生过，想要找到意义，却是徒劳一场。最终，我只发现：我爱乔舒亚。他还在这里。他还活着。某个庞然大物带走了他，带走了我的朋友们：罗杰，德蒙，C.J.和罗纳德。他们都曾活着。我们尽力超过那个追赶我们的东西，那个嘴里喊着你们一文不值的东西。我们努力地不去理它，但是有时我们却发现自己在重复历史咕哝着的洗脑话语：我一文不值。我们酒喝得太多，烟抽得太多，仿佛在自虐，互相虐待。我们不知所措。巨大的黑暗力量朝我们的生命袭来，却没人承认这一点。

作为生者，我们应当做自己必须做的。人生如一场飓风，我们围上木板来封存我们可以保存的东西，俯伏在地，蹲在地上风吹不到的一小块地方。我们纪念忌日时，打扫坟茔，坐在坟墓旁，在火堆前与那些不能享用食物的人分享吃的东西。我们养育子女，给他们讲一些他们可以成为谁以及他们有多重要的话：对我们而言，他们就是一切。不论生前还是死后，我们都深爱着彼此。我们活了下来；我们还在蒙昧阶段。

十二岁那年，我照镜子，觉察到自己的缺点和母亲的不足。这些缺点合成一个黑暗的印记，我带着这个印记过了一辈子，厌恶自己看到的东西，而这些东西源自他人对我的厌恶，最终形成自恨。我觉得这种无用、被抛弃、被折磨的感觉正是穷苦的南方黑人女性留下的遗产。成年的我再次在母亲身上看到这份遗产。我看到她承受所有的负担——她的经历和身份的负担加上我们国家历史和身份的负担，和她显示出的卓越才华。母亲勇敢地担负起照顾四个饥肠辘辘的孩子，并且找到办法填饱他们的肚子。母亲充满力量、不知疲倦地工作，养活自己和孩子们。母亲充满韧性，迅速地将一个破碎的家庭聚合在一起。母亲这个榜样教会我一些新的东西：一个移民民族是如何在民族灾难和奴隶制中存活下来的；南方的黑人是如何在恐怖主义和私刑绞索的阴霾之下组织起来去投票的；人类是如何沉睡、苏醒、斗争和生存的；最后，这是一个母亲教会自己的女儿如何去充满勇气、力量和韧性，去睁开双眼面对现实，去有所作为。作为一个家中长女的大女儿，一个刚刚生了女儿的人，我希望把这些感悟都教给我的孩子，将母亲的馈赠传下去。

如果没有母亲教给我的这些东西，我永远都无法看到这段遗失的历史，这段将来我肯定会失去更多的历史，也不会写下这些缅怀和诉说这段历史的记叙文字：你好。我们在这儿。听好了。这可不是件容易的事儿。我继续写着。有时感到精力充沛。有时也会疲惫不堪。当我疲惫的时候，脑海中便浮现出这样的画面：我死后，发现自己站在一条长长的、坑坑洼洼的柏油马路边，马路两侧是窃窃私语的松树，蓝天下，烈日当空。远处传来隆隆的巨响，一记低音节拍。一辆深蓝色85版"短剑"汽车划开地平线，低吼着在马路上开过来，停在我的面前。车骤然停住，石子嘎吱作响，然后弟弟用他刻着文身的长胳膊推开副驾驶一侧的车门，另一只胳膊搭在方向盘上。他用水汪汪的黑色大眼睛看着我，神情柔和。他知道我一直在等他。他说：来吧。和我去兜风吧。好的，弟弟。我就在这里。

致谢

首先,我得好好感谢我书中提及的这些年轻男子的家人。在我试图讲述一些有关我们亲人的生活往事时,你们是我宝贵的创作资源。要是你们没有和我分享自己的爱意与悲痛,我就无法写下其中任何一个故事。因此,我要对罗杰·丹尼尔斯、德蒙·德都、查尔斯·马丁和罗纳德·德都的直系和旁系亲属们表示衷心的感谢,还要对德怀内特·罗布、塞西尔和塞丽娜表达特别的谢意,你们耐心地回答了同自己的堂表亲/至亲相关的问题。

我有幸身处一个出色的作家群体,他们是:萨拉·弗里施、斯特凡妮·索伊鲁、贾斯廷·圣杰曼、迈克·麦格里夫、J.M.泰里、安米·凯勒、威尔·博斯特、哈丽雅特·克拉克、罗布·埃勒、雷蒙德·麦克丹尼尔斯和伊丽莎白·施陶特。萨拉·弗里施为我提供了很多帮助,在我还不确信自己能否写出这部回忆录的时候,她与我充分地讨论了全书的每一个章节。我获得斯特格纳奖学金赴斯坦福大学学习期间,与我一同工作学习的师生们才华横溢。他们,尤其是托拜厄斯·沃尔夫和伊丽莎白·塔伦特两位,给予了我的创作莫大的帮助。撰写初稿时,我被遴选为密西西比大学格里沙姆驻校作家,我要感谢密西西比大学以及密西西比奥克斯福德周边社区里的每一个人,尤其是伊沃·坎普和理查德·豪沃思。在这里,人们欢迎我加入他们的文学社区,这段经历让我深受启发、受益匪浅。我还想感谢密歇根大学的老师们,尤其是彼得·霍·戴维斯、劳拉·卡西希克、艾琳·波拉克和尼古拉斯·德尔班科对我的信任、教育和指导。我要由衷地感谢托马斯·林奇先生,他教给我许多非虚构小说创意写作方面的知识,也是第一位鼓励我书写悲痛的人。我将这份悲痛写进他布置的文章中,奠定了本书的基础。我不敢读出自己的文章时,他一直亲切地鼓励我去放声读出来。

我要感谢我的经纪人珍妮弗·莱昂斯,是她第一个暗示我,我的心里藏着部回忆录,并从一开始就对我的作品信心百倍、热情万分。还要感谢这部作品的推介人米歇尔·布兰肯希普,她是位出色的推介人,也是个极好的朋友,我在纽约城韩国烧烤店大快朵颐的三个小时里,她让我开心不已。同时还要感谢我的挚友、编辑凯西·贝尔登,她在全书定稿之前,审阅了整个文稿。她句栉字比的审读、切中肯綮的建议和小心翼翼的鞭策助我发挥出自己的最高水平。没有她的帮助，我写不出现在的作品。

在我的前两部作品中，母亲一再叮嘱我感谢那位为我提供奖学金上顶尖高中的先生，所以在我的第三部作品中，我要继续感谢赖利·斯通西弗尔先生，感谢他发现我的潜力，慷慨地助我获得更好的教育。斯通西弗尔先生在别人需要帮助时施以援手，世界因他这样的人而变得更加美好。在我的高中，有不少朋友、师长以及图书馆员也看到了我的潜力，一起帮助我成为一名作家，尤其是玛丽亚·赫林、克里斯廷·汤森和南希·赖茨曼这三位。

最后，我想感谢德莱尔的街坊们——布卢、达克、洛茨、C-萨姆、斯库特、波特、法特帕特、达雷尔、达雷恩、乔恩-乔恩、托恩-洛茨、塔莎、奥斯卡、B.J.、马库斯、L.C.、雷姆和穆迪-博伊（他们中许多人都把自己的故事讲给我听，帮助我完成这本书）。如果不是身处你们中间，我不会获得这些创作资源。我还要感谢我的亲朋——马克·德都、阿尔东·德都和吉莲·德都。在我写不下去的时候，你们给了我及时的安慰。如果没有你们对我说没问题哒，我肯定写不出来。感谢B.米勒知道我什么需要笑，这样我就不会哭了。感谢我的父亲，是他给我讲了我们家族的故事，对我强调历史和记忆的重要性，还教会我去信任社区。感谢我的外祖母多萝西，她教我成为一个坚强而美丽的女人，并为我烹制佳看。感谢我的母亲，是她准许我写下这本书，澄清家族故事中的事实，感谢她在我们于野外徘徊之时养育了我们，当然，还感谢她每天都将不可能变为可能。感谢我的小外甥女卡拉尼和小外甥德肖恩，他们在我需要冒点傻气的时候将我变得傻傻的，在我需要拥抱时抱紧我，带给我明天还会天明的希望。感谢我的宝贝诺埃米，每天将我唤醒，提醒我要对我们还活着充满感激和敬畏，她让我了解到我可以做到以前总觉得自己无法办到的事，让我觉得活在这个世上是件快乐的事。感谢我的妹妹沙兰，她坚持认为我应当把这本书写出来，她帮助我做了很多研究，在我不想说出我们故事的时候鼓励我说出来。最后，我要感谢我另外一个妹妹内里沙，卡特里娜飓风来临之时，她保护好我的电脑，是她第一个告诉我我应该讲出我们的故事，第一个坚持认为我们的故事值得一写。我的妹妹们，我对你们感激不尽。末了，我还想感谢我之前提到的爱我的每一个人，你们陪伴着我经历了重重考验，赋予了我一个大家园。谢谢你们！